河出文庫

書き下ろし日本SFコレクション

# NOVA＋
## 屍者たちの帝国

大森望 責任編集



河出書房新社

# 序

伊藤計劃が三十四歳の若さで世を去ったのは、二〇〇九年三月二十日のこと。作家としての活動期間はわずか二年だった。最後に書かれた小説原稿は、河出書房新社のために病床で進めていた第四長編『屍者の帝国』のプロローグ（または〝試し書き〟）だった。

文庫本にしてわずか二十四ページのこの原稿（伊藤計劃版「屍者の帝国」）は、没後、SFマガジン〇九年七月号の追悼特集に掲載されたのち、同年十二月に出た河出文庫『NOVA1 書き下ろし日本SFコレクション』の最後に特別収録された。

時は一八七八年。孤高の天才、ヴィクター・フランケンシュタインの先駆的な研究により、死体に疑似霊素（死によって消失した魂＝霊素のかわりになるもの）を注入して動かす技術が誕生してから百年近く経《た》ち、用途別のプラグインをインストールした屍者が世界各地で労働力・軍事力として利用されている。もっとも、（すくなくとも一般に普及しているレベルでは）屍者の動きはまだぎこちなく、水中を歩くようなゆったりした速度でしか歩けない（いわゆるフランケンウォーク）。ロンドン大学の医学生、ジョン・H・ワトソンは、担当教官のセワード教授と、その恩師であるヴァン・ヘルシング教授により、女王陛下の諜報《ちょうほう》組織である〈ウォルシンガム機関〉の「M」に引き合わされ、グレート・ゲーム（本来は、中央アジアの覇権《はけん》を巡る大英帝国とロシア帝国の駆け引きを指す）の新参プレイヤーとして、アフガニスタンに赴くことになる。

……と、計劃版の内容はほぼこれだけ。その後のストーリー展開は、ワトソンがアフガニスタンを経由して日本に渡ることくらいしか決まっていなかったらしい（コナン・ドイルの原典の記述によれば、ワトソンは第二次アフガン戦争に軍医として従軍している。また、日本を舞台にすることは担当編集者からの提案だった）。

架空の十九世紀末を背景に、フィクションの登場人物（フランケンシュタインはもちろん、シャーロック・ホームズの同居人兼相棒のワトソンに、ブラム・ストーカー『ドラキュラ』のジャック・セワードとヴァン・ヘルシング）が登場する趣向は、キム・ニューマン『ドラキュラ紀元』やアラン・ムーア作（ケビン・オニール画）のコミック『リーグ・オブ・エクストラオーディナリー・ジェントルメン』などと共通。

この伊藤計劃版をプロローグとしてそっくりそのままとりこんで円城塔が書き継ぎ、完成させたのが長編版『屍者の帝国』（執筆のくわしい経緯については、本書の最後に収録した円城塔インタビュー参照）。一二年八月に河出書房新社から単行本が刊行されてたちまちベストセラーになり、翌年の日本SF大賞特別賞、星雲賞日本長編部門を受賞。一五年には長編アニメ化されて、(本書刊行と同じ)十月二日に劇場公開される。
小説版と映画版では、ワトソンとフライデーの関係や、結末で提示されるヴィジョンを含め、設定や展開にかなりの異同があるが、どちらも伊藤計劃の種子(プロローグと構想)から開花した派生作品であることに違いはない。

本書『屍者たちの帝国』は、それらと同じく、伊藤計劃版「屍者の帝国」に記された世界観のもと、新鋭からベテランまでが新作短編を競作する書き下ろしアンソロジーである。いわゆるシェアード・ワールドものってやつですね。一部、長編版の記述に準拠した作品もある。設定の使用を許可してくれた計劃氏のご遺族ならびに円城塔氏、そして、日本ではあまりなじみのないこの企画に応じて作品を寄せてくれたみなさんに感謝する。

ではここで、その顔ぶれを簡単に紹介しておこう(収録順)。トップは、デビュー二作目の『オービタル・クラウド』で二〇一五年の日本ＳＦ大賞と星雲賞をダブル受賞した期待の新鋭、藤井太洋。続いて、円城版『屍者の帝国』と同時期に、時代背景と一部登場人物が共通する(改変歴史ＳＦ成分まで含んだ)江戸川乱歩賞受賞作『カラマーゾフの妹』を出した高野史緒。藤井太洋とともに『伊藤計劃トリビュート』にも力作を寄稿している《HISTORIA》シリーズの仁木稔。シャーロック・ホームズ関連の書籍蒐《しゅう》集《しゅう》・書誌研究で知られ、ホームズもののパスティーシュも多く手がける北原尚彦。「五色の舟」が日本ＳＦ短編オールタイムベスト第1位に選ばれた、当代最高の短編ＳＦ作家、津原泰水。円城版『屍者の帝国』より二十年ほど早く、ギブスン&スターリングの『ディファレンス・エンジン』を踏まえて、フランケンシュタインとホームズとバベッジが登場する『エイダ』を発表した日本SFの鬼才、山田正紀。そして、京都大学SF・幻想文学研究会の現役・OB会員による同人誌版『伊藤計劃トリビュート』に参加して『ハーモニー』とラファティのマッシュアップを試みた、若手代表の坂永雄一。ラストは、『虐殺器官』を早くから絶賛し、一般読者に計劃作品の魅力を大いにアピールした宮部みゆき。

キャリアも活動領域もさまざまな八人の書き手がそれぞれ違う角度から〝屍者〟にアプローチし、パロディあり、アクションあり、ペーソスあり、哲学あり、バラエティ豊かな八編が誕生した。長編版やアニメ版とは、同じ土から生まれたきょうだいのような関係なので、本書を楽しむために、必ずしもそちらを先に読んでいる/観ている必要はない。この「序」に記した程度のことを知っていれば、予備知識はそれでじゅうぶん。本書を読んでから長編版を読んでもいいし、映画を観たら面白かったから本書を手にとったというのでももちろんかまわない。《NOVA》シリーズの読者だが『屍者の帝国』はぜんぜん知らないという人や、《NOVA》なんてアンソロジーがあることを初めて知ったという人、シェアード・ワールドってなんですか? という人も、ぜひお楽しみください。

大森　望

NOVA+

# 屍者たちの帝国

Japanese SF Collection

NOVA PLUS

The League of Corpses

装丁 ｜ 川名潤（prigraphics）

# NOVA+ 屍者たちの帝国｜目次

書き下ろし日本SFコレクション

# NOVA＋　屍者たちの帝国

FUJII Taiyo

藤井太洋

# 従卒トム

『屍者たちの帝国』のトップは、『伊藤計劃トリビュート』でも一番手をつとめた注目の新鋭・藤井太洋の快作。時は一八六一年。主人公は、米国南部テネシー州の綿花農場で働く若き黒人奴隷のトム。七年後、自由になったトムは、ある職務のため日本へ渡る……。屍者技術を労働搾取と見なせば、黒人奴隷と屍者が結びつくのは当然の帰結だが、そこからこんな小説が生まれるとは……。著者の話では、二〇一五年八月にスポケーンで開かれた世界SF大会に参加した折、米国人相手に本編の粗筋をしゃべるとバカウケだったらしい。英語圏ならゾンビ小説アンソロジーにも再録できそうだし、ぜひ英訳してほしい。

藤井太洋（ふじい・たいよう）は、一九七一年、奄美大島生まれ。個人出版の電子書籍を改稿したリアルな近未来バイオSF『Gene Mapper -full build-』を一三年四月にハヤカワ文庫JAから刊行し、商業出版デビュー。一四年二月に四六判ハードカバーで出た第二長編『オービタル・クラウド』は、ハリウッド大作映画ばりのスペクタクルを展開する大型宇宙冒険SF。こちらは「ベストSF2014」1位、日本SF大賞、星雲賞日本長編部門を獲得した（この三冠は伊藤計劃『ハーモニー』以来の快挙）。一五年には近未来東京のスモールビジネスを描く『アンダーグラウンド・マーケット』と文春文庫書き下ろしのアクチュアルなサイバーミステリ『ビッグデータ・コネクト』を相次いで刊行。『NOVA+ バベル』に寄稿した超高密度の時間SF「ノー・パラドクス」など、中短編もハイレベル。デビューから二年で、小説界の熱い注目を浴びている。二〇一五年九月には、日本SF作家クラブ第18代会長に就任した。

雲一つない空の下、腰の高さではじけた真っ白な綿花《めんか》が、低地を蛇《へび》のようにのたうつ川まで続いていた。ゆるやかに斜面をのぼる風が、流れ水に濡《ぬ》れた葉と乾いた綿《わた》ガラの匂いを混ぜて、綿木《わたのき》に腰を折る七名の家族の汗を乾かしていく。ケンタッキー州との境にほど近いテネシー州モンゴメリー郡のジョーンズ綿花農場は、収穫の匂いに包まれていた。

斜め掛けした収穫袋が半分ほど白い綿毛で埋まったのに気づいたトムは、念のためと懐中時計を確認してから腰を伸ばして〝交代〟の口笛を吹いた。

めいめいに腰を伸ばした家族はまだ軽い収穫袋を頭に載せて畑に植わるオークの大樹へ向かう。その後を追ったトムの目に、木陰《こかげ》で休憩していた別の家族たちが腰を上げ、馬車の通れる道に停《と》めてある荷車へ歩き出すのが見えた。荷車からは、空《から》の収穫袋をぶら下げたもう一つの家族が歩いてくるところだった。

ジョーンズ家の所有する三家族は、綿花摘みと集荷、そして休憩を二十分ごとに繰り返す。この短いシフト制を始めてから、十五歳になったばかりのトムの妹でも一日に250ポンド(113キログラム)を収穫できるようになった。これは他の農場で休みなく働かされる大人の奴隷《どれい》よりも一割ほど多い収量だ。注意深く観察すれば普通の畑より密に植わっている綿木に気づくだろう。両の手を交互に伸ばすだけで収穫できるよう、段違いに植えられている。シフト制と綿木の段違い配置は、トムが考えて当主の息子、ネイサン・ジョーンズとともに実行している運営方法だった。

三つの家族が手順に従って動いていることに満足したトムがオークの木陰に入ろうとすると、影の濃いあたりにあるクローバーの茂みに、麦わら帽子を顔に載せた小さな男性が寝そべっていた。いびきも聞こえてくる。ジョーンズ農場と家族の持ち主、ハリス・ジョーンズだ。

トムは昼寝している農場主に気づいて足を止めた家族を木陰へ手招いた。

「母さん、メリーにベス。陰に入って休むんだ。さあ水を飲んで。そうでないと日没前にくたばってしまうぞ。旦那《だんな》様もこのやりかたはよくご存知だ」

「そうだ、休め休め。大事だぞ」

麦わら帽子の奥から、いきなりハリスの声が聞こえた。

「旦那様、起きていらっしゃったのですか」

帽子をずらしたハリスが加齢と日焼けで三重になった瞼《まぶた》の奥から灰色の瞳《ひとみ》で日射しの中に立つ家族を順に眺め、トムのところで目をとめて笑いかけてきた。

「トムにはいずれ、ジョーンズ家の執事をやってもらうとしよう」

「ご冗談を。それより旦那様、クラークスビルからお戻りになったばかりなのでしょう。選挙はどうでしたか――いや、それよりもお部屋でお休みなさいませ。ネイサン坊ちゃんを呼びましょう」

トムは腰を屈《かが》め、手を差しのべた。

「余計なことをするな。お前とは身体《からだ》のつくりが違う」

そう言いながらも、ハリスはトムの差し出した手首を摑《つか》んで身体を起こした。元は白かったのであろう肌は日射しに痛めつけられて赤黒く変色し、潰れた水ぶくれがアバタのような跡を残している。腰は折れ曲がったままだ。今は畑に出てこないトムの父、ンガウと二人で畑を切り拓《ひら》いたときの重労働がハリスの身体を痛めつけていた。

オークの幹に寄りかかったハリスへ、妹のメリーが水筒を差し出した。

ちらりと飲み口を見たハリスは「すぐ帰る」と断り、頭の下に敷いていた包みをトムへ差し出した。油紙を紐《ひも》で十字に縛った包みには、ボストン郵便局の一ヵ月前の消印が押してあった。

「なかなか届かんな、と思っていたら郵便配達人《ポストマン》が中身に気づいて配達するのを止めていやがったんだ。そいつをぶん殴って取り返したのはネイサンだ。礼を言っとけよ」

「ネイサン坊ちゃんが？」

受け取ったトムは、包みの意外な重さに眉《まゆ》をひそめた。

「本だよ、本。ネイサンと話してたろう。お前と同じ名前のじいさんが出てくるらしいじゃないか」

「わたしと同じ名前の……まさか」

「さあ、開けて、喜ぶ顔を見せてくれ」

トムはポケットから折りたたみナイフを出して紐を切り、包み紙を開いた。

黒々とした〝CABIN（小屋）〟が目に飛び込む。

その単語は〝UNCLE TOM'S（トムじいやの）〟と〝300000部〟で挟まれていた。

「旦那様」トムはCABINの下に印刷された〝LIFE AMONG THE LOWLY（どんぞこの暮らし）〟を指で覆《おお》って言葉を選んだ。「この本のお話は……ご存知なのですか？」

「儂《わし》は字が読めん。あとで読んで聞かせてくれ。お前の家族にも聞かせてやるといい。夜はせがれに渡してやってくれ。奴も読みたいんだそうだ」

「お望みならば。ですが――」

トムは軽く顎《あご》を引く。いまや仲買人《なかがいにん》が契約書に忍び込ませたインチキを見抜けるほど読めるようになったトムだが、それはハリスのおかげだ。黒人に教えてくれる家庭教師をケンタッキーの北の街まで行って探し出し、一人息子のネイサンと机を並べて読み書きと数学を学ばせてくれた。だが、今日の投票でも彼はテネシーで奴隷制が続くことへ賛成の票を投じているはずだ。

この本〝トムじいやの小屋〟が伝え聞く内容どおりのものならば、ハリスはいい顔をしないだろう。

躊躇《ためら》うトムへ、ハリスは首を傾《かし》げた。

「だいたいは知っとるよ。お前たち黒人にも精神《こころ》があるとかいう話だろう。そんなこたあ、見てりゃわかる。そうそう、精神といえば、今日、クラークスビルでヘンなのを見たぞ。虚《うつ》ろな目で、ふらふら歩きながら大砲を押していやがった。持ち主の言うことは聞くようだが、ぶつかりそうになっても避《よ》けもせん。ネイサンがなんとか言っていたが、知らないか」

「〝屍者《ししゃ》〟ですね。確かに、あれに精神はありません」

「食わなくてもいいらしいな。農場で使えるといいんだが」

「一体、試してみてもいいかもしれませんね。この暑さに耐えられるか、どの程度動けるのか、そしてどれぐらい保《も》つのか。そうそう、話せないらしいので旦那様に本を読んで差し上げたりはできませんよ」

それもそうだな、と笑ったハリスは、せがれと話してくれ、と言った。

「奴はうかつなところがある。数字にも弱い。助けてやってくれ」

「はい、旦那様。わたしは仕事に戻ります」

懐中時計を確認したトムは本を収穫袋の底へ押し込んで、シフトの交代を告げる口笛を吹いた。

――七年後　一八六八年四月四日　横浜港

「中構え《ミドルガード》！　突き《ポーク》！」

艦首砲郭《ほうかく》の上甲板《じょうかんぱん》に立つトムが号令をかけて対応する口笛を吹くと、眼下の中央甲板で七段七列の銃剣《バヨネート》が鋼《はがね》の輝きをうねらせた。

四十九足の軍靴が桜の花びらを舞わせ、鯨油《げいゆ》で磨き上げられたばかりの甲板を叩《たた》く。

幅九十フィート（27メートル）の中央甲板からにょっきりと生える煙突が微《かす》かに震えた気がしたが、トムの立つ上甲板の下に一門、四十九名の向こう側に二門の後装式アームストロング砲を備える排水量千四百トンの元アメリカ連合国籍の装甲砲艦、ストーンウォール号の中央甲板は微動だにしない。

東シナ海に伸びる南西諸島に砂糖プランテーションを持つ薩摩《さつま》国は、潤沢な資金を見せつけるかのように横浜港に停泊するストーンウォール号の改修を済ませたところだった。新たなアームストロング砲を載せ、帆《ほ》やロープをマニラから持ち込んだ新品と入れ替えてもいた。喫水《きっすい》の下に伸びる衝角《ラム》と、水上に出る構造物を覆う十五インチ防御装甲板も、まだシャツとズボンを上手《うま》く着こなせていない水兵の手によって磨き上げられていた。

一番マストから船首へ伸びる綱からは巨大な赤い旗が垂れていた。甲板から見上げても盛り上がりがわかるほどの厚みで、天皇《エンペラー》側であることを示す菊の刺繍《ししゅう》が分厚い絹布に施されている。その隣にぶら下がる、四本スポークの車輪が染め抜かれた白い旗も、素材こそ綿布だが風雨にさらされることを考えると上等すぎるものだ。

ストーンウォール号とともにサンフランシスコを発《た》って太平洋を渡ってきたトムは、土壇場《どたんば》で勢いのある天皇側に身をおけた幸運に胸をなで下ろした。

船に乗り込んできた薩摩兵にもその余裕が伝わっているのか、一人の砲兵が中央甲板の奥からトムの閲兵《えっぺい》を眺めていた。

トムは見物している砲兵が、四十九名の陣から充分離れていることを確認してから、口笛とともに次の号令をかけた。

「右へ一歩前進《アヘッド・ライト・ア・ステップ》、左から全周へ突き《ボーク・アラウンド・フロム・レフト》！」

四十九名の兵が右足を船首方向へ踏み込み、身体を六十度刻みにひねって銃剣を突きはじめた。桜の花びらが繰り返し踏み出される軍靴《ぐんか》で踏みしめられ、甲板にまだらな模様を染みこませていく。

突き出した銃剣が正午を過ぎたばかりの陽光でぎらりと輝き、光のうねりを作り出す。

一糸乱れぬ突きを繰り返す兵たちだが、見かけは揃《そろ》っていなかった。ブルーの合衆国陸軍《ユニオンアーミー》の制服に、今は亡き連合国軍《コンフェデレーションズ》の灰色の制服が秩序なく並び、間には乗馬ブーツの騎兵や金モールの士官までもが混ざり込む。見かけで統一感があることといえば、全員が白人であることぐらいだろう。

トムは上甲板を左右に歩き、しゃがみ、首を伸ばして突きを繰り返す兵を検《あらた》めながら、明日に予定されている江戸湾要塞攻略戦のことを考えた。

四十九名という人数に対する不満はあるが、これは考えても仕方がない。現場は常に多くの兵を求めるものだ。それよりも幕府《ショーグネイト》のサムライたちがトムの兵のようなものを見たときにどう反応するのかわからないことが不安だった。薩摩軍の士官は、制服に縫《ぬ》い止めた天皇《エンペラー》の紋章《もんしょう》を見れば幕府のサムライは尻尾《しっぽ》を巻いて逃げてしまうよと笑っていたが、そんな戯《ざ》れ言《ごと》を信用して命を落とすのはご免だった。

数年前まで火縄を使う奇妙なマスケットで武装していたサムライたちは、フランスの力を借りて近代的な軍隊に生まれ変わりつつある。トムが相対する要塞守備隊の主要火器はエンフィールド製の61年式。内戦《シビル・ウオー》でトムら黒人が持たされていた42年式のスプリングフィールド製マスケットよりも格段に殺傷力が高い新兵器だ。

ライフリングが切られた銃身は人差し指の先ほどもある大きな弾丸に回転を加えてまっすぐ飛ばし、命中した場所の肉を大きくえぐりとる。そんな61年式を持ったサムライたちの放つ一斉射は前列の七名の大腿《だいたい》を撃《う》ち抜き、腕を千切《ちぎ》りとばし、胸に大穴を穿《うが》つだろう。

だが、それで倒れるトムの兵ではない。

四十九名は赤黒い血をまき散らして前進し、次弾を装塡《そうてん》するサムライたちへ銃剣を突き入れる。

十九世紀の生んだ最強の兵器、屍兵だ。

対抗するには、同じように屍者からなる部隊をぶつけて損耗させ合うしかない。より多くの屍兵を投入できた方が戦争に勝つ。それが米国を二分した内戦《シビル・ウオー》で生まれた常識であり、トムが二年前まで嫌というほど目にしてきた現実だ。

要塞守備隊がどれだけ近代化されていようが、白兵戦においてトムの操る屍兵を押しとどめることはできない――いや、屍兵を使っていても同じことだ。

六十万を超える死者を出し、その中の十万が屍兵となって戦場に戻った内戦《シビル・ウオー》で最前線の屍兵技師として戦ってきたトムにとって、フランス風の教育を受けた屍兵遣いなど問題ではなかった。現に、南部連合《コンフエデレーションズ》を支援するために海を渡ってきたフランスの屍者遣いは、万単位の屍兵がつぶし合う内戦《シビル・ウオー》を前に尻尾を巻いて逃げ帰ったのだ。

幕府は、太平洋を渡る意思を持った屍者遣いが黒人ばかりだから敬遠したのだと聞かされていた。

確かに、たちが悪いものも多い。

異臭を放つ屍者と寝食を共にする屍兵遣いは、戦いの最前線に立つが、尊敬を集めることはほとんどない。それどころか、最後の審判で復活すべき死体を弄《もてあそ》ぶということで教会にも行けなくなる。内戦《シビル・ウオー》が終わったあとの屍者遣いは、学のない黒人が就《つ》く職業となってしまった。

白人を思うように操れるから、鞭《むち》打てるから、補修と称して腕を千切っても構わないからなどという理由でトムの所属していた屍兵大隊の門を叩くものも少なくない。

もちろんその場でお引き取りいただくわけだが――トムは自分の頬《ほお》を両手で叩いた。

「散漫だぞ、集中しろ」

トムは規則正しく銃剣を突く屍兵たちを改めて見渡した。

これほど動ける屍兵部隊は世界でも珍しいだろう。

天皇から幕府を倒す命《めい》を受けた薩摩国の将軍、西郷隆盛《さいごうたかもり》は幕府が半金を支払っていなかったために持ち主も定まらぬまま横浜に足止めされていたトムが練兵する屍兵の姿を見て、江戸攻略の方法を大きく変えた。半金の一万ドルを支払ってストーンウォール号と積んできた屍兵を買い取り、トムを雇った。

二週間前のことだ。

もともとは、合衆国から買い取った二万の屍兵をただ並べて歩かせる屍兵の行進《デス・マーチ》で江戸へ踏み込み、江戸城と将軍のいる上野を力押しで攻め落とすつもりだったという。簡単で、確実な方法だ――幕府側が江戸の街を焼き払わなければ。

隆盛は初対面のトムに、七つのダイバという要塞が描かれた江戸湾の図面を拡げて、通じもしない言葉で熱っぽく江戸攻略の方法を語った。弟の西郷従道《つぐみち》が通訳に入り、トムもいくつか屍兵を用いた最新の戦術を披露した。

そうやって作り上げられた計画はこうだ。

屍兵の行進《デス・マーチ》を押し立てて江戸に攻め入る予定だった中村半次郎《なかむらはんじろう》は日の出とともに御殿山下《ごてんやました》のダイバを急襲する。ダイバのなかで唯一陸上に接しているため百五十名ほどの精鋭に護《まも》られる要衝だが、図面を見たトムはすぐに弱点に気づいた。堀が浅く壁が低い。そして陸に向く砲がないのだ。

障害物に当たったところで身を横たえるように仕込んだ屍兵を、ダイバに向かって歩かせるだけでいい。堀につまずいた屍兵は堀を埋める土砂に、壁に突きあたった屍兵は壁を乗り越えるための坂になる。

内戦《シビル・ウオー》で生まれた定石《じょうせき》の一つ、屍肉の階段《コーズステップ》だ。屍兵の前に、壁は役に立たない。トムが作った方程式に壁の高さを入れれば、屍肉の階段に必要な屍兵の数は簡単に導出できる。三階建て、五階建ての要塞攻略が当たり前だった内戦《シビル・ウオー》では厳しい計算が強いられたが、ダイバのような半端な要塞を落とすのに複雑な補正は要らない。数分で計算を終えたトムを隆盛は『マッコスゴカ』と賞賛したが、トムにとっては、そのあとで隆盛が披露した砲戦計画こそ驚くべきものだった。

御殿山下ダイバを手に入れた薩摩軍は砲台を一番台場に向け、屍者の装塡手をとりつかせて砲身が焼けるのも構わずに砲弾の雨を降らせる。

ダイバ要塞の砲でダイバ要塞を攻略するのだ。

そんな作戦が可能になったのは、横に並んだダイバが砲台を向かい合わせ、侵入する外国艦を十字砲火《クロスファイア》で挟撃する江戸湾要塞だからこそだ。

砲撃が始まったところで川崎沖に停泊していたストーンウォール号は抜錨《ばつびょう》、最大速度で砲台のない第四台場を盾《たて》に回り込む。ストーンウォール号は重量級の砲艦ながら、舵がスクリューの後ろについているスクーナー船尾を採用しているので、素早く回頭することができる。

そうやって一番台場へ接舷して乗り込み、守備隊を制圧する。その後、一番台場の砲台は江戸の街へ向けられ、屍兵の先導する薩摩軍を援護することになる。幕府軍の近代化の象徴、ダイバ・フォートレスが江戸の街に牙《きば》をむくことの心理的な意味合いは大きい。見事な作戦だ。

トムの四十九名が行うのは、一番台場の制圧——サムライとの白兵戦だ。

制式ハーバード機関《エンジン》の白兵戦機序《ハンド・トウ・ハンド・プロトコール》〝ブレイブ・カスター〟が駆る魂なき肉体は、濁《にご》りきった水晶体に映し出されるすべてのものを銃剣で突き通す。運の良いサムライが銃剣の槍衾《やりぶすま》をすり抜けることができたとしても、骨を砕くほどの力で振りまわす剣《サーベル》が待っている。肉体をぶつけ合う戦いで屍兵が負けるはずがない。どんなものを食べて育ったのかしらないが、サムライの多くはトムの連れてきた屍兵たちより頭一つほど背が低く、身体も薄っぺらだ。摑《つか》みあい、殴りあいでサムライが勝てるわけがない。

そこまで考えても屍兵がサムライを蹴散《けち》らす様がどうしても想像できなかったトムは、甲板の奥から屍兵の教練を見物している砲兵を見つめた。

僧侶でもないというのに頭頂部まで剃《そ》り上げているせいで異様に大きく見える顔や、

腫《は》れぼったい瞼の下から睨《ね》めあげてくる黒い目をトムが不気味に思っているせいか、それとも右手と右脚を同時に前に出して地面を擦《す》るように歩く、サムライ・ウォークの真価がわかっていないせいだろうか――いや、違う。

文官までが腰に下げるナイフ、〝カタナ〟へ寄せる信頼の根拠がわからないからだ。トムにはあの武器が、実戦で使い物になるとは到底思えなかった。

二フィート半しかない刃渡りは白兵戦には短すぎるし、指を護るガードもない。薩摩兵が素振りしているところを見たトムはカタナを両手で握っていることにも驚いた。正面を向けた身体は的《まと》が大きくなるし、片手に比べてリーチも短くなる。

戦《いくさ》のなかった二百年の間に、剣技が形骸化したのだろう――そんなことを考えていたトムは、見物していた砲兵が銃剣を振る屍兵の隊列に割り込もうとしていることに気づいた。

「ソコノ者《もの》、控《ひか》エイッ！」

片言の日本語に立ち止まった砲兵は上甲板を睨めあげ、甲板を指さした。マスケットが投げ出されていた。落としたときの衝撃のためだろうか、銃剣も外れていた。砲兵は親切にもそれを拾おうとしていたのだ。

サムライの表情は読みにくい。トムは礼を言う前に、歯をむいて目を細め、大きな笑顔を作った。黒い巨人があのサムライのようにむっつりとしていれば怖かろう。

表情が読みにくいのはお互い様だ。

「カタジケナシ！　ダガ、無用ナリ。控エタモ」

ようやく兵は顔に笑みのようなものを浮かべ、腰のカタナに手をかけて「ヨスゴワンド」と頭を下げた。薩摩国の言葉はわかりにくいが「どういたしまして」だろうと見当はつく。

トムも同じように頭を下げた。

太い唇をすぼめて〝行動停止〟の口笛を吹くと、銃剣を突き出した姿勢で四十九名が動きを止めた。上甲板から飛び降りたトムは、彫像と化した兵が突き出す銃剣の切っ先をくぐり、隊の末尾まで歩いて落ちた銃と銃剣を拾い上げた。

マスケットを拾おうとしていた砲兵へ、英語で「止めなければ危ないんですよ。こいつら、見境がありませんから」と言うと、首を傾《かし》げた砲兵は「マッタンセ」といい、踵《きびす》を返して船室へ引っ込んだ。

銃を落とした兵は探すまでもなかった。

四十九名の中央に立つ、ひときわ立派な南部連合騎兵隊の士官服を着た屍兵だ。モールで縁取られた制帽からこぼれる、もはや伸びることのない麦わら色の髪の毛とたっぷりした口髭《くちひげ》は蠟《ワックス》で整えられ、プレスのきいた軍服を身につけている。二丁拳銃のホルスターやコードバンの乗馬靴にも手入れが行き届いていて、頰《ほお》には赤みまでさしていた。動いているところさえ見なければ、生者と見間違えるものもいるに違いない。

拾った銃を握らせようとしたトムは、少し考えて、となりの北軍騎兵からサーベルをとりあげて右手に握らせた。フランクな言葉遣いになるよう注意して囁《ささや》いた。

「今度は落とすなよ。用済みにしたくないんだ」

――ネイサン坊ちゃん。

二十年、農場で言い続けた言葉が頭の中で追いかける。

トムの持ち主であったハリス・ジョーンズの一人息子、ネイサン・ジョーンズだ。ネイサンは命を落とした戦闘で左腕を撃ち抜かれていたため、握力が小さい。本来は軽作業にしか使えないのだが、トムはこの屍者を見かけの隊長の位置に据え、身なりを整えてやっていた。

ジョーンズの青灰色の瞳がぐるりと回り、首がかくりと折れた。

〝イエス・サー〟と呼気なき言葉が唇をかたどるのを、トムは慌てて掌《てのひら》で押さえた。顔色をごまかすための油絵の具がトムの指につき、代わりに屍者本来のどす黒い肌が現れた。トムは指についた絵の具をネイサンの頰になすりつけ、隊長にふさわしい顔色に整えてやる。

「口、開くなってば。見世物小屋には行きたくないだろ？　ハリスの旦那が悲しむよ」

再びジョーンズは頷く動作をしてみせた。

魂のない屍者と言葉を交わすことはできないが、微かな魂の名残《なごり》を残すものもいる。トムら屍者遣いはそんな屍者を〝うすら死に《ヘイディ》〟と呼び、見つけたら屍者商人に売り飛ばす。かつてクォドルーン（四分の一だけ黒人の血を引くもの）が高く売り買いされ、慰み者や見世物にされたのと同じだ。多くの〝うすら死に〟は電極に見立てた鉄の棒で首を貫かれ、面影《おもかげ》が残らないほど顔を刻まれたあと派手に縫い合わせられて〝フランケンシュタインの怪物〟として見世物小屋に出ることになる。

なぜそのような屍者が生まれてしまうのかわかっていないが、内戦《シビル・ウォー》の経験者の間では、禁じられた行為――瀕死《ひんし》の生者へネクロウェアを上書きしたためではないかという説が人気だ。屍体漁り《スナッチャー》たちは弾《たま》をかいくぐって泥に埋まる死体から手足と頭の無事そうなものを運び出し、屍兵製造業者は宿営地の傍らに建てた小屋でネクロウェアをインストール。その日のうちにできあがった屍兵を軍に売って、戦場に戻していた。明け方に宿営地を出た兵が午後には屍兵として戦場を徘徊《はいかい》していたことも珍しくはなかった。生死を確かめていたようには思えない。白人の屍兵ばかりになったのも、そんな方法で再生されていたせいだ。最前線で銃砲に晒《さら》された黒人兵の、人の形を留めていない死体に用はない。

多くの兵が持っていたはずの遺言書は戦場に捨てられて、代わりに屍体漁《あさ》りがサインした状況報告書がついてくる。

ネイサンの懐《ふところ》にねじ込んであった報告書には、ただ『一八六三年二月　ニューオリンズ郊外にて死亡』とだけ書いてあった。

トムが農場を出て二ヵ月後のことだ。

『トムじいやの小屋』を読み終えたネイサンは、泣きはらし、真っ赤になった目で、家を出て合衆国軍《ユニオン》へ加わりたいと申し出たトムへ言った。

『恨《うら》みはしないよ、トム。戦争が終わったら戻っておいで』

『よろしいのですか？』

ネイサンはハンカチで鼻をかんだ。

『ああ、構わないさ。君の家でもあるんだ。家賃は入れてもらうことになるけれど』

トムはあのときの驚きを忘れない。合衆国が勝っても、連合国が勝っても自由人としてジョーンズ家で働けばいい。ネイサンはそう言ったのだ。

『戻ってくるときは、そんな口の利き方をしなくなっているかもしれないな』

『そう願っております――ネイサン坊ちゃん』

『だめじゃないか。とにかく、戻ってこい』

これが最後にネイサンと交わした会話だ。

トムが調べた連合国の記録によれば、あの後すぐに騎兵隊として動員されたネイサンは二ヵ月後にニューオリンズで脱走したことになっていた。父、ハリスにもそう伝えられていることだろう。

ネイサンをなんとかしてテネシーの農場へ返してやりたいというのがトムの願いだった。ストーンウォール号に乗って太平洋を渡ってきたのも、合衆国が幕府へ売ろうとしていた屍兵の中にネイサンが入っていたからだ。陸軍か薩摩国から払い下げることも考えたが、魂なき奴隷となったネイサンをハリスに会わせるわけにはいかない。

第二の死を遂げさせれば廃棄物として持ち帰ることもできるかもしれないが、生前と同じ姿に整えたネイサンに手をかけることが、トムにはどうしてもできなかった。

トムはネイサンの乱れた肩モールを整えた。

「前と、同じでいいよ」

ネイサンは帽子の鍔《つば》に指を揃《そろ》え、騎兵ブーツの拍車《はくしゃ》を打ち鳴らして、見事な敬礼を決めてみせた。

〝イエス・サー〟

「やめてくれ。お願いだ、坊ちゃん――」

「ミスタージョーンズ！　どうされました」

いきなりの呼びかけに、トムはびくりと身体を伸ばす。

「西郷《セゴ》ハンバ連《つ》イテキモシタ」

ゆっくりと振り返ると、船室に引き上げた先ほどの砲兵が小柄な男性を連れてきていた。トムへ「ジョーンズ」と呼びかけたのはこの男、西郷隆盛の弟である従道だ。

ジョーンズを名乗ることになんの躊躇《ちゅうちょ》もないトムだが、クイーンズイングリッシュの堅いアクセントで呼びかけられると、さすがに恥ずかしい。まして、持ち主へ呼びかけるような言葉をかけたばかりだ。

トムはまだ絵の具のついている指を上着の裾《すそ》で拭《ふ》いて、従道の方へ歩いた。

「ミスターサイゴウ、教練中は立ち入らないよう通達していただけませんか。お願いします。屍兵は敵と味方を区別しません。大事な兵に怪我《けが》をさせてしまいます」

「怪我ね。まあ、大丈夫だとは思いますよ」

従道は砲兵がベルトに無理矢理ねじ込んでいるカタナに目をやった。

またカタナだ――と思ったとき、砲兵と従道が出てきた扉から、大きな人影が姿を現した。天皇軍の将軍、西郷隆盛だ。江戸湾要塞攻略を現場で指揮するために、本陣をこの艦に移していたのだ。

背を伸ばして踵《かかと》を合わせたトムが敬礼しようとすると、大きな掌《てのひら》が振られた。

「ヨカヨカ、センセ、オイバキンスッコタナカ」

従道がすぐに「気にすることはありません、と言ってます」と通訳してくれた。大きな目を針のように細めてにっこりと笑った隆盛は「ヨカヨカ」と繰り返しながら、彫像と化した屍者の列に割り込んでいった。

トムは西郷のすぐ横に並んで、突き出した姿勢で固まった銃剣を除《よ》けて道を作ってやった。西郷は出会ったことのある日本人で唯一、トムが見下げずに目を合わせられる人物だ。従道の兄とのことだが、立っているだけで感じさせる包容力やリーダーシップが、同じ家から出たものとは思えない。

洋装の軍服を見事に着こなす隆盛は、屈強な肉体のものを集めた四十九名に違和感なく溶け込んでいた。

隆盛が一人の屍兵の顔をのぞき込んで目を細めた。

「オマンサア、ワッゼトエトコイ、ユクサオジャシタ」

言葉は全くわからないが、よく動く太い眉《まゆ》のおかげで隆盛が屍兵を気持ち悪がっていないことはわかる。すぐに従道が「遠いところからよくいらっしゃいました、と言っています」と通訳してくれた。

「屍兵にそんな言葉をいただいたのは初めてです、とお伝えください」

すぐに従道が通訳し、トムは笑顔を隆盛に向けた。

隆盛は大きな目を細め「ヨゴド」と返してきた。先の砲兵が口にした「ヨスゴワンド」のような意味だろう。頭を下げてもう一度にっこりと笑ってみせる。

日本語は難しくない。数千種類あるという文字を覚える気はないが、ストーンウォール号と屍兵を買い付けた土佐国のローニン、坂本龍馬《さかもとりょうま》や岩崎弥太郎《いわさきやたろう》の教えてくれた挨拶《あいさつ》は横浜の町でも通じたし、最近は聞き取れる単語も増えてきた。だが、薩摩国の言葉は単語の切れ目すら不明なままだ。

トムの南部訛《なま》りも、内戦《シビル・ウォー》初期は北部の自由州生まれの黒人たちにさんざん馬鹿にされたものだが、単語からして異なるのだ。

屍兵の手元に顔を近づけた隆盛が眉をしかめ「コヤ古《フ》イカ鉄砲《てっぽう》ジャラセンカ」と従道に言った。

よく見ている。

屍兵に持たせている銃はライフリングの切られていないスプリングフィールド兵器廠《しょう》の42年式——内戦《シビル・ウォー》の初期、黒人部隊が持たされていた旧式の銃だ。

トムは顎に手を当てて言葉を選ぶ従道へ答えた。

「白兵戦用の屍兵にとって、銃は槍にすぎません。これでよいのです」

専用の槍を作る案もあったが、生きているときに身体に染みついた動きを使える方がよいという理由でこの旧式の銃に銃剣を付けて持たせているのだと、公式見解を伝えた。実際には金も手間もかけたくないだけだ。誰も欲しがらない42年式は腐るほどある。

従道の説明を聞いた隆盛は大きく頷いた。

「ソヨカ。リニカナット」と隆盛。「合理的《プラグマティック》ですね。さすがはアメリカだ」と従道。

屍兵の列を抜けた隆盛は振り返って、四十九名を抱くように両腕を拡げた。

「センセ、兵隊ンシハコイデタルットカ」

「先生、足りないものはありませんか」と従道。

「足りないものですか」とトムが宙を睨《にら》むと、隆盛の怒声が飛んだ。

「竜介《リユウスケ》！」

従道が背を伸ばす。

「マグッナ。オンユタンタダスユエ。オマンラユトナイカチゴキガスッド。ホンコシコデ一番台場《イツバンダイバ》トルットカ――」

西郷が大きな手を振り回して、船首の向こう、江戸湾を指さしながら従道に詰め寄った。一番台場へ攻め入るのにこの屍兵で足りるのかと言っていることは、トムにもわかった。人数も含めて隆盛の采配《さいはい》だと思っていたが、どうやら従道の思惑《おもわく》が入っていたようだ。

ワカイモシタ、と短く言った従道がトムに言い直した。

「将軍は、兵は充分かと聞いています」

「御殿山下ダイバと違い、一番ダイバの守備兵は多くて百名ほどと聞いています」トムは従道と隆盛の顔色をうかがいながら、ひとさし指を立てた。「平たい場所で真正面からぶつかるならば、勝ち目はありません。ですが――」

条件をつけるところと、ですが、をしっかりと区切る。ろくに意思の疎通ができない薩摩軍の指揮下で、英語のできる従道に嫌われてしまうのは面白くない。

もちろん攻略戦は成功させなければならないが、屍兵部隊の損耗は気にしていなかった。薩摩軍の屍兵は潤沢だ。ネイサンさえ無傷で残せればいい。

「見せていただいた図面によれば、要塞の通廊はそれほど広くありません。いちどきに百名がこちらに向かってくることもないでしょう」

じっとこちらの目を見ていた従道が、あからさまにほっとしたような表情を浮かべた。

「もちろん、この倍ほどいれば安心ですが、あまりに大人数ですと、兵を素早く移送することができなくなります。渡し板を落とされてしまう危険もありますので、この人数が適切かと思います。いちどきに交戦する相手が同数までなら、この四十九名の屍兵が負けることはありません。そして、勝ち続けます」

従道が隆盛にトムの言ったことを伝える。

動いているところを見せてもらってもよいか、という隆盛を従道とともに上甲板へ誘い、七段七列の部隊を見下ろした。

「ご覧ください。これが、突入用の陣形です」

トムが〝再開〟の口笛を吹くと、四十九名がトムの考案していた陣形に沿って動き出す。

銃剣を引き、身体を六十度ずつひねって突き入れる。トムが指示を出すたびにその動きは複雑になっていく。

隆盛が唸《うな》り、先ほど、怪我などしないと言っていた従道もほうっと息を漏らす。

「まるで……生きているようですな」

「ご冗談を。彼らは魂を海の向こうでなくしております」

腕を組んだ隆盛が大きく頷き、トムにも意味のわかる薩摩語で言った。

「良《ヨ》カ、買イ物《モン》ジャッタ」

トムはにかりと笑顔を作った。

「ヨスゴワンド」

＊

満月を四日後に控えた月に照らされる暗い甲板で、トムは練兵の仕上げを行っていた。

西郷兄弟へ屍兵の陣形を見せたあと、操艦やアームストロング砲の訓練を行う薩摩兵に甲板を明け渡していたためだ。屍兵は光があろうがなかろうが気にしないし、気温が下がる夜の方が、激しい動きを試しやすい。

夜の教練はトムにとってもありがたいものだった。

七名を段違いに七列並ばせた四十九名は、昼間よりも密に立たせてあった。兵の前後の間隔は、突き出した銃剣がぎりぎり届かない四フィート。列の左右の間隔は三フィート半ほどしかないが、段違いに並べてあるので列の左右にいる兵を誤って突いてしまうことはない。もしも兵と兵を繋《つな》ぐ線を描けば、一辺四フィートの正三角形のタイルを敷き詰めたかに見えるはずだ。

この部隊は銃剣を突き出しながらジグザグに進み、四フィートの隙間に敵を飲み込んでは三方向から突き出す銃剣で殲滅《せんめつ》する。もしも誰かが斃《たお》れて陣形に隙間が空けば、取り囲む六名の誰かがすぐに穴を埋める。その動きはすぐに部隊全部に波及し、陣の密度が変わることはない。

これがトムが考案した変形屍兵の行進《デス・マーチ》、三角タイル陣だ。

「ミドルガード、ポーク！　右に回り、前進して突き！」

昇ったばかりの四分の三月《ギブス・ムーン》が照らす甲板に、四十九本の光が波打った。

一斉に動く屍兵の向こうで、装甲板に何かがこすれる音が聞こえた。

何かが船に接しているのだ。おそらく小舟だろう。屍兵の動きを止めるべきか、このまま臨戦態勢で待つべきか迷ったトムの目に、舷側をよじ登ってきた人影が形をなした。

「誰か！」と叫び、慌てて日本語で「ダレカ！」と言い直しながら、人影に目を凝らす。

月光に照らされたのは剃《そ》り上げられた額《ひたい》だった。二股《ふたまた》のスカートとゆったりとしたジャケットが上質な木綿《もめん》であることがトムにはわかった。

久しぶりに見る民族衣装のサムライだ。

銃は携えていない。

たっぷりとしたジャケットの袖《そで》は細い白布でたくし上げられ、肘《ひじ》から下の筋張《すじば》った筋肉がはっきりとした陰影を刻んでいた。親指の割れた白いソックスで、藁《わら》で編んだスリッパを摑むように履《は》いている。

袖をたくし上げているのと同じ白い布が額にも巻かれていた。その布の額のあたりに鋼鉄の輝きを認めたトムは、それが額を護る防具だということに気づいて息を吞《の》んだ。

戦闘態勢ということだ。

男は刺客《しかく》なのだろう。目標は薩摩国の将軍、西郷隆盛か――しかし。

「本気か?」と言葉が漏れる。

見る限り、額の小さな鉄片が男の身につけている唯一の防具なのだ。

消耗品のように扱われていた黒人部隊にも激しい白兵戦が予想されるときは革《かわ》の手甲が支給されていたというのに、木綿の民族衣装を着たサムライは腕をむき出しにして、素手《すで》で、フィンガーガードすらついていないナイフ――カタナの柄《つか》に手をかけている。

男は銃剣を振る四十九名を見渡して軽く腰を落として膝《ひざ》の動きでスカートを揺らし、裾でスリッパを隠した。手慣れた仕草だが、理由がわからない。自分で踏んでしまえるほど長いスカートはどう見ても邪魔だ。

サムライに感じていた不気味な感覚は、戦闘態勢で目の前に現れた男を観察することで消え去った。

どれだけ信頼を寄せていようが、カタナは二フィート半のナイフに過ぎない。

身長は五フィートを少し越えたほどか。一歩で踏み込める距離が銃剣をつけた42年式を越えることはない。スカートに躓《つまず》かず飛び込めればカタナで屍兵の腕を傷つけることはできるかもしれないが、それで終わりだ。このサムライは一人目に斬《き》りかかったところで、三方からの銃剣に貫かれる。

運が悪かったな――。
トムは上甲板から飛び降り、サムライの反対側へ走った。
「目標《ターゲット》！」
屍兵が一斉に銃剣を戻す。
トムは口笛のリズムで距離と方向を伝えた。
四十九対の眼が動く気配、続けて銃剣が一斉に男に向けられた。
「かかれ！」
男に最も近い位置に立っていた屍兵が、踏み込んで銃剣を突き出す。
「――ッ」
屍兵の向こうから孔雀《くじやく》の鳴くような音が響いた。
サムライの断末魔だ、と思ったトムは異様なものを見た。
突き出された42年式マスケットの先端、前床《フオアエンド》から先が消えていた。
鉄の落ちる音が響く。
音の源に目をやったトムは自分の目を疑った。
銃剣をとりつけたマスケットの先端部が夜露《よつゆ》に濡れた甲板に横たわっていた。
旋盤《せんばん》で切り落としたような切り口に月の光が輝く。
目を戻したトムは屍兵の両腕がなくなっていることに、そして背に一筋の黒い線が刻まれていることに気づいた。身体がその線を境にゆっくりと回り、感情のない顔がこちらへ向く。人体の構造ではなしえないほど回ったところで、屍兵の胸から上が甲板に落下した。

ごぼりと黒い液体が噴き出したところでトムはようやく理解した。

斬られたのだ。

胴体を両腕ともろともに。そして信じがたいことに銃までも、あのサムライは斬った。

上半身を失った屍兵の身体はもう一歩を踏み出そうとしてバランスを崩し、ゆっくりと倒れ込む。

空いた隙間から月光に照らされたサムライの額が見えた。

斬りかかったときよりも少し腰を落とし、伸ばした右腕で水平にカタナを支えている。

左手はカタナの鞘《さや》に添えられていた。

サムライはちらりとカタナに目を向け、唇を歪《ゆが》めた。

「ゴンスケめえ。こりゃ、とんだナマクラじゃねえか」

もしもトムに知識があれば、小指から確かめるように握る手つきでサムライが一刀流中西《なかにし》派を修めていることに気づいたかもしれない。そして本来は据《す》え物を断つ様斬《ためしぎり》の刃筋で、動く屍兵に〝一《いち》ノ胴《どう》〟を決めてのけたこと、しかもそれが鞘からの抜き打ちであったことに、そして、胴体と腕に銃までも両断したカタナの切れ味に不満を抱いていることに畏《おそ》れを抱いたことだろう。

サムライは刃を返し、ゆっくりと円を描くように動かして柄を両手で握り、身体の右側に立てた。

「山岡鉄舟《やまおかてっしゅう》、参る」

「やれ、かかれ！」

トムが言うまでもなく、屍兵は欠けた配置《スロット》を埋めるべく動きだしていた。列の後ろから新たな屍兵が一歩を踏み出し、左右からはサムライの胴と胸に向けて銃剣が突き出される。三本の銃剣による必殺の刺突だ。

サムライは臆する様子も見せずスカートを揺らし、鋼の輝きが交差する位置へ踏み込んだ。

再び怪鳥の声が上がる。

「イェエェッ！」

月の光の弧《こ》が網膜に残り、チンという澄んだ音が続けて響いた。

もう一度、同じ光の筋が三人の屍兵を通り抜ける。今度は三本の銃、三人の屍兵を斬った——そんな理解がトムの頭に生まれたのと同時に二本の腕が飛び、バランスを崩した屍兵の上半身が三つ、甲板に落下した。

スカートを揺らしたサムライは滑るように動き、まだ踏み込もうとしている主なき下半身を避けて屍兵の戦列に足を踏み入れた。

トムの設計した必殺の布陣、絶え間ない三方からの銃剣刺突がサムライを襲う。

だが、呼気なく突き出される銃剣は裂帛《れっぱく》の気合いに続くチンという音とともに斬り飛ばされ、返すカタナが月光を煌《きら》めかせるたびに、屍兵には第二の、永遠の死がもたらされていく。

銃を斬り、腕を飛ばし、頭を落とし、脚を転がしたサムライは滑るように歩を進め、いつしか七段七列の部隊をトムの方へ通り抜けようかとしていた。

サムライとトムを遮っていた最後の屍兵が銃剣を突き出すのと同時に、脳天から尻《しり》にかけてカタナの輝きが走る。屍兵の右半身は左側へ、そして左半身は右側へくるりと回り、月夜には黒くしか見えない液体をこぼして倒れ込んだ。

サムライがトムを見つめ、初めて表情らしいものを浮かべた。

その背後に帽子の金モールが揺れる。

サーベルを振りかぶったネイサンがサムライに斬りかかろうとしていた。

どんな気配を感じたか、サムライはベルトに残るカタナの鞘を左手で操り、背後から迫るネイサンの胸を突いてバランスを崩した。サムライは身を翻《ひるがえ》す。

「ネイサン坊ちゃん！」

サムライへ飛びつこうとしたトムの襟首《えりくび》が何かに引き寄せられた。

「兵隊さん、あぶねえよ」

英語？　と思った瞬間ふわりと身体が浮き、トムは流れる星空を見ていた。二つの輝きが視界の片隅をよぎる。一つは月だ。もう一つの灯《あか》りはなんだろう、と思ったところでトムは背中から甲板に叩きつけられた。

「鉄舟、そこまでだ。カタナ引いて下がりやがれ！」

トムの頭上から江戸の言葉が飛ぶ。

「兄さん、おいらは使者だ。停戦だ。屍兵を止めてくんねえか」

そして英語が続き、目の前に白い布が振られた。

トムは〝停止〟の口笛を吹いた。

動いていた空気の流れが一瞬で止まる。彫像と化した屍兵の中にネイサンを探したトムは、サーベルを振りかぶった姿勢で固まる騎兵服を見つけた。左腕はなくなり、胸の中程まで切り込まれてはいるが、新たな、そして決定的な死は訪れていない。

ふう、と息をついたトムへ、紙で覆われたランプが近づいた。

「どうかしたかい？」

髪を剃っていない、大きな目のサムライがのぞき込む。

「まあ立ちねえ、兄さん。受け身とれたかい？」差し出された手にすがって立ち上がったとき、トムは自分を甲板に転がした男が意外なほど小さいことに気づいた。

「いえ、何でもありません」

「ありがとうございます」

「いいってことよ」男はトムの顔をじろりと見て続けた。「しかし、黒人に屍兵を使わせてるって聞いたが、ほんとにそうだったんだな。ロバートの野郎、立派な国になれ、身分出自で差別すんのはよくねえと言うくせに、結局のところ汚れ仕事を黒人に押しつけてるんじゃねえか。奴隷制度がなくなったところで実質これじゃあ、殺されたリンカーンも泣いてるだろうよ」

「ロバート……ヴォールクンバーグ公使ですか？」

「おうよ。毎晩のように呼び出して、この軍艦の半金一万ドルを催促してきやがったのよ。けちんぼめえ」

サムライと同じ形のジャケットにランプの光がぬめりと映り、トムは小男の服が絹織物であることを知った。両の胸には金糸で三つの葵《マロウ》が刺繍されている。

西海岸の水夫言葉を話しているが、この小男は幕府の高官だ。

踵《かかと》をぴしりと合わせ、「失礼しました」と言いかけたトムへ小男は言った。

「すまねえが兄ちゃん。西郷将軍《ジエネラル・サイゴウ》を呼んでくれねえか。俺は勝海舟《かつかいしゅう》。幕府《ショーグネイト》の全権を委任されてきた」

トムが口を開くまでもなく騒ぎを聞きつけた兵が走り、甲板に灯りがともされていく。

黒々とした屍兵の血液がぶちまけられた甲板には、サムライが斬り飛ばした腕と脚、胴に頭が散らかっていた。薩摩兵たちが屍兵の脇《わき》をおっかなびっくり動くのがトムにはおかしかった。

惨状を見守る薩摩兵の間に、ひときわ大きな隆盛の姿があった。

「久しぶりだねえ、西郷さん。大坂以来だったかな」

「四年ニナリモス」

勝は、屍兵の残骸を跨《また》がないように注意して隆盛の方へ歩いていった。

山岡と名乗っていたサムライは懐から出した紙でカタナを拭《ぬぐ》って、自らの行為を見渡してから、何かを拾い上げて勝についていった。

「駿府《すんぷ》に鉄舟をやったんだが、間が悪かったみたいだな。おとつい、江戸の藩邸においてきた手紙は読んでくれたかい？」

隆盛が傍《かたわ》らの従道を振り返る。従道は知らない、と首を振った。

「しゃあねえな。頼みがあってよ。明日の江戸攻撃、止《や》めにしてくんねえか」

隆盛が深く頭を下げ、船室へ向かう方を大きな腕で指し示した。

「勝ハン、ソン言葉バマッテモシタ」

西郷についていこうとした勝は、思い出したかのように振り返った。

「兄ちゃん、あとで話そうや」

＊

南部連合軍《グレー》の右腕に、合衆国軍《ブルー》の左腕、どちらのものかわからない左手に胴、右脚――トムは甲板に散乱する四肢を拾い集めていた。

片付けは船の兵にやらせればよいと隆盛は言ってくれたが、素人《しろうと》におっかなびっくり触られて、傷口が台無しにされるのはご免だった。

斬られた骨を鉄片と針金で繋いで血管を縫い合わせれば、屍者は軽作業ができるほどには恢復《かいふく》する。木くずや泥を縫い込んだところで屍者の肉が壊死《えし》していくことはないが、異物を挟み込んだ筋肉は元の力を取り戻せない。気持ちの良いものではないし、なにより筋力の低下が無視できない。

合衆国の白兵戦用兵法と屍兵維持管理手続きには、トムがそうやって現場で見いだした方法と考察がいくつも記載されている。北部の自由州で育った屍兵遣いたちの中には、そうやって現場にいたがるトムを、殺されても従順さを失わなかったトムじいやのようだと笑うものも少なくなかった。

だが、なんと言われようが自分で手を動かしている方が楽だった。

それに屍兵としては二級品のネイサンを目の届くところにおいておくには、現場を自分のものにしておく必要があるのだ。

甲板に並べた腕と脚を見渡したトムはため息をついた。袖口にモールのある騎兵服の腕――ネイサンの左腕がどうしても見当たらない。斬られた左舷中央は、騒ぎの後で薩摩兵が大勢歩いていた場所だ。

「まずいな……」とつぶやいたトムは、ネイサンに繋がるような腕がないかと並べた左腕を見直して、肘の少し下で斬り落とされた腕に目を止めた。前床《フォアエンド》を支える形のまま固まっている手首のせいで、切り口が上を向いていた。

その切り口に、中天にかかる月が映り込んでいた。

まるで鏡だ。

トムはカタナの切れ味と、理屈を越えた剣技に身震いした。

使い手の名前は、確か、山岡鉄舟。

トムよりも頭一つ低い身長の彼は、四フィートのリーチがある槍衾《やりぶすま》にするりと入り込み、二フィートよりほんの少し長いだけのカタナで屍者の腕や胴、脚――そして信じがたいことに、鋼鉄の銃身ごとマスケットを両断してのけた。

それも一度や二度ではない。

甲板に自分の脚で立っている屍兵は十八名しかいない。脚がなくなったために座らせている屍兵が五名。二十六名は首か胸か胴を両断され、二度目の、確実な死を迎えていた。

立っている屍兵にも無傷のものは少ない。

トムは中央に立たせておいたネイサンを見直した。

胸の中央に達していたカタナ傷は既に縫い合わせ、艦の補修用タールで覆ってある。血に汚れた騎兵服も洗って着せ直してあるので、夜のうちに左腕を繋いでやれば、戦闘で傷を負ったことを隠して手元に置いておけるはずだ。

もう一度探そう、と中央砲郭に歩き出したトムへ、巻き舌の英語が投げかけられた。

「ひょっとすると、こいつかい？」

振り返ると、前方の船室入り口に立った勝が、山岡の捧げ持つ布の包みへ顎をしゃくっていた。駆け寄ったトムが包みを受け取り、ゆるく結ばれた布の端を解くと、騎兵の制服から伸びた手が、何かを摑もうとする形のままで手首のところで折れ曲がり、ぶらりと垂れ下がった。

トムは切り口が傷んでいないことを確かめてから、切り口を下に手桶《ておけ》の水に浸した。

「ありがとうございます。助かります」

「礼はこいつに言いねえ」

山岡へ顎をしゃくった勝が小さなパイプへ小指の先ほど刻み煙草《たばこ》を詰めながら言うと、山岡は「だいぶん端折《はしよ》っちゃいませんか」と口を挟んだ。

勝は紙のランプに細くよじった紙を差し込んで、パイプの煙草に火を移し、一息、大きく吸いこんで「細《こま》っけえことはいいんだよ」と煙を吹き付けた。

やりとりは半分ぐらいしかわからないが、トムは声をあげて笑ってしまう。

「山岡さんが何か仰《おつしや》っていたのですね」

「まあね……っと、英語で伝わるかねえ。騎兵の兄さんの腕を落としたのは、こいつの三十二合目《ターン》だそうだ。中西派《ナカニシ・スタイル》の秘奥義《シークレット・ハンド》、水鏡《ミラードウオーター》なんだと。切り口はまさに鏡のようになっているはずだ——って、ほれみろ、鉄の字。兄ちゃん目えぱちくりさせてんじゃねえか」

「……いえ、意味はわかります。そうではなく、山岡さんは斬った数やその方法を覚えているのですか？」

勝の通訳を聞いた山岡は笑みを浮かべ、手足を使う技だけでなく、見ていた物も覚えているのだ、というようなことを日本語で言って通訳を待った。

勝は掌で転がしていた火種《ひだね》を新しい煙草に移した。

「だとよ」

「これですよ《ヒーセズソー》」

ぼやいた山岡へ勝は顔をしかめてみせる。

「手抜きじゃねえよ。この兄さん、簡単な言葉なら通じてるんだよ、な」

トムはにかりと笑って頷いてみせた。

「半分ホド。腕ノコト、カタジケナイ。カタナトサムライ、ミゴトナリ」

「ほれみろ」

勝はパイプを手すりにぶつけ、火種を海に落とした。

「改めて、カイシュウ・カツってんだ。カツが氏《うじ》さ。よろしくな」

トムは従道に聞かされた勝の位《くらい》を思い出して慌てて背筋を伸ばし、踵を合わせて敬礼した。

「失礼しました。お目にかかれて光栄です。海軍卿勝閣下《ナーバルロードカツ・エクセレンシー》」

「エクセレン……てなんだい。ミスターで頼まア。お前《めえ》さんは？」

「合衆国陸軍第五十四連隊、屍兵分隊技官、トム・ジョーンズ伍長《ごちょう》。トムで構いません」

「トムの字《ティーズ・フオー・トム》か。お話やなんかで聞く名前だな」

文法が間違っているが、滑らかな語り口とよく動く表情のおかげで意図は通じた。

傍《かたわ》らの山岡も「改めて、山岡鉄舟と申す」と言い、微かに顎を引いた。

山岡の額に鉄片のついた布はなく、乗り込んできたときに紐でたくし上げていたジャケットの袖もおりていた。戦闘態勢ではない。だが、鉄を両断してみせた腕がほとんど見えないことが今のトムには怖かった。床に届くほどの長いスカートも銃剣をくぐり抜けた足捌《あしさば》きを見せないためのものなのだ。

そう納得していると、ゆるりと身体を伸ばした山岡がトムに頭を下げた。

「あいすまぬことをした」

戸惑《とまど》ったトムに勝までも頭を下げた。

「すまねえ、斬らせすぎた」勝は両の手指を揃《そろ》えて顔の前に立てた。「おいらが悪かったんだよ。アメリカの屍兵に山岡のやっとうがどの程度通じるのか知りたくて、止めるのが遅れちまったんだ。すまん」

「やっとう――この国のカタナと剣技ですか。あれは大変なものですね。これほどの数の屍兵が白兵戦で倒された例はなかったはずです。サムライは傭兵《ようへい》として世界中で活躍できるでしょう。屍兵の行進《デス・マーチ》だって止められます」

「嬉《うれ》しいことというじゃないの。でもさ、そんなに腕っこきはいねえんだ。普通のサムライなら三方から銃剣で突かれりゃ串刺しさ」

勝はにんまりと笑い、山岡に顎をしゃくった。

「鉄の字は江戸で十指に入るぐれえの使い手だ。幕府の役人だと二番手だあね」

「一番は？」

「オレさ」

首をそびやかした勝にトムは思わず声を立てて笑ってしまう。

勝もいたずらが決まった子供のように笑う。

「トムの字の兵隊こそ、てえしたもんだよ」

勝が甲板に立つ屍兵を見渡した。

「鉄の字があんなに切羽詰《せっぱつ》まるのを初めて見たぜ。斬ったそばから次の兵隊さんが出てくる。その間にも、周りから槍が突き出されてくるんだ。あの連携は凄《すさ》まじかったな」

決められた仕事しかできないという屍兵に、あれほど複雑な白兵戦ができるとは思わなかったと勝は続け、トムの脇《わき》にそそと寄って耳打ちした。

「なあ、ちょいと見せてくれねえか」

「え？」

「いいだろうが。どうせ幕府は今日で終わりなんだ」

トムは胸ほどの高さから見上げる勝の顔を見つめた。

「停戦合意は……上手《うま》くいかなかったのですか？」

勝は肩を揺すってにんまりと笑った。

「停戦じゃねえよ。降参だ。江戸城を明け渡して将軍は謹慎《きんしん》。その代わりに明日の江戸攻めをやめてもらったんだ。おいらも鉄の字も早晩お役ご免さ。お前さんも明日の仕事はなくなった。な、いいだろ？」

トムは頷き、行動開始の口笛を吹いた。銃剣を持たせずに、五名、四名の列をつくって互い違いに並べる。

すぐに勝が言った。

「段違いにしたのはなんでだい？」

トムは部隊の中に入って、両腕を拡げた。

「すべての兵を、等間隔に並べるためです。屍兵は敵味方を区別しません。ですから互いに銃剣が刺さらないギリギリの距離をとっているのです」

上から見れば正三角形を並べたように見えるはずだ、とトムは補って、六十度ずつ回転しながら突くアクションを始めさせた。

「そして、一人が配置から欠けたときには、周りの兵が埋めていきます」

トムは片腕で不格好に銃剣を突くまねをしているネイサンに近寄って、彼にだけ聞こえるように〝停止〟の口笛を吹いた。彫像のように動きを止めたネイサンの胸を抱き、戦列から外してやる。

すぐに右斜め後ろの屍兵がネイサンの欠けたスロットを埋める。その動きが部隊全部に伝わっていく。

勝と山岡はその動きを見て何か話しはじめ、ややあって勝がトムに言った。

「てえしたもんだ」

「ありがとうございます。数百、数千の屍兵が常に使えるならば屍兵の行進《デス・マーチ》が最上の策ですが、数十名しかいないときには、この三角タイル陣がいいと思っています。わたしが考えたのですけど」

「ほう、そりゃすごいや。どうすりゃこんなこと思いつくんだい」

初めての質問にトムは戸惑った。

内戦《シビル・ウオー》では何度も使い戦果をあげた陣形だが、指揮官も仲間の屍兵遣いも三角タイル陣そのものには興味を向けてくれなかった。まして、どこから思いついたのかなどと聞いてくれるような人はいなかったのだ。

「どこから――」

勝の言葉を繰り返して首を巡らせたトムの目が、ネイサンの、ハリスと同じ灰色の瞳で留まった。雲一つない空の下に広がる農場が蘇《よみがえ》る。

あそこだ。

綿花を効率よく収穫するために、ジョーンズ農場の持ち物であった三家族が疲労しないような手順をろうそくの下で考えていた。仲買人の残した契約書を条項ごとにバラバラにして、字の読めないハリスを騙《だま》したインチキを探し当てた。嫌がるネイサンをつかまえて綿木の配置を話し合った。あの日々が、トムに手順を考える癖《くせ》をつけた。現場を愛する心もそこで得たものだ。

「なあトムの字よ」という勝の言葉でトムは我に返った。

「ああゆうのを算法《アルゴリズム》っつうんだろ。この兵隊さんたち、一人一人はああしてこう、こうきたらああ、繰り返し、みたいな簡単な手続きをこなすだけなんだろうが、まるで生きてるみたいだぜ」

「え──ええ。そうです。小さな手続きの集まりです」

「何度も言うが、てえしたもんだ、特に最後のアレだ。トムの字を護るために飛び出してきた騎兵さんには驚かされたぜ」

慌ててトムは言った。

「彼、いや、これは銃剣が持てないので、サーベルを持たせていただけです」

「彼でいいじゃねえか」

勝はネイサンの近くへ歩き、伸び上がって肩をぽんと叩いた。

「おいらには、この騎兵さんが自分の意思で動いたように見えたんだ。だから山岡の斬る手を止めさせた。生きてる兵隊さんを殺しちゃあ、交渉が成り立たねえからな」

山岡がぐるりとネイサンの周りを歩いて、勝になにやら耳打ちした。

「気づいてたよ」と山岡に言った勝は、トムに向き直った。「なあトムの字よ。この騎兵さん、大事にしてんだな」

返事を迷ったトムに勝は続けた。

「ぴしーっと折り目の付いたズボンに脂《あぶら》ひいたブーツ、一人だけ綺麗な服着てさ。おっと、髭も蠟《ろう》で固めてお化粧までしてらあ。左腕はもともと、白兵戦なんかできないほど弱かったんじゃあねえのかい？　さっき斬った傷もこの騎兵さんだけ縫い合わせてあるんだってな。あ、こりゃ鉄の字が言ってることだが――」

放っておくといつまでも話し続けていそうな勝を遮り、トムは頷いた。

「わたしの持ち主だった方です」

勝が片方の眉を上げ、開こうとした口をゆっくりと閉じた。

続ける言葉に迷ったトムの目に、桶に浸けたネイサンの左腕が見えた。山岡に摑みかかろうとした形のまま固まった手が、ぶらりと桶の縁《へり》から垂れている。

この腕を繫ぎ、見かけだけの屍兵に戻すことはできる。そしていつか動かなくなったとき、この身体を、父ハリスのもとへ運んでやろう――そう考えていたことが急に現実味を失った。

これからどれだけ、トムはネイサンを目の届くところにおいておけるだろう。

白兵戦に耐えないことが薩摩国の誰かに知れれば、ネイサンは二級品の屍兵の集まる屍兵《デス・マーチ》の行進専用の部隊へ追いやられる。

トムが繋ぐ左腕は他の屍兵と肩を寄せ合うことで再びもげ、バランスを崩して転ぶネイサンは、後ろから歩いてくる屍兵に踏みつぶされる。すぐにただの肉の塊となってしまうだろう。

「勝さん」

「なんでえ」

「先ほど、幕府が降参したと仰いましたね。まだ屍兵を使う戦闘はありそうですか？」

勝は唇を歪《ゆが》め、ジャケットの袖に差し入れた腕を組んだ。それから頭一つ高いトムの顔を、そしてネイサンの虚ろな顔を交互に見上げた。

それから、うんうん、と頷いた勝は意外なことを口にした。

「お前さん、帰りねえ」

「え？」

勝は湾の奥に月明かりでうっすら白く見える帯、江戸の町へ顎をしゃくった。

「おいらは今日、幕府と引き替えに江戸の百五十万人を助けただけだ。不満分子はまだ日本中に散らばってる。そいつらの掃討《そうとう》と、新しい政府ができた後の一騒ぎ、収まるまで十年はかかるかもしれん」

　勝はトムを舷側の手すりへ誘い、小声で言った。

「そんとき西郷の下にいるのはまずいぜえ」

「そうでしょうか。立派な人物に見えますが」

「立派立派、そりゃもう立派だ。だが、立派なだけだ。龍馬知ってるだろ。奴が西郷についてこう言ってたんだ。鐘《ベル》だとよ」

　トムが首を傾げると、勝はパイプの火皿で手すりを叩いた。

「でかく叩けばよく響く、が、中身はがらんどうだ」

　洋装に身を固め、洋式の軍隊を率いる西郷ら天皇方の主要なメンバーはもともと、正統な王である天皇を蔑《ないがし》ろにして外国と手を結ぶ幕府を倒し、王政国家を取り戻してもう一度鎖国するために寄り集まったのだという。

「それが見ろよ。薩摩と長州はアメリカやイギリスと手を組んで、天皇にはちょいと脇にいてもらうつもりで新政府の構想を描いてる。つまりは幕府の方針と同じってことだ。幕府なんか要らねえんじゃねえかと西郷に吹き込んだのは何を隠そうオレなんだがね、まさかこんなにでかい祭りになるとは思ってなかったよ――あとな」

　勝はさらに声をひそめた。

「去年、変な奴がパリからやってきてな、ちょいと変わった屍者の技術が入っちまったんだよ。まだ成果は出てねえが――」

小さくなる勝の声をよく聞こうとトムは腰を屈《かが》めたが、それを見た勝は外国人のように肩をすくめ、トムから一歩離れた。

「とにかく屍兵や屍者はこの国でもありふれたもんになる、そうなりゃあんたもお払い箱さ。帰るなら今のうちだぜ」

勝は甲板で動き続けている屍兵の集団を見つめ、痛ましそうに首を振った。

「だいたいさ、こんないびつな技が長く続くわきゃあねえ。蒸気とか電気とか電信とか、そんな技術の時代が必ず来る。そのときにあんたの算法のセンスは活《い》きるはずだぜ。せっかく自由人になったんだ。アメリカでやんなよ」

米国公使のロバート・ヴォールクンバーグに口利きぐらいしてやるぜ、と勝は結んだ。

ネイサンをおいてはいけない――そう言いかけ、人に言うようなことではないと言葉を飲み込んだところで気づいた。

そうではない。ネイサンはもう死んでいるのだ。

この後屍兵の行進《デス・マーチ》の部隊に混ぜられてしまえば、骨すら残るまい。

そうでなければ横浜の屍者商人に売り飛ばされ、〝怪物〟にされてしまう。

ネイサンが止まるまでそばで見ていよう。そう思って日本にまで来たのだが、実際に動かなくなるネイサンをトムが見ることはない。

そんな当たり前のことがようやく心に染み通ってきた。

トムが、ネイサンを連れて帰れるようにするしかないのだ。

「勝さん、江戸に……死体保存技師《エンバーマー》はいますか？」

「いねえな」と言って勝はトムを見上げた。それから微動だにせず立ち尽くすネイサンをしばし眺めてから不意に口を開いた。

「国はどこだい」

「テネシーです。ご存じですか」とトムが応《こた》えると、勝は「テネシー、聞いたことあるぞ」と懐から出した手で宙になにやら描いてから言った。

「ケンタッキーの南だったかな。ここからだと太平洋の船旅込みでひと月ってところか。塩漬けだと保つかどうか、ってところだな」

「勝さん――」

わかってるって、と勝はトムを遮った。

「首切り役人の山田《やまだ》浅《あさ》右衛門《えもん》てのが江戸城の西、平川門を出たあたりに住んでる。でけえ屋敷だからすぐ見つかるだろう。紹介してやるよ。事情を話せば食客《しょっかく》の蘭方医《らんぽうい》が処理してくれるだろうさ――おい鉄の字、手紙だ手紙」

うなずいた山岡は懐から、カタナを拭《ふ》くのに使った紙の束と壺《つぼ》をぶら下げた細い筒を取り出した。

筒から筆を抜いた山岡は穂先を壺のインクに浸し、片手で支えた紙の束へ向けて構えた。背をぴんと伸ばし、ゆるく伸ばした指先で筆を構える佇《たたず》まいが美しい。見とれていると、勝はトムには聞き取れない言葉で話しはじめた。

山岡は肘から先だけを動かして、ひと繋がりになった見事なカリグラフィで勝の言葉を書き留めていく。躊躇《ためら》いなく動く山岡の筆の動きを見つめていると、山岡は「異人さんに見られると、照れますねえ」とつぶやいた。

二つの手紙が書き上がり、受け取った勝はうなずいて、文書の最後に美しい飾り文字でサインして折りたたんだ。

「こっちは浅右衛門、こっちがロバートだ」と言った勝は折り方の異なる二つの手紙をトムへ渡した。

「万次郎でも呼び出して読んでもらえや。ホトケさんとトムの字をアメリカに送るよう申し添えてある。数日は幕府の威光も消えねえだろうよ」

「ありがとうございます」

トムは手紙を懐に入れ、口笛で屍兵を止めた。

「もう一つ、お願いしてもよろしいでしょうか」

勝は「わかってらあ。言いなさんな」と手を振り、空を仰いだ。

「月も綺麗だ。鉄の字よ、スパッと綺麗にやっとくれ」

山岡は頷いてカタナに手をかけたが、柄に目をやってから、申し訳なさそうに勝に頭を下げた。どうやら山岡は自身のカタナを担保に金を借りていたため、今日は友人から借りたカタナを携えてきたようだ。トムに死を覚悟させたカタナを山岡はナマクラ――粗悪品という意味だろう――と呼んでいた。

苦笑いした勝がほらよ、と紐を解いてカタナを差し出すと、押し頂くように受け取った山岡は、トムの手桶に人差し指をいれて湿《しめ》し、柄の根元あたりに押しつけた。

「今のは？」とトム。

「目釘《めくぎ》を締めてるんだ。刃を固定するのが竹の釘でな、濡らすと強くなるんだ。すっぽ抜けたら怖《こえ》えからな――やかましい、鉄舟。手入れなんてする暇がおいらのどこにあるっていうんでえ」

思わず噴き出したトムへ勝が言った。

「よかったよ、笑ってくれて。じゃあいいかい？　そうだ、この兄さんの名前聞いとこうか」

「ジョーンズ、ネイサン・ジョーンズ。アメリカ連合国第四騎兵隊、大尉《たいい》です」

懐から細い布を出した山岡は端を咥《くわ》え、ひゅるりと腕を通す。夜風をはらんでいたジャケットの袖がその一動作で脇にたくし込まれ、この船に乗り込んできたときと同じ、戦士の装いに変わった。

勝もジャケットの襟をピシリと伸ばす。

「アメリカ連合国第四騎兵隊大尉、ネイサン・ジョーンズ。汝《なんじ》は太平洋東岸の国をひとかたならぬありようで訪れ、友であるトムを護り、戦い、死した。月の美しい夜であった」

こんなもんでいいかい、と聞いてきた勝へトムはうなずいた。

「よい言葉を戴きました。ありがとうございます」

トムがそれ以上言葉を発しないでいると、山岡はネイサンの左側に音も立てずに回り込み、目を伏せ、深く頭を下げた。

山岡は腰から少し抜いた鞘《さや》を握る親指でカタナの鍔《つば》を押した。

ふわりと被《かぶ》せた右手の小指から順に柄を握り直す。

ふうと息を吐きながら、山岡はカタナを抜く。

瑕《きず》一つないカタナが月光に輝いた。

まるで水で作った鋼《はがね》のようだ。

そうトムが思ったとき。

「――ッ！」

裂帛の気合いとともに、半月の輝きが弧を描いた。

山岡がカタナを振ってねばついた血を甲板に振り飛ばす。

斜めに断ち切られたネイサンの首がゆっくりと滑り落ちてくる。

トムはその頭を抱え、抱きしめた。

帰りましょう。

からからに乾いた小麦色の髪の毛から、微かに収穫の香りが立ちのぼった。

TAKANO Fumio

高野史緒

# 小ねずみと童貞と復活した女

語り手の〝俺〟ことパルフョン・セミョーノヴィチ・ロゴージンは、ドストエフスキー『白痴』(一八六八年)の登場人物。『白痴』の事件のあらましは、本編冒頭で〝俺〟が語るとおりだが、そのあとに(本書ならではの)驚愕《きょうがく》のどんでん返しが待っている。そこから先は、やりたい放題。ものすごい密度で次から次へとネタが投下され、あんぐり開いた口を閉じる暇がない。伊藤計劃の(あるいは『屍者の帝国』の)ファニッシュな側面を思いきり拡大して突っ走る、本書収録作の中でももっともオタク度の高い作品。

高野史緒(たかの・ふみお)は一九六六年、茨城県生まれ。お茶の水女子大学大学院人文科学研究科修士課程(フランス近世史専攻)修了。九五年、第6回日本ファンタジーノベル大賞最終候補作を改稿した『ムジカ・マキーナ』で作家デビューを飾り、『カント・アンジェリコ』『アイオーン』『赤い星』など、改変歴史SFを中心に活躍。二〇一二年、『カラマーゾフの妹』で第58回江戸川乱歩賞を受賞。『カラマーゾフの兄弟』の直接の続編として書かれた同書は、ドストエフスキーの名作をミステリ的に再検討し、意外な真犯人を指摘する。「カラマーゾフ事件」から十三年を経た一八八七年、内務省モスクワ支局未解決事件課特別捜査官イワン・カラマーゾフが帰郷するところから小説が動き出す。同書は、円城版『屍者の帝国』刊行の直前に講談社から刊行。時代背景と一部登場人物(クラソートキン、アリョーシャなど)と改変歴史要素が共通する二作が同じ月(一二年八月)に出る偶然が話題になった。この(いわば)カラマーゾフがとりもつ縁で高野さんに寄稿を依頼したわけですが、想像のはるかに上を行く爆走を見せてくれた。

「次の間へ通じる扉の上の壁に一枚の絵が掲げられていた。それは、いま十字架から降ろされたばかりの救世主を描いた絵だった。ロゴージンは、急にその絵の前に立ち止まった。

『この絵を眺めるのが、好きなんだ、おれは』。一瞬黙ってから、ロゴージンはぶすっとした声で言った。

『この絵を眺めるのがだって！』ムィシキンは、ある思いがけない考えにはっとして、叫ぶように言った。」

ムィシキンは、ロゴージンは死体が好きなんだ、という「思いがけない考え」にはっとしたのである。

そして、小説の最後には、その家に、正教の教会から逃げ出した花嫁衣装を着たナスターシャ（正式にはアナスタシーヤで、「復活」という意味の名である）が、ロゴージンのナイフに刺されて死体となって横たえられる。

——中村健之介『ドストエフスキー人物事典』『白痴』の項より

心が引き裂かれるような狂変だって？　何の話だ？　ドストエフスキー気取りか？

——アンドレイ・タルコフスキー　映画『惑星ソラリス』

女を殺した。

ちょうど二年前だ。

それはこういうふうに起こった。俺は話が下手なのでうまく説明できないかもしれないが、最後まで聞いてくれ。

俺はパルフォン・セミョーノヴィチ・ロゴージン。事件の発端はその半年ほど前、まだ冬のことだ、俺はペテルブルクの街中である女を見かけて惚《ほ》れこんだ。金持ちの地主の愛人で、ナスターシャという女だ。齢《とし》は二十代の半ばかそこらだが、もう十年だったか、だいぶ長い間地主の囲い者をやっていたというすごい女だ。それがまた、男なら皆惚れずにはいられないような上玉なんだ。ただ、性格は恐ろしくきつい。毒々しいほどだ。だがその気の強さの中には、何かこう、放り出せないような、かばってやらなきゃならないような何かがあった。そういう女だ。

俺は親父《おやじ》から預かった商売の金でその女に耳飾りを買って送り届けた。当然だが親父は怒り狂って、本当に殺されそうになり、俺はプスコフの叔母《おば》のところに逃げ込んだ。件《くだん》の耳飾りは、後で親父が女にみっともなく平身低頭して回収しやがったらしい。

それから何週間かして、親父が突然ぽっくりと逝《い》ってしまうと、俺は汽車でペテルブルクに戻った。十一月の終わり頃だ。その汽車の中で、スイスの精神病院から帰るところだという貧乏公爵《こうしゃく》と知り合いになった。それがムイシュキン公爵だ。公爵は俺と同年くらい、つまり二十六、七で、何年か前までまるっきり白痴《はくち》同然だったという。それでスイスの精神病院にやられて、どうにか治って、やっとロシアに帰ってきたというのだ。

どういうわけか俺たちは友達のようなものになり、やがてはあの女を取り合って敵になり、十字架を交換して義兄弟になった。公爵はいっときは良家の令嬢アグラーヤと婚約したが、やはり最後にはナスターシャの元に走り、パヴロフスクの教会で結婚式をあげることになった。

こう言うと公爵は節操のない冷淡な女好きに聞こえるだろう。だが、奴ほど冷淡とは程遠い人間もいない。奴は何ていうか、言わば場違いな聖人だったんだ。白痴の聖人だ。人を愛そうとして愛しきれず、人を救おうとして手に余り、善意でポカをやらかし、善良過ぎて低俗な人間に劣等感を抱かせる、そういう男だ。

話が分からないって？　それは俺の説明が下手だからじゃない。起こったこと自体、訳が分からないことだから仕方がないんだ。さらにすごいことに、ナスターシャはこれから結婚式が行われるっていう教会の前で突然公爵を捨てて、俺と共にペテルブルク行きの汽車に乗った。花嫁衣装のままで、だ！　どうだ？　訳が分からないだろう？　俺も何が何だか分からないまま、無我夢中でゴローホヴァヤ街にある俺の家に女を連れていった。古ぼけてだだっ広い、陰気で薄気味悪い、いかにも俺に似つかわしい俺の家だ。

その夜、ナスターシャを殺した。狩猟用のナイフで心臓のところを刺した。肉に刃物が食い込んでゆくあの感触は忘れたくても俺の手から離れない。今もだ。肉が切れてゆく感触……俺はもう元の俺には戻れない。

翌日の夕刻、公爵と俺はまるで待ち合わせでもしたかのように落ち合って、二人で俺の家に戻った。俺はナスターシャの屍体《したい》を見せ、ナイフを見せた。いずれ誰かに見つからないわけがない。俺たちはその時まで、二人でこの哀《あわ》れな女のそばにいてやろうと決めた。訳が分からないって？　分からなくて結構だ。それが俺たちの望みであり、俺たちがそうしようと決めたんだ。

そこから先は覚えていない。俺は脳炎か何かになったらしく、それから何週間も高熱で寝込んで、記憶がない。しかし当然だが、あの場には警察が踏みこんできて、女の屍体は回収され、俺は病院預かりで逮捕されたらしい。公爵は……可哀想《かわいそう》に、発見された時には元の白痴に戻っちまってたらしい。奴は親切な金持ちが後見人についてくれて、また元いたスイスの精神病院に送られたという。

その事件がちょうど二年前、ペテルブルクがくそ忌々《いまいま》しい白夜《びゃくや》で覆《おお》われる、七月の半ばのことだ。

何故《なぜ》俺は死刑になっていないのかって？　死刑どころか、俺は無罪放免となった。何故だと思う？　驚いたことに、俺の裁判にあの女が出廷してきたんで、殺人事件自体がなかったことになったんだ。

ナスターシャは陪審が協議に入る直前に、ケルン教授という外国人の医者と共に法廷にやってきた。法廷は見世物小屋のような騒ぎになって、判事は休廷を宣言しようとして必死にわめいたが、ケルン教授は時間がかかると証人の身体《からだ》が保《も》たないからと言って続行を要求して、裁判は続けられた。見世物小屋はこうでなくちゃな！

女は間違いなくナスターシャだった。事件後、ペテルブルク中で肖像写真が奪い合いになって、誰もが見知っている顔だ。女は堅苦しい高襟《たかえり》のついた、後家さんのように地味な黒いドレスを着て、今にも消え入りそうな弱々しい声で喋《しゃべ》った。曰《いわ》く、「皆さんは誤解していらっしゃいます。あれは殺人ではなかったのです。私は自殺を図ったのでした。自殺は未遂に終わったのですが、私は今までケルン教授の病院で療養しておりましたので、ロゴージンさんはそのことをご存じなかったのです。彼の自白は、私の不名誉をかばうための偽証です。この方は、私の罪をかぶろうとしているのです」ときた。

女が生きていて自分でそう証言したのだから、もう仕方がない。俺は逆転無罪となった。それどころか、一部の噂雀《うわさすずめ》たちの間では、俺は命がけで姫君を守る高潔な騎士の扱いになった。まったく勝手なもんだ。ついこの間までは、高位貴族と娼婦と金持ち商人の泥沼情事の扱いだったんだが。

　裁判が終わった頃にはすっかり秋になっていた。俺としては、英雄扱いより、忘れてくれたほうがよほどありがたい。幸い、ほどなくして俺たちは忘れられた。都会には刺激的な噂の種が山ほどある。

　無罪で釈放された後、俺はケルン教授に連れられて、屍者製造を行う彼の研究所に行った。屍者はロシアじゃさほど普及していないから、これについても説明が必要だろう。屍者とは言わば、動いて労働する屍体だ。死というのは、科学者によれば、生者から「霊素」という物質が失われるために起こる現象だという。霊素が抜けていったん死んだら、さっきまで人間だったものは屍体になってしまう。だったらそこに、人工の疑似霊素を上書きすればいい、というわけだ。もちろん、それで蘇《よみがえ》った屍者はまるっきり元の人間というわけにはいかない。言わばただの動く屍体だ。だが、その屍体の脳にいろいろな「エンジン」だの「プラグイン」だのを書きこんでやれば、屍者はその通りに動くようになる。まあ要するに、屍体を動く人形みたいにして召使いや労働者にするという話だ。

　迷信深いロシアでこんなものがそうそう流行《はや》るわけもないが、ロシアは今、シベリアの鉄道や鉱山、トルコやフランスとの戦争、社会主義者つぶしと、生きた人間だけじゃとうてい人手が足りない時代だ。そこで政府はかなり無理矢理、屍者をロシアでも生産し始めた。その業務を皇帝陛下から一手に託されたのが、このお雇い外国人、ケルン教授というわけだ。

話が前後して悪いんだが、俺がこの研究所に初めて足を踏み入れた時のことも話しとかないといけないな。ナスターシャを刺した直後、俺は防腐剤を買うためにこっそり街に出た。その時たまたま行き着いたのが、ケルン教授の研究所に付属した二十四時間営業の薬局だったというわけだ。

さすがに屍者を扱っているだけに、そこには性能のいい防腐剤があった。俺は、葬式までに少し時間が空いてしまう故人がいるんで、遺体をきれいに保ってやりたいんだと言って、最新式の防腐剤を売ってもらった。

というわけで、裁判後にここに来たのは二度目の訪問ということになる。

「ロゴージンさん、あなたは覚えていらっしゃいますか？　初めてここにいらっしゃった時のことを？」ケルン教授は、乾ききった指先で机をコツコツと叩《たた》いて言った。

「あなたのご様子は尋常ではありませんでした。埋葬が先送りになった故人がいるとあなたはおっしゃいましたが、当研究所は、このあたりの葬儀の情報は日々把握しておりますので、それが嘘《うそ》であることはすぐに判りました」

「あんた諜報部《オフラーナ》か？」

「私は屍者業務に関係する情報収集を許されているだけです。政治に関わるつもりはありません。まあそれはともかく、あの日私は、これは近々近所から警察のご厄介になる遺体――おそらくは女性の――が出てくると予想したのです」

「つまり、俺が人殺しだと見抜いたってことか？」

「有《あ》り体《てい》に言えばその通りです。しかし同時に、あなたはただの殺人者ではないとも分かりました。一般に殺人者は、我が身の安全を最優先にし、次に考えるのが被害者の遺体の隠蔽《いんぺい》です。しかしあなたは、私や研究所員たちに顔を見られることを恐れなかっただけではなく、金には糸目をつけないから、一番いい防腐剤を売ってくれ、屍体をきれいなまま保ってやれるやつを、と、訴えるような目で言われた……。私は思うところあって、私が開発した最新型の薬剤をお渡ししました。そして所員にあなたの後をつけさせて家を特定し、それなりのコネクションを使って、第一陣の警察と一緒にそこへ行ったのです。あなたはその時にはもう高熱で朦朧《もうろう》としていたので覚えてはいらっしゃらないでしょう。

死後にも数日間は霊素の一部を停留しておけるケルン221剤のおかげで、アナスタシア嬢のご遺体は、夏場にも関わらずかなり良い状態に保たれていました。しかし心臓を刺されていたので、胴体は使い物にならなかった……。普通の屍者にするのでしたらそれでも構いませんが、私が目指しているのはそういうことではない。あの朝ちょうど、幸運にと言ってはいけないのでしょうが、ペテルブルク郊外で列車事故が起こって、何人もの遺体が警察の遺体安置所に運ばれてきました。アナスタシア嬢と年恰好《かっこう》の近い、ほぼ無傷の身体もありました。そこで私は、今まで動物実験でしか成功したことのない、ある手術を行いました。その成果がこちらです」

そう言ってケルンが連れてきたのが、あのナスターシャだったのだ。

ナスターシャはナスターシャのままだったが、そのままのナスターシャではなかった。あの女は、首から下は別人になっていたんだ。身体は少し太めで背も低く、骨太な体つきになっていたが、顔はナスターシャのままだ。ナスターシャでない身体にナスターシャの頭をつないでできた復活したナスターシャなんだ。

屍者は喋ったり、自分の意思で動いたりはしないし、生前の性格特徴なんかもなくなってしまうというが、ナスターシャは喋るし、以前の記憶もあれば、本来のあの女らしいところもちゃんとある。分かるだろうか？　また訳の分からないことを言って済まないが、実際そうなんだから仕方がない。

あれ以来、あの女は俺と一緒にこのゴローホヴァヤ街のだだっ広い屋敷に住んでいる。弟は呆《ぼ》けたおふくろを連れてモスクワに移った。庭番と召使いたちは、教授が手配した屍者だ。つまり俺は、動く屍体や復活した女《アナスタシア》と一緒に暮らしている。俺は悪い仲間と飲み歩くこともなくなり、ナスターシャとただ黙って一緒に座ったり、本を読んだり、日に何度か短い会話をする。あの女は詩や小説を好んだが、俺はそういうのはたいして好きになれなくて、主に歴史書や新聞を読んだ。科学の本も読んだ。今だったら、白痴どころか実はけっこう頭が良かった公爵とも、もうちょっとまともな話ができただろうに。

年に何回かはケルン教授がやってきてナスターシャの具合を見てくれる。俺もたまに教授の研究所に薬を取りに行く。その他に俺が出かけるところと言えば、海くらいだろうか。俺はたまに、ネヴァ川の河口からバルト海を見にゆく。ただ見にゆくだけだ。

海は黒々として、時に縮れたようなさざ波が立ち、得体の知れない粘液でできているように見えた。薔薇色《ばらいろ》がかった銀の粒のようなきらめき。物質的に高い稠密《ちゅうみつ》性を持った霧、橙色《だいだいいろ》の太陽の下《もと》、インクを流したように黒い海が、ところどころ血のような照り返しに光っている。……笑わないでくれるか？　俺も本を読むようになって少しは賢くなったし、言葉も覚えた。

「あたしはいったい、誰なのかしら？」

ナスターシャは時々、思い出したように言う。あの燃え上がるような苛烈《かれつ》さはもう無いが、答えにくいことを聞いてくるってあたりは、基本的には変わらない。この女がそんなことを言うのは無理もない。何しろ、首から下は他人の屍体だ。ケルンのところからいろいろな薬品が手に入るのはいいんだが、俺はあいつが液体窒素を飲んで自殺しちまわないか気をつけた。

　死といえば、去年の秋、ムイシュキン公爵がスイスの病院で死んだという噂が流れてきた。ちょうど裁判から一年ってとこか。俺にはもう人づきあいなんかないんだが、それでも、噂っていうのは屍臭のように漏れ伝わってくるもんだ。

　ナスターシャに話してやると、あいつは「そんなはずがあるもんですか」と言って、悲しげに首を振っただけだった。首を振るのはやめてほしい。つなぎ目が取れるんじゃないかと思うと、気が気じゃない。

　あいつにはおふくろが残していった、おふくろや叔母が若かった頃の古着を着せている。肩幅がきつくて腰回りなんかはぶかぶかなんだが、こいつを仕立て屋に連れていくのはどうにも気まずいんで、悪いと思いながらもそうしている。ただ、ありがたいことに、うちの女どもの服はどれも、いわゆる「慎ましやか」というやつで、胸元《デコルテ》や腕を丸出しにしない形のやつばかりだった。それを着せておけば、どう見ても屍体の色をした肌や、ごく僅かずつだが日々確実に腐ってゆく胴体も、あまり見なくて済む。首のつなぎ目だけは隠しきれないのが難点だが、あれはむしろ、俺が見慣れるべきなんだろうな。物言わぬ屍者の召使いたちには慣れたが、ナスターシャはそういうのとはまた別な何かで……ああ、俺は何というひどい奴だろう。

「あたしが誰であったとしても、いい子ではないからね」

あいつはふと思いついたように言う。

「お前が俺と同じじゃないってのは本当だ。だけどな、お前が俺より劣ってるってことじゃない。その反対かもな。そのおかげで、その、お前は死ななかったわけだし」

「つまりあたしは不死身ってこと？」

「さあな。何にしても、お前は俺より死からずっと遠いところにいるしな」

実際はその逆じゃないのか？　ナスターシャは、頭は一度死んで生き返ったナスターシャで、身体は他人の屍体だ。だけど、何て言ったらいいんだ？　生き返るっていうのは、ただ生きているのよりずっと活力が要ることじゃないのか？　あの霊素ってやつか？　あれがたくさんあったら生き返るんだろうか。

そういう実験はもう科学者たちがやっている。人が持つ霊素は〇・七五オンス。死ぬ時にそれが身体から抜ける。死んだ後にそれを足せば、屍体は屍者となる。が、どうやら霊素というやつは、〇・七五オンス以上は上書きできないらしい。屍者にそれ以上ぶっ込んだところで、何も起こらないと言う。では生きている人間にそれをやったらどうなるのか？　やっぱり何も起こらないらしい。いやちょっと待て、それが分かってるってことは、生きている人間で人体実験した奴がいるってことじゃないのか？　まったく科学者ってやつは狂ってる。多分、人殺しの俺や売女《ばいた》のナスターシャや白痴の公爵より、もっとずっと狂ってる。

しかし——これから先は、科学で言うところの「仮説」ってやつだが——もし屍体に〇・七五オンス以上の霊素を上書きすることが可能だったら？　その時、人は屍者になるのではなく、生き返ったりしないだろうか？

分かるわけがない。俺程度の頭で考えすぎても、目眩《めまい》がして体調が悪くなって、古傷が痛むばかりだ。馬鹿は損だ。情けない。俺はケルン教授からもらった鎮痛剤を飲んで寝た。痛みの自覚がなくても今夜は必ず飲むようにと言われていた薬だ。

事件からちょうど二年後の白夜の夜だ。

＊

けーかほおこく　一　三がつ〇にち
ケルンせんせいがぼくにおこたことおかいておきなさいていった。あとでやくたつからとケルンせん生はいいました。ぼくはレふ・ニコラえビチ・ムイシュキンとう名まえです。ケルンせん生はぼくのおいしゃさんです。ぼくは二じゅう八才だです。ぼくははたらいています。ケルンせんせいのてつだいの本おはこんだりしてはたらいている。ぼくはあたまがよくなるくすりおちゅうしゃしてあたまがよくなたら。もっとケルンせん生はぼくにいろいろおしいてむずかしいこともできて分かるようになる。はやくあたまがよくなたい。テストおいっぱいしてつかれたけどたのしかたです。

けーかほこく　よん　　三がつ×にち

ケルンせん生はぼくとテストをするねずみをみしてくれた。白いねずみです。名まいはアるじゃノんていうなまいです。あるジーノンはめいろおいろいろしてもみんなできる。ケルンせんせいがつくるとアルジャのんはめいろおしてうまくできます。こなあたまがいいねずみです。すごいとおもた。アるじゃのんはあたまがいいのはすごいで、ぼくもはやくあたまよくするくすりであたまがよくなたらねずみよりめいろできてすごくなります。はやくあたまがよくなりすように。

けいかほうこく　七　　三がつ△日

ちうしゃはいたくなかた。あたまがぼーとするになったけどねて、おきたときにだいじょうぶなりました。これはかがくのためにすごいとケルン先生はいいました。せかい中のあたまがわるくてかなしい人ほみんなあたまをよくするができたらかがくのすごいことになっていいです。ぼくわそのためにけいかほおこくをかく。

けいかほう告　九　　三月□日

ケルン先生が、あたまをよくするのに、べんきょうを、たくさんしなくてはいけない、と言った。あと、おもい出したこととかを、かくことも、いいことだと言いました。ぼくはまえに、ロシアというくにに、いました。ぼくは、ロシアで生まれました。さむいところです。いろんなことが、あたまの中で、わーんとなってて、かけれない。もっとあたまが良くなったら、かけると、ケルン先生は、言いました。シュナイダー＝ドウエル先生は、ずっとまえに死んでいる。ぼくは、びっくりしました。かなしいです。

経過報告　十五　四月◎日

ぼくは毎日べん強をしている。もう迷路のきょう争でアルジャーノンには負けなくなった。思い出すのも増えてきた。僕は何年か前にロシアに行って、ロシアでは友だちがいた。ケルン先生は思い出すのはむりにあんまりやらないほうがいいと言った。頭がいたくなるからだ。あんまり頭がいたくなると、またばかになってしまうだろうか。とってもこわい。

ケルン先生はぼくに、研究所の外に出てはいけないと言う。シュナイダー＝ドウエル先生やケルン先生の研究をぬすもうとする悪いやつらが、世の中にはたくさんいて、ぼくがさらわれないようにと言うのだ。ぼくは昔よく見に行った滝や村を見に行きたいけれどがまんする。ぼくは楽しいことより、科学や世の中のためにがんばる。

経過報告　十八　四月▽日

研究所にはものすごくたくさんの本があって、ヨーロッパ中から雑誌や新聞が届くので、僕はたくさんのことを勉強している。歴史のことや、科学のことや、プーシキンや、シェイクスピアだ。まだ難しいと思う本が多いけれど、昨日分からなかったことが今日には分かったりするのが面白い。

でも僕はまだ、自分のことがよく思い出せない。昔は知能が低すぎたから、その頃の記憶がないんだと思う。思い出しそうな気もするけれど、頭がごちゃごちゃになってしまってよく思い出せない。

今日もケルン教授と知能の検査をした。ほとんど普通らしい。教授は外国に行っていることも多いので、その間に僕は本をたくさん読んでいる。普段はフランス語で生活しているが、ロシア語が分かるようになった。

経過報告　二十三　五月◇日

どうやら僕の知能は正常になったらしい。ケルン教授はもう少し経《た》てばもっと良くなるとおっしゃったが、僕としてはこのくらいで充分だと思っている。いろいろなことが分かり過ぎるのは辛《つら》い。

山々の緑や残雪、夕映えを見、ひばりの啼《な》き声を聴いていると、突然、やり場のない孤独に襲われることがある。この世は終わりのない宴《うたげ》、日々続く祝祭だが、そこに僕の居場所はない。子供の頃から憧《あこが》れていたが、この祝宴に僕の席はないのだ。

病院はかつての僕のような病者ばかりで、話し相手がいない。僕の友人はアルジャーノンだけだ。僕の家名ムイシュキンの語源はロシア語の「小ねずみ《ムイシュカ》」だが、そのムイシュキンの友人が小ねずみ《ムイシュカ》だというのは、あまりにもよく出来過ぎていて、自分でも笑ってしまう。病者たちは友人ではないと書いたが、僕は彼らを軽蔑《けいべつ》しているわけではない。その逆だ。僕は彼らの役に立ちたいのだ。僕の実験が成功すれば、彼らも皆、僕のように知性を回復できるだろう。同じ経験を共有した僕たちは、きっと良い友人になれるはずだ。そうすれば、世の人々は今度こそ僕を受け入れてくれるだろう。僕の発作はもうとうに起こらなくなっているが、正直に言うと、あの強烈な懐かしさを伴った法悦感を失ったことに一抹《いちまつ》の寂しさはある。しかし今は、そんなことを言っている場合ではないのだ。

科学の進歩によって、僕も世界という饗宴に加わることができるのだから。

経過報告　二十七　五月☆日

信じられないことだが、今日はシュナイダー＝ドウエル教授に会った。ケルン教授からは、彼は僕がロシアに出発した直後に実験中の事故で亡くなったと聞かされていたが、何と言ったらいいのだろう、教授はある特殊な形で生きておられたのだ。

そのことを書く前に、私は自分自身への覚え書きとして、少しシュナイダー＝ドウエル教授の来歴と、私自身との関わりについて語ろう。書くことは思考の補助になるからだ。

シュナイダー＝ドウエル教授はアメリカ出身の脳科学者で、ヨーロッパ各国への留学の後、若いうちに幾つもの学位を取得し、母方の祖国であるスイスにご自分の研究所を設立された。医学界に影響力の強いドイツ語圏での信頼を得るため、ヨーロッパでは母方の姓であるシュナイダーを名乗っていたという。シュナイダー＝ドウエル教授の専門は知能の研究だが、霊素や人体蘇生《そせい》についてはより専門的な知識を必要としたため、屍者の専門家であるケルン教授を共同研究者としてお迎えしたのだった。

かつて成人後にも六歳児程度の知能しかなかった私は、後見人パヴリーシチェフ氏の厚意によって、先進的な知能研究を行っているというシュナイダー研究所付属病院に入院することになった。パヴリーシチェフ氏の死によって経済的援助は中断されたが、両教授は私費で私の入院費用を賄って下さったのだ。やがて、両教授の研究の成果である試薬が私に投与され、私の知性は向上し、試験的にロシアに帰国することとなった。二年前の帰国というのは、この時のことである。

しかし私の知能は八カ月程度しか維持されなかったようだ。今なお記憶に曖昧《あいまい》なところはあるが、私は友人による殺人事件――これについてはまだ辛《つら》すぎて書くことができない――による精神的な過負荷か、もしくは試薬の効果の限界か、まだ特定されていない理由によって急激に知能を失い、再びこの研究所付属病院に戻ってきたのだ。悲しいことに、私がロシアに出発した直後、シュナイダー＝ドウエル教授は実験中の事故で亡くなってしまった。ケルン教授はその後をついで研究所と病院を運営しておられるが、亡き共同研究者への敬意を表して、名称をシュナイダー研究所のままにしているのだという。

この病院で亡くなった患者は、宗教、宗派を問わず研究所の広大だが監視の行き届いた敷地内に埋葬されている。それは、骸《むくろ》泥棒に遺体を盗掘され、屍者として転用されないためだ。ケルン教授は自らも屍者製造に携わっておられるからこそ、このような高邁《こうまい》な配慮がなされるのだろう。もちろん、シュナイダー＝ドウエル教授も研究所の美しい墓地庭園で安らかに眠っておられる。私もいつかはここに葬られることになるのだろうか？　それとも、再びロシアの寒空に旅立つのだろうか？

話を元に戻そう。そう、シュナイダー＝ドウエル教授のことだ。

今日、私はある特別な実験室に連れていかれ、重大な秘密を知ることとなった。厳重に隔離されたその研究室には、ケルン教授以外の者、助手たちや病院の職員も入ることは許されていない。当然、私もそこに入るのは今日が初めてだ。極めて清潔に保たれたその部屋には、見たこともないような機械や薬液、複雑な化学装置から成り立つ……いや、こういう言い回しはもうよそう。肝心なことを先延ばしにしたい気持ちはある。書いてしまうのが怖いのだ。しかし、そんなことをしても意味はない。はっきり書こう。部屋の中心にあったガラス板の上には、人工血液や代謝管理のバルブが接続されたシュナイダー＝ドウエル教授の首があったのだ。私は教授と目が合い、直ちにそれが生命と意思を持つ存在であることを認識した。あの事故の直後、ケルン教授が通常の屍者生産技術を数段進歩させた独自の手法を用いて、シュナイダー＝ドウエル教授の頭脳を死から呼び戻すことができたのだという。

あまりにも驚きが大きすぎて心の整理がつかない。詳しいことは明日以降、落ち着いてから書くことにする。

六月[redacted]日

これからは、本物の経過報告は自分の記憶にだけ納めておくことにする。ケルンに対しては、知能は平均程度を超えないように偽装している。報告書も二重帳簿化するのだ。彼は投薬開始から三カ月を過ぎても私の知能がさほど伸長しない理由を科学的に追究しているが、まさかその原因がこんなところにあろうとは思い至らないようだ。所詮《しょせん》屍者相手の研究にしか能のないケルンは、人心に無知で人間観察が行き届かず、感情や情動の影響を過小評価している。そこが彼を二流研究者たらしめる弱点であろう。

シュナイダー＝ドウエル教授との衝撃的な再会以来、私は彼の「お世話係」を務めている。ケルンは私の役割を「被験体管理補助」としているが、それはシュナイダー＝ドウエル教授と私に対する軽蔑の顕《あらわ》れと言っていい。彼にとって我々は実験動物に過ぎないのだ。アルジャーノンのように。

シュナイダー＝ドウエル教授の首が発声する能力がないというのは嘘だった。気道に接続された空気バルブの調整によって、教授は話すことができる。私はケルンのいない間に教授からたくさんの驚くべき事実をうかがった。教授の死因は事故ではなく、ケルンによる殺人であったことや、ケルンの研究が不老不死を目指していること、外国に置いた屍者製造機関で複数の屍体を接合して意識のある屍者を製造したらしいこと、そして、私の死亡届が出されていること等だ……。

もう一つ気がかりなことがある。アルジャーノンの様子がおかしい。

六月●日

教授はあまり体調——この場合、体調と言うべきなのだろうか——が良くないようで、眠っている時間がだんだん増えている。私はずっと疑問に思いながらも、教授本人には質問できないでいたことがある。それは、彼も夢を見るのだろうか、ということだ。

もちろん脳がある以上、人は脳が本来持つ機能を保持しているだろう。しかし、身体を完全に失った者は夢を見るのだろうか？　思考は身体的知覚のみならず、心理的な自己像からも多大な影響を受けるものだからだ。

「昨夜、夢を見たよ」

私の内奥の疑問を察知したかのように、教授は不意に言った。

「夢、ですか……？」

私は幾分かの動揺を見せてしまったように思う。そして自分でも意外な答えを口にした。

「私も一昨日夢を見ました」

「それなら、互いの夢を交換しようじゃないか。面白そうだ」

私の夢はこんなだった。私はこの首も棄《す》て果てて、脳だけの存在となっていたんだ。私の脳は培養液で満たされた透明金属の小さな箱に収められていて、その箱は磁力のビームで空中を移動したり、人工視覚や人工聴力でものを見たり、人と会話をしたりもできる。そして、私には聡明な赤毛の冒険家と、金属製の屈強な人造人間、合成樹脂製で姿を変えられる人造人間の仲間がいて、彗星《すいせい》のような乗り物で宇宙を駆け巡って冒険をするんだ。宇宙中の悪い奴らを退治して、それはもう痛快だったよ」

「それはすごいですね……！　私の夢はもっと悲しいものでした。私は海辺の小さな家に住む学者でした。私は知的で正しく、清らかで、家族がいて、小さな息子が、友人がいました。しかしある日、世界を破滅させるような戦争が起こってしまって……私は神と契約を結んで魔女と不貞を犯し、家族を棄て、奇矯の振る舞いをし、家を焼くのです」

「不思議な夢だな。それでどうなったのかね？」

「病院の人たちが迎えに来ました。私はやっぱり精神病院に入れられるのだと思います。最終戦争はなかったことになりました」

教授はゆっくりと瞬《まばた》きをした。まるで首だけで頷《うなず》いているように見える。

「君はそれをどう解釈したのだね？」

「完全には解りかねます。しかしこれは、過去の私を象徴する夢ではないかと思うのです。人は自分だけが清らかであり過ぎてはいけないのです。自分が引き受けることを拒否した罪は、世界が引き受けなければならなくなる……。私も罪を犯して身を汚したことによって、戦争は終わったのではなくて、最初からなかったことになったのです」

私はかつての自分が、独善的な愛や中途半端な思いやりで大勢の人を傷つけ、愛する女性を死なせ、我が義兄弟パルフォンを殺人者にしてしまったことを知っている。イヴォルギン将軍は私と出会うことによって自分が法螺《ほら》吹《ふ》きであることを意識化してしまい、その激しい羞恥《しゅうち》が死に至る行動を引き起こした。当時は支離滅裂に見えたアナスタシア嬢の行動も、洞察力を得た今となっては理解できる。彼女は、捕らわれの身であった長い年月に心の奥底で私のような男性を求めていながら、自分のような汚れた女は私のように完全に美しい人には相応《ふさわ》しくないと己れを責め続けたのだ。そしてアグラーヤ嬢やイポリート、エパンチン将軍……数限りない人々の心を、私はその文字通り白痴的な清らかさで踏みにじったのだ。白夜の薄明かりの中で平穏に暮らしていた人々に私は強い光を伴って現れ、彼らに濃い影を作ってしまったのだ。

悪気のない罪ほどやっかいなものはない。

「もしかしたら私は二年前、ペテルブルクで世界を滅ぼしかけたのかもしれません……」

「罪にもエネルギー不変の法則があると？」

「どうでしょう。私には……」

私には分からない。
いずれにしても、犠牲を伴わなければ、それは贈り物とは言えないのだ。

七月◇日
ケルンの研究記録を目にする機会があった。暗号化されていたので、素早くページをめくりながら記憶し、後で自分の脳内で解析した。暗号とはいえ単純なもので、これならどこの国の諜報《ちようほう》機関でも三日ほどの分析でアルゴリズムを解明できる程度の代物だ。
ケルンが蘇生実験を行っていたのはペテルブルクの屍者製造機関であり、何より恐ろしい事実は、被験体はアナスタシア嬢であったことだ……

七月★日
シュナイダー＝ドウエル教授は遺言のつもりで、私に研究の全容を明かされた。同量の人間が保有する霊素の総量は個体の質量差、体積差に関わらず二一グラムだ。同量の人工霊素を上書きして屍体を屍者化したところで、生者であった頃の意思や記憶や同一性は戻らない。教授の研究によれば、それは、魂が失われてしまうからだという。魂というのは個の同一性を司る一種の「場」であるが、人類は未だその物理的測定には成功していない。現段階ではそれは周縁科学、もしくはオカルトの領域に属する仮説だろう。しかし教授は、間接的ながらその実証の手がかりを得ていたのである。

教授の仮説では、霊素は肉体という物体を生体化するもので、魂は生体を個性化、意思化するものである。屍体に霊素を上書きしたところで屍者にしかならないのは、いったん離れた魂が戻らないからなのだ。

私のような患者は、生体ながら霊素量が減少する傾向が見られるという。霊素量の減少により、魂定着が低下し、結果として知能の低下や脳の気質的な病変、人格の異変等、個体によって症状は異なるが、生体の維持に支障をきたす異変が生じる。私の症例はその典型的なもので、霊素量の減少によって魂定着が低下し、結果として知能の低下と癲癇《てんかん》の発作が生じたのだという。一般には私の病気は癲癇の発作によって知能が低下したと見られていたが、実際はその逆だったのだ。

シュナイダー゠ドウエル教授の研究の目的は、生体の霊素量低下を食い止めることによって精神病や脳疾患の治療法を確立することであった。故国を離れてスイスに研究所を置いたのも、かつて生命の神秘を解き明かしたとされるヴィクター・フランケンシュタイン氏の遺稿調査のためである。奇しくも私はその入院患者として教授と邂《かい》逅《こう》したのであった。

二年半前の試薬は霊素量の減少を抑えるものだったが、効果も持続力もまさに試験的としか言いようがないものだった。が、現在私とアナスタシア嬢に投与されている試薬は、霊素量の減少を抑えるどころか、生死を問わず人体の保有霊素量の上限を引き上げるものだという。教授は、もし生体の霊素量を計測する方法が開発されれば、今現在の私の霊素量は二一グラムを超えているのが観測されるだろうという。しかし、私に先行して投薬されたアルジャーノンの経過を見る限り、私の経過も絶望的に思われる。

私はまた白痴に戻るのだろうか？　それとも、アルジャーノンのように凶暴化して死ぬのだろうか？　教授は最後の望みとして、昨日私と共に設計を終えたばかりの試薬の投与を提案している。教授は、成功すれば私の霊素量は飛躍的に増大するだろうと言う。それでどうなるかは分からない。ただ、現状ではいずれまた霊素量が減少し、魂定着が低下するのは目に見えている。動物実験も経ていないものだが、手を束ねて狂死を待つより建設的ではないだろうか。

知性とは何であろうか。個人の自己同一性が魂によるものであるとしても、知性とはいったい何なのであろう。私は自分自身が、白痴であった時も現在も変わらず自分自身であるという自覚がある。してみれば、知性は自己同一性の絶対条件ではないのだろう。しかし、自分自身が自分自身であるということ、すなわち自己同一性の認知は、知性あってのものだ。霊素が物理的現実存在の領域のものであるならば、魂は形《けい》而上《じじょう》的な存在、知性はさらにメタ形而上的なものかもしれない。

これは教授の仮説の上に私の仮説を立てているに過ぎないが、そう思わずにはいられない。もしかしたら、知性よりさらに高次の何か、それよりもさらに高次な何かがあるのかもしれない。

生命の生成過程を、生物と無生物の境を、動物と人間の違い、知性あるものとそれを持たぬものの分水嶺、進化とは何か、意識とは何か、知性はどこからやってくるのか、そしてそれらの意味を、それ以前に「存在」とは何であるかを、人類はまだ知らない。その解明にはなお数世代、あるいは数十、数百の世代を要するであろう。しかし、もし私の例のように霊素量上限を引き上げれば、魂の作用を過給化することによって知性を現人類の限界以上に超高率化し、この宇宙に存在する全ての謎《なぞ》を解明できるかもしれない。

いや、肉体などは所詮いずれは滅びゆくものなのだから、それ以上のことを望むべきだ。我々は肉体を必要としない魂、それ以上に、魂をも必要としない純粋な知性となって存在し続けるものへと進化するべきではないだろうか。いずれは知性を超越した存在に、そしてさらに高次のものへと進化し続けるべきなのだ。これこそが真にフョードロフの後継者たらんとする者の理解すべきことであり、真のロシア宇宙主義《コスミズム》であろう。

それを思えば、シュナイダー＝ドウエル教授のおそらくは最後になるであろう試薬を試す価値はあるだろう。うまく行けば、私が教授の研究を引き継ぎ、より進化させることができるだろう。楽観的観測だが、もしも教授の魂あるいは知性が何らかの力場として死後にも存続するのなら、いずれ我々は純粋知性として再会することもあり得るだろう。

私は裏庭にアルジャーノンの墓を作りに行く。それが終わったら、明朝のケルンの帰還までに試薬を完成させ、自らに投与するつもりだ。

私は世界の饗宴に受け入れられようとしているのだろうか。それとも、遠ざかろうとしているのだろうか。いずれにしても、もう後戻りはできない。私はこの道を往くより他はないのだ……

＊

俺が目覚めた時、時刻は正午を過ぎていた。

俺はあの事件の前でさえ、こんな時間に起きるほどだらけた生活を送っていたわけじゃない。ロゴージン家の宗派にはそれなりの戒律ってもんがあり、それを守らせるための圧力も半端じゃなかったからだ。

何度か目は醒《さ》めかけた気がする。耳元で誰かがわあわあ騒ぎ立てるような、やかましい夢も見た気がする。やっとまぶたが開くと、しばらくして、俺は自分がどうなっているのかが分かってきた。寝台と長椅子《ながいす》の間の床《ゆか》で寝ている。手足が重くて動かないと思ったが、それは濡れたシーツが身体に絡みついているからだった。

どうにか身体を起こすと、意外にも身体はよく動いて、頭もわりとすぐに働き始めた。寝覚めは悪くはない。ただ喉《のど》がからからだ。俺はシーツから脱出すると、水差しから直接がぶ飲みして、残りは頭からぶっかけた。少しばかりの水と汗が混じるばかりで、さっぱり気持ちよくならない。

昨日か一昨日着たシャツで適当に身体を拭《ふ》き、ガウンをひっかける。時計を見ると昼過ぎだったというわけだ。この頃には俺も、どこかで人声や足音がするのに気づいていた。それに、やけに臭い。いつもよりはるかに臭い。俺は白茶けたガウンの腰帯を締めながら、隣の控室に向かった。扉はどこも開けっ放しだ。

屍者の召使いがぐちゃぐちゃぐちゃに潰されて、階段の踊り場に転がっていた。

それが誰だったのかは分からない。どうしてかって？　そのくらいぐちゃぐちゃに潰されていたからだ。どうりで臭いはずだ。俺はそいつの肉片がついてしまったスリッパを脱ぎ捨てて、踏まないように気をつけながら裸足《はだし》で階段を上った。

誰かが三階にいる。三階はナスターシャの縄張りだ。ここも、どこもかしこも扉は開けっ放しだった。親父が買い込んだ古臭い絵がたくさんかかった広間に人影があった。『死せるキリスト』――俺が一番好きな絵だ――の下に、やたらと背の高いのと小さいのが何か話し込んでいる。あっちは俺に気づいていない。どっちも兵隊みたいな服装をしていて、大きいほうはアフリカかどっかの男、小さいほうは……驚いたことに、女だった。二人とも見たことのないような銃を肩から下げて、俺の知らない言葉を喋っていた。

こういう剣呑《けんのん》な連中が相手なら、俺も何か武器を持ってくるべきだった。いや、屍者がぶっ殺されて（それ以外にどう言えばいいんだ？）いるのを見つけた時に気がつくべきだった。騒がしいと思ったのは夢じゃなかったのだ。実際、起きられない俺のすぐそばで騒ぎが起こってたんだろうな。そんなになってても起きられなかった俺って、どんなだよ？　せめてあのナイフを持ってくればよかった。あのナスターシャを刺したナイフだ。いやいや、あのご大層な装備を見ろ。ナイフ一本でどうにかなる相手じゃないだろ？

俺が他人事《ひとごと》のようにごちゃごちゃ考えているうち、女が俺に気づいて、弾《はじ》かれたように銃に手を伸ばした。それとほとんど同時に、大男が身振りでそれを制止した。女もはっとして動きを止めた。

「おいおいおい」自分でもびっくりするようながらがら声が出た。「何なんだよ？

これはよ？　どうなってんだ？」

　分かってる。間抜けな質問だというのは分かってる。

「パルフォン・セミョーノヴィチ！」

　女は俺に呼びかけた。外国の奴らはこれでロシア文学が嫌になっちまうんだよな。パルフォン・セミョーノヴィチというのは俺のことだ。パルフォン・セミョーノヴィチ・ロゴージン。名《イミーニャ》のパルフォンにセミョーノヴィチという父称《オーチェストヴォ》をつけるのは、さほど親しくない相手に呼びかける時の、礼儀にかなった丁寧なやり方なんだよ。覚えとけ。

　何故か古傷がうずくような声だった。俺が「古傷」と呼んでいるやつは、実際には二年半前のものだが。ちゃんとしたロシア語の発音だった。となれば、ありがたいことに女はロシア語が通じる相手だということだ。

「私のことは覚えていてくれたかしら？」

　女は顔にくくりつけていたばかでかい眼鏡のようなもの（後で聞いたんだが、ゴーグルというのらしい）を頭の上にはね上げた。

「ナスターシャはどこ？」

　あのお嬢ちゃんだ……。どうりで古傷がうずくような声のはずだ。アグラーヤ・エパンチナ。前にちょっと言ったことがあると思うが、彼女が公爵の婚約者になりかけたいいとこのお嬢ちゃんだ。あの頃は確か、二十歳になるかならないかっていう年頃だったと思う。何不自由なく暮らし、挫折も苦しみもない人生だったんだろう（俺の勝手な想像だが）。そこに思いがけず飛び込んできたのがムイシュキンだったというわけだ。アグラーヤ嬢ちゃんは、あれだ、好きな相手にわざとつっかかるような、何と言ったか、そういうのを表す流行語みたいのがあっただろう？　あれだった。そこへ持ってきて高すぎるプライドやら恋心や何やかやで（こういうのは俺には分からない）、自分でも何が何だか分からなくなっちまったのかもしれない。俺の目の前で、このお嬢ちゃんとナスターシャは、公爵に「私とこの女と、どっちを取るの？」とやらかしたんだ。すごいだろう？　信じられないだろう？　俺も信じられなかったが。

「あんた……何やってんだ？　まさかあの嬢ちゃんが、俺んちに人間の腐れひき肉をぶちまけてくれるとはな」

「細かい話は後よ。ナスターシャはここにいるのよね？　出してちょうだい」

「おい待てよ。あんたまだそんなこと言ってんのか？　……ムイシュキンはもう死んだんだぞ」

「私たちはあなたとナスターシャを守りに来たのよ。彼女はこの家にいるのよね？　それと、屍者は何人？」

「屍者は四人だが……」

「あと一人ね」

アグラーヤと大男は短く言葉を交わし合うと、大男は部屋を飛び出していった。

「ケルンがまもなく彼女を回収しに来るわ。知ってるでしょう? ナスターシャに人体実験したイカレ科学者《マッド・サイエンティスト》よ。彼女を成功例として、学会と称する見世物で晒《さら》すつもりよ」

俺は瞬時にその言葉を信じた。今まで恩人と信じてきたケルンに対し、自分でも知らないうちに疑いのような、怨《うら》みのような何かがたまっていたのかもしれない。

「あの女はこの家に来てから、この家から一歩も出てない。寝室か書斎か、でなきゃ屋根裏の古い本が積んであるあたりにいるだろう」

「そっちには仲間が行ってるわ。あなたも出かける支度をして。しばらくパリかベルリンに潜伏することになると思うわ」

「あんた……何だか立派になったな……」何故かそんな言葉が口を突いて出た。「ポーランドの偽貴族に騙《だま》されて不幸になったって聞いてたが……」

「ありがとう。ポーランド人と結婚したのも、夫が偽貴族だったのも事実よ。だけど不幸にはなっていないわ」

ありがたいことに、アグラーヤは俺の言葉を嫌味と受け取らなかったようだ。

「夫は今、ロンドンにいる。私たちはね、タイレル博士とともに、科学技術健全発展協会を設立したの。自分が死んだ後に屍体を屍者として転用されないで済む、屍者なんていう不健全なものが人間社会に入り込まない、安心して生き安心して逝《い》ける社会、そのための健全な科学のあり方を追求する団体よ。まだ地下組織だけれど。人間は奉仕者を求めるのなら、神の造り給《たも》うた人間を本来の命が尽きた後に再利用するのではなく、人間の責任に於《お》いてゼロから模造人間《レプリカント》を作るべきなのよ」

「ちょっと待て。何のことだか……」

「あなただって、死後に自分の屍体を炭坑や下水掃除で使われたくないでしょう？　ナスターシャの身体を見たでしょう？　生前の彼女と似ても似つかない他人の屍体を縫《ぬ》い合わせられたのよ！　見たでしょう？」

「見ていない。俺は、生前のあいつの身体も見ていないんだ」

「まさか！　今さら道徳家ぶらなくていいわ。あなたは……」

「カマトトぶってるわけじゃない」

俺は腰帯を解いてガウンの前を開いた。いちいち言葉で説明するのは面倒だ。

長い深呼吸を終えるくらいの間、沈黙があった。アグラーヤは突然、ガウンの下に何があるのか……いやむしろ、何が無いのかに気づいたようだった。

「……まさか！　ロゴージン家って、本当に去勢派《スコプツィ》だったの⁉　信じられない……あなたの親は、あなたに童貞《バルフォン》という名前をつけるだけのことはあったのね！」

「親父の金で買った耳飾りをナスターシャに贈った後、プスコフで宗派の仲間にやられた。ブチギレた親父が手回ししてやがったんだ。普通は結婚して子をもうけた後にするもんだし……たいていはタマのほうをちょん切るだけで済ますらしいんだが」

「ごめんなさい。侮辱するつもりはなかったわ。服を着てちょうだい」

俺はガウンを拾い上げた。別に侮辱されたとは思わない。今まで誰にも明かしたことはなく、当然誰にも見せたことはなかったが、何故かまるで平気だった。アグラーヤが平気だったんじゃなくて、この二年ほどの間に自分の何かが変わったんだ。

俺は帯を締め直した。どこかで銃声が響いた。おそらく、最後の一人、あるいは一体の、糸を引くような腐れひき肉がぶちまけられたんだろう。

「別に聞きたくもないだろうが、ナスターシャを刺したナイフは、この時に使われたものさ。言ってみれば俺たちは、あの時ただ一度だけ、ひとつになれたんだ……俺はもしかしたら、ケルン教授を、その神聖な契《ちぎ》りを無効にした悪魔くらいに思ってたのかもしれない……笑うなよ。あれから俺だって、少しは言葉を覚えたんだ」

「だったらなおさら、あいつの手からナスターシャを守るのよ！」

その瞬間、俺はあることに思い当たった。

それはムダだ。

もう勝負はついたんだ。

ケルンが何のために俺にこんなに眠りこける薬を飲ませたのかを考えると、あの女はもうこの家にいるはずがないのだ。

俺が目覚めた時、時刻は正午を過ぎているどころではなかった。

ぼんやりとした視界いっぱいに、妙に爽《さわ》やかな色合いの空が広がっている。見たこともないほど鮮やかで、だけど鮮やか過ぎることもない、ロシアでは見たこともない色合いだった。絵に描いたような……そう、まるで外国の絵画のような空だ。親父が集めていた絵のようなやつだ。もっとも、親父が絵を買ったのは美のためじゃない。金のためだ。いつか高く売れるとか、高いやつを安く買えたとか、そこだ。糞《くそ》な親父だった。

とりとめもなくそんなことを考えながら空を見ているうちに、雲が流れながら形を変えてゆく。俺でさえきれいだと思うこういうのを見ながら、なんでわざわざ糞な親父のことを考えなきゃならないんだ。馬鹿じゃないのか、俺は。雲は縁がうっすらと茜色《あかねいろ》に染まり始めたところだった。これは朝じゃなくて、夕方だな。

俺はいったい、どこに寝てるんだろう？　ああ、誰かが俺の頭を撫《な》でている。身体は少しずつ、痺《しび》れがとけるようになってきた。重い右腕をあげて涎《よだれ》を拭く。雲がゆっくりと流れてゆく。草の香りだ。おいおい、ここはいったいどこなんだよ？

頭を少し左に傾けると、見たことがある山があった。妙に尖《とが》った山だ。ロシアの山じゃない。ペテルブルクから視界に入るところに山なんかありゃしない。ウラルまで行かないと山なんかない。それに俺はウラルなんか行ったこともないし、行こうと思ったこともない。だがあの山は知っている。ほら、あれだ、親父が絶対に売るな、絶対に絶対に売るなと言い続けた絵の……あれだ、スイスの、何とかホルンっていうやつだ。

また眠りこんじまう前にどうにか身体を起こした。絵に描いたような山々の連なりに、白っぽい何とかホルンが突き出ている。今まさに、絵に描いたように夕日に染まり始めたところだった。

誰かが横丁から俺の顔を覗きこんだ。

見間違うはずがない。だが、そんなはずはない。だがしかし、それは間違いなくムイシュキンだった。

「お前、なんでこんなところに……死んだんじゃなかったのか？　いや逆か？　俺が死んでお前のところに来たのか？」

公爵は呆けたような笑みを見せるだけだった。うっすらと記憶がある。あの時と同じだ。ナスターシャの屍体のそばで、こいつと俺で見守った、あの晩のことだ。俺はどんどん熱が高くなっていき、白痴に戻った公爵はただ弱々しく微笑《ほほえ》んで、俺の顔や頭を撫で続けたんだった。

いや、だが俺は、アグラーヤ嬢ちゃん、いや、今は偽伯爵夫人と言うべきか、その仲間たちとロンドンに行ったはずだ。突然、俺の中にさまざまな現実が押し寄せた。

蒸気機関で推進する飛行船と潜水カプセル――後で知った言葉ばかりだが、面倒な説明は省かせてくれ――を乗り継いでたどり着いたロンドンという都市は、想像を絶する恐ろしいところだった。蒸気機関と蒸気機関と蒸気機関、発電装置、蓄電器、送電線、機械、機械、機械、機械、そして屍者だ。大気は工場排気と蒸気と家庭用石炭の煙で一日中暗く、もう昼も夜も区別はなかった。一日中チカチカする電気の照明、屍者が操る機械馬車、ネジやボルトで継ぎ足し補強した高層のヴィクトリアン建築、ガスマスクをつけた淑女たち、児童労働、屍者の軍隊、炭酸水、娼婦の腹を裂く殺人鬼の噂、くさい水と不味《まず》い飯、ジンと監獄と似非《えせ》古典絵画。ロンドン塔の電気計算機につながる電線は旧市街の上空でとぐろを巻く。世界中の植民地からやってきた生きた人間や死んだ人間が濁った雨の中を歩き回る。大きいのや小さいのや目が吊《つ》り上ったの、肌の黒いの、人間の言葉かどうかも分からない謎の音声、工場排水でふやけた屍者。植民地人が屋台で売り買いする見たこともない食い物には妙な魅力があった。俺は東洋風の丼《どんぶり》に盛った米と、変な魚っぽいものを四つくれと言ったが、店の親父に二つで充分ですよと断られてしまった。

そういう街だった。

俺たちの乗った飛行船が飛んでいる間、アグラーヤがピカピカと光を発する機械で地上と信号をやり取りして――数こそ少ないが、ヨーロッパ中に仲間がいるのだという――得た情報によると、ケルンの超強化蒸気動力飛行船はペテルブルク沖のクロンシュタット軍港を発《た》った後、どこにも着陸せずにまっすぐにロンドンに向かったらしい。ということは、間違いなくナスターシャをロンドンに連れていったということだ。ケルンはヨーロッパ何か所かに研究所の付属病院を持っているが、公爵がいたというスイスの病院などはセレブ向けであるのに対して、ロンドンのそれは身寄りのない貧者をかき集めた人体実験場らしい。

俺はそこに入り込むための最後の手段に打って出た。アグラーヤたちは反対したが、もう安全策だとか危機管理だとか、もう何もかもどうでもいいんだ。俺はその何とか科学協会の中でまだケルンに面《めん》が割れていない紳士淑女に連れられて、ロンドン郊外のその研究所に行った。工場地帯で、屍者も多く、臭くてロンドンの中でもとりわけ暗いところだ。俺はナスターシャがいなくなったショックで呆けてしまったという設定だ。俺はもともとケルンの患者なので(痛み止めをもらっていただけだが)、どうにかしてくれと親戚筋がケルンを頼ってきた、と。ものすごくしょうもない設定だし、胡散《うさん》臭さは半端じゃない。冷静に考えたらアホらし過ぎて成功するはずなんかないんだが、他にどうしようもないので、俺はあくまでこの策を言い張った。演技に自信はなかったが、俺としては正直、呆けて無気力になった俺のほうが本当なんだ。病院に連れていかれた時の俺は、演技でもなんでもなく完全に呆けきって何にも反応しなかった。

怪しさ満点の作戦は意外にも成功し、病院長のラヴィノという医者は俺を入院させた。もっとも、人体実験要員としてだろうというのは容易に想像がついたが。ラヴィノが俺にいろいろ話しかけてきたのは覚えている。だが俺は芝居抜きで面倒くさくて、ぼんやりと聞き逃した。だけどその後を覚えていない。どうでもいいという気持ちもある。気がつくと、このスイスっぽいところで公爵と一緒にいた。目を覚ましたようでもあり、夢の中のような気もする。

公爵は呆けきっているようにも、何か言いたげにも見える。

俺はどうしたらいいか分からず、思わずその視線をたどると、草地に小さな板切れがあるのに気づいた。

近づいてよく見ると、板には小さなねずみの絵と、西のアルファベットでAlgernonと書かれていた。子供が作った動物の墓だろうか。しかしその板切れには、不釣り合いに達筆な飾り文字で、俺には読めない外国語も数行書かれている。頭のいい連中が書く墓碑銘といったところか。

だが奇妙なことに、その文字は俺が見ているうちに変形し、読める文字になった。

——目を覚ませ、パルフォン。

目をこすってよく見たが、それはやはり俺にも読める言葉だった。それはまた変形した。

——白ネズミについて行け。

俺は頭がおかしくなったのだろうか？

——君は夢の中で安楽な生活を送りたいか？　それとも現実の中で目覚めたいか？

夢の中？　これは夢なのか？　いや確かに夢だろうな。呆けきった公爵と一緒に、何をするでもなく、気候のいい風光明媚な場所（多分スイス）で過ごすのは悪くない。しかしこの、どこかが現実でない奇妙な感覚の中では、その目を覚ませという言葉はやけに現実的に響いた。

俺はいてもたってもいられなくなり、その言葉に急《せ》かされるように立ちあがった。ねずみの墓に導かれるように、その先の絵に描いたような夕景に向かって歩く。

ふと気づくと、遠景だと思った眺めは消滅した。まず悪臭が鼻を突き、俺は突然あたりのことをはっきりと認識した。俺は薄暗くだだっ広い部屋で、大勢の人間と一緒に雑多に寝かされていたのだ。

俺は今、自分が賢くなったわけじゃないが、何かとてつもなく賢いものの力を帯びている。俺には分かった。ここはロンドンだ。部屋の中に居ても逃れられない、このひどい悪臭でさえ覆い隠すことのできない匂いが、まさにロンドンの証しだ。

　まだ少し身体はふらつくが、俺は回復の速さだけは自信がある。俺は汚らしい寝台から降りて床に伏せ、少しだけ頭を出してあたりを見回した。広い部屋いっぱいに、数えきれないほどの寝台があり、どうやらそのほとんど全てに人が寝かされているようだ。ここに収容された患者たちだろう。薄暗いのであまりよく見えないが、糞尿《ふんにょう》にまみれ、狭い居場所に押し込められながらも、満足しきった顔つきをしているようだ。俺がそうだったように、皆眠らされているのだろう。きっとセレブ向けの素晴らしい療養所で、至れり尽くせりの治療を受けている夢を見ているのかもしれない。いや、火星で革命を起こしている夢を見ている奴もいるかもしれないが。こうするのには、少量の麻薬と催眠術の技術さえあれば可能だ。誰もが夢をみながら、人体実験に回されるのを待っているのだろう。

　しかし屍者の巡回はあるかもしれない。寝台の間を這《は》うようにして、うすぼんやりと見える出入り口らしきもののほうに向かう。

　廊下には誰もいなかったが、臭いからして屍者はよくこのへんを回ってきているようだった。まばらに灯《とも》った瓦斯《ガス》燈を頼りに、慎重に廊下を進む。その広さや曲がり角の数、記憶にある外観や屍者科学の研究所としてあるべき設備を考えると（俺自身がかった。

考えているのとは違うのだが）、目指すべき方向は自ずと絞られる。途中で何度か屍者をやり過ごし、さっきの大部屋のほうへ少し戻ると、探していたものはすぐに見つかった。

しかし、肝心のあるべきものだけがなかった。

そう、あったのはナスターシャの胴体、いや、ナスターシャの胴体にされていた屍体だけだった。今度こそ本当に死に切った屍体は、明かりもない部屋で粗末な実験台に放り出されていた。首がない。肝心のナスターシャの首がない。俺は恐慌をきたしかけたが、俺の中の何か――その時にはすでに、それがムイシュキンだと分かっていた――がそれを抑えた。神経を研ぎ澄ますと、何か聞き慣れたような音がする。俺は金属製の何かよく分からない実験装置らしきものを力ずくで持ち上げ、昼とも夜ともつかない灰色の空に向かって投げつけた。幸い窓は、それで壊れないほどの特殊な素材でできてはいなかったようだ。俺はガラス戸の棚から素早く数種の薬品を選び出し、瓦斯《ガス》台で火をつけた。あとは、不審者に気づいた屍者の警備隊が駆けつけるのが早いか、この光を見つけた仲間の飛行船が駆けつけるのが早いかの勝負だ。

俺は賭《か》けに勝った。やはりあの音はアグラーヤの飛行船だった。胴体に大きくネブカドネザル号と書かれた強化蒸気動力飛行船は、可能な限り建物に近づくと、銛《もり》打ちのような装置で俺のすぐそばにワイヤを打ち込んできた。

それのどこを摑《つか》み、どこに体重をかけて移動するのか、全て公爵の指示に従った。体力だけは自信がある。このあたりから物事が恐ろしく加速しているように感じられてきた。俺は飛行船に飛び移り、アグラーヤは屍者が取りついてくる前にそのワイヤを切り離した。

「首だけ持っていかれた。身体は置き去りだ。おそらく身体が腐ったんだろう。前からあれはヤバイと思ってたんだ」

「ケルンはロンドン大学の大講堂で、科学上の重大発見を発表すると称して学会を開くそうよ。ナスターシャは間違いなくそこね。学会というより、ほとんど見世物だわ」

「そこはヴァン・ヘルシング教授が特別講義をした由緒正しい講堂じゃないか！　畜生、ケルンの野郎、一流科学者を気取るつもりかよ！」

アグラーヤは驚いたようだった。まあそれはそうだろう。口調はともかく、俺の言うような内容じゃない。

「ケルンはシュナイダー＝ドウエル教授を殺して、その発明を盗んだんだ。スイスに行けばその証拠は押さえられる」

「どうしてあなたがそんなことを……？」

「俺は今、ムイシュキンと一緒にいる。どう説明したらいいか分からないが、これは奴の選択だ。奴の肉体はついさっきスイスで滅びた。奴はより高次な存在として在るために、自分で作った薬を注射したんだ」

アグラーヤがいろいろ聞き返してきたが、それに構っている暇はなかった。俺たちは他の数人の仲間とともに、ロンドン大学の講堂に集まる知的な紳士淑女に紛れ込むために、燕尾服《えんびふく》や夜会用ドレスでめかしこんだ。物事がさらにどんどんと加速する。ケルンはきらびやかな瓦斯《ガス》燈の光を浴びて、金縁の眼鏡を光らせ、恐ろしく仕立てのいい絹の服の胸を張り、万雷の拍手を受けている。あの干からびた男が誇らしげに微笑み、生き生きとして見える。

中央の台には、ガラスの台に載せられ、さまざまな管をつながれたナスターシャの首があった。幾分やつれていたが、巧みな化粧で顔色はよく見える。いてもたってもいられなかったが、ここは我慢だ。

もったいぶった演説の後、ケルンが壇上のナスターシャの首にご機嫌はいかがですかとフランス語で訊ねると、ナスターシャはいかにも言わされている口調で、わざとらしいほど上品なフランス語で「おかげさまで、元気ですわ」と答えた。

アグラーヤが立ちあがって叫ぶ。

「その男を信じないで！　そいつはシュナイダー＝ドウエル教授を殺してその業績を奪った犯罪者よ！」

講堂は騒然となった。時間がますます加速する。俺はナスターシャに、公爵と俺と一緒に来いと叫んだ。ナスターシャはさすがの思い切りの良さで、自ら選んで肉体の最後の一片から離れた。

アグラーヤの仲間たちがケルンを追っていったが、俺とアグラーヤも屍者どもに追われる身となった。公爵とナスターシャの魂は俺と共にあるが、まだ俺の肉体を失くしてしまうわけにはいかない。しかしこれから俺、もしくは俺たちは、世界の果てに逃げようともケルンの屍者どもに追われる身になるのだろうか？　逃げ切れる場所などあるのだろうか？

ネブカドネザル号の中でアグラーヤは一瞬考えたが、重大な秘密を打ち明ける口調で俺に言った。

「まだ実験段階なのだけど、もし成功すれば、一つだけ、奴らから完全に逃げ切る方法があるわ」

俺たちが向かったのは、ロンドンのはずれにある寂れた給水塔の地下だった。縦坑《たてこう》に隠された長い砲弾のような乗り物はロケットと呼ばれ、宇宙に行く乗り物だと言う。公爵はすぐさまそれが何であるのか理解した。ミシェル・アルダンのコロンビアード砲を、宇宙主義者を自任するロシア人たちがひそかに発展させてきたものだった。キバリチッチの流れを汲む科学者たちだ。

しゅうしゅうと音を立てて液体燃料が注ぎこまれるロケットのそばに、大きなラッパのような補聴器をつけた老人と、金歯の中年男と、背の低い青年軍人がいた。

「まだ月より遠いところへ行った例はないわ。でも理論上、このＨ－１《エヌ・アヂーン》はペイロード分まで燃料を積めば、第三宇宙速度に達するはずよ」

「ちょっと待て。宇宙に行くだなんて……そんなことをして神の怒りをかったりしないのか⁉」

思わず不安になった俺がそう問うと、補聴器の老人が言った。

「地球は人類の揺りかごだが、そこに永遠に留まっているわけにはいかないのだ」

金歯の中年男が言った。

「私が生涯かけて待ち望んでいたのは、まさしくこの瞬間だ！」

背の低い青年軍人が言った。

「私は宇宙であたりを見回してみたが、神は見つからなかった」

そうかよ。分かったよ。俺は行くよ。

ロケットのハッチが閉じられる一瞬前、ナスターシャが突然、アグラーヤに問うた。

「あなたも一緒に行かない？」

アグラーヤは快活に笑った。

「ありがとう。でも結構よ。私はまだまだこの世界で戦っていたいの！」

「いつか、人造人間《レプリカント》を追って孤独に戦わなければならない日がやってくるかもしれないのに？」

「それでも構わないわ。私はいいけど、あなたは大丈夫なの？　宇宙にいるのは私たちだけじゃない。宇宙ではあなたの悲鳴は誰にも聞こえないのよ？」

「宇宙は、人類に残された最後の開拓地《フロンティア》よ。そこには人類の想像を絶する新しい文明、新しい生命が待ち受けているに違いないわ」

「そうね……今こそ、人類の冒険が始まるのね」

アグラーヤとナスターシャは別れ際に強く抱き合った。実際に抱き合ったのはアグラーヤと俺の身体だが。

ロケットは給水塔に擬態したランチャーを飛び立った。爆音が気密室を揺るがし、六Gを超えんばかりの重力が俺たちを襲う。目撃したロンドンっ子たちは、給水塔が爆発したと思うだろう。中から末広がりのロシア式ロケットが飛び立ったところを冷静に観察できるのは、アフガニスタン戦線帰りで探偵の助手になる医者くらいだろう。もっとも、そんな人間が本当にこの世にいるかどうかは知らないが。

「……デイジー、デイジー、こたえておくれ。気が狂うほど、きみが好き……」

誰かが耳元で歌っている。いや夢かもしれない。うとうとしていた。どのくらい時間が経っただろう。一瞬のような気もする。数百年間冷凍されて眠っていたような気もする。いや、自分の肉体がそのまま保持されているのか、すでに朽ち果ててしまったのかも分からない。

青にもスミレ色がかった漆黒にも見える海に、薔薇色や金砂に彩られた霧が流れる。ソラリスの表面にたゆたうのは、朽ちた骨のような色をした古い擬態系生体《ミモイド》だ。まだステーションがないので、俺たちはそこに降り立つ。

波打ち際で、海は好奇心と怯えを両方持った子供のように振る舞った。

人間存在がかつて見たこともないようなものを、俺たちは見てきた。だが、そういう瞬間も全て、やがては時間の中に消えてゆく。雨の中の涙のように。

俺たちは何を期待し、何を待っているのだろう？　かつて失った愛かとも思えたが、そうでないことは俺たちにも分かっていた。俺たちにはそういう望みはなかった。俺たちの中ではまだある期待が生きていた。これから何が起こるのかは全く分からなかったが、それでも残酷な奇跡の時代が過ぎ去ったわけではないという信念を、俺たちは揺るぎなく持ち続けていた。

生き残るのは最も強い者でもなければ、最も賢い者でもない。ただ、変化する者だけが生き残るのだ。俺たちは忍従して荷を負う駱駝《らくだ》となり、戦う獅子《しし》となり、最期《さいご》には無垢《むく》の赤子となって、神以上に全てを肯定するだろう。

追伸。どうかついでがあれば、ムイシュキンの友人である小ねずみ《ムイシュカ》の墓に花束をそなえてやってほしい。

主要参考文献

フョードル・ドストエフスキー『白痴』望月哲男訳、河出書房新社、二〇一〇年
スタニスワフ・レム『ソラリス』沼野充義訳、早川書房、二〇一五年
ダニエル・キイス『アルジャーノンに花束を』小尾芙佐訳、早川書房、二〇一五年
アレクサンドル・ベリャーエフ『ドウエル教授の首』田中隆訳、未知谷、二〇一三年
エドモンド・ハミルトン『キャプテン・フューチャー・シリーズ』野田昌宏訳、早川書房、一九六六〜一九八二年
アンドレイ・タルコフスキー、映画『サクリファイス』一九八六年
リドリー・スコット、映画『ブレードランナー』一九八二年
ラリー&アンディ・ウォシャウスキー、映画『マトリックス』三部作、一九九九〜二〇〇三年
高野史緒『カラマーゾフの妹』講談社、二〇一二年

冒頭引用
中村健之介『ドストエフスキー人物事典』朝日新聞社、一九九〇年
アンドレイ・タルコフスキー、映画『惑星ソラリス』台本、ロシア国立映画保存所、二〇一二年（原文ロシア語。井上徹、高野史緒訳）

NIKI Minoru

仁木稔

# 神の御《み》名《な》は黙《もだ》して唱えよ

時は一八五四年（作中の記述から推定）。舞台はロシア、ウラル山脈南麓の小さな町。グレート・ゲームがロシア帝国側から描かれる。小説の中心は、屍者技術とイスラム神秘主義の関わり。著者からのメールを一部引用すると、

〝伊藤計劃さんが亡くなった数か月後のことですが、イスラム神秘主義について調べる機会がありました。「我」という意識がある状態を「地獄」とし、そこから逃れるために「我」を捨てて神と一体化することをひたすら目指すという思想に、当然ながら想起したのは『ハーモニー』でした。もし伊藤さんが御存命だったら、あるいは私がもっと以前からイスラム神秘主義について知っていたら、このことについて語り合えたのにと、言いようもない無念さに捉われました。／今回の企画に参加させていただいたことで、その時の思いをどうにか形にすることができました。〟

仁木稔（にき・みのる）は、一九七三年、長野県生まれ。龍谷大学大学院文学研究科修士課程修了。〇四年、書き下ろし長編『グアルディア』で《ハヤカワSFシリーズ Jコレクション》から作家デビュー。続刊の『ラ・イストリア』、『ミカイールの階梯』、連作短編集『ミーチャ・ベリャーエフの子狐たち』とともに、《HISTORIA》と呼ばれる未来史を構成する。いずれも、独自の視点と高いアイデア密度を誇り、いまの日本SFを代表する才能のひとりだが、その実力に評価が追いついていないのが残念。『伊藤計劃トリビュート』には、「Indifference Engine」を（たぶん）下敷きにした文化人類学SFの力作「にんげんのくに」を寄稿している。

「神の御名《みな》は黙《もだ》して唱えよ。声を発してはならぬ。唇や歯、舌を動かしてはならぬ」

広い修道場に、ハイダル・カルガリー師の美声が朗々と響き渡る。

「目を閉じ、唇を結び、舌は奥へと引き付けておけ。いと高き御名を声に出して唱える者は、御名ではなく自らの声の音色、抑揚、律動に酔いかねない。そうして無我《ファナー》の境地に達したとしても、それはまやかしに過ぎぬ。酒や麻薬、歌舞音曲に頼るのと同じこと。悪魔の技だ。よいか、偽りの手段は偽りの結果しか生まぬ。本人は己を消滅《ファナー》させ神との合一を果たしたと信じ、周囲の目にもそう見えたとしても、それは悪魔の誑《たぶら》かしなのだ。声を発するは、口と喉《のど》だけで事足りる。全身全霊で九十九の御名を唱えよ。全身全霊で至高なるお方と一体化するのだ」

師が両手を掲げたのを合図に、居並ぶ数十名の教団員たちは一斉に連禱《ズィクル》を開始した。低い呟《つぶや》きが幾重《いくえ》にも交錯して修道場を満たす。そのうち幾つかは、片隅で小さくなっているイスハークの耳にも届いた――偉大なる者《アル・アジーズ》……創造主《アル・ハーリク》……解放者《アル・ファッターフ》……というのも、他の数多の教団のようにただ、アッラー、アッラー、アッラーとだけ繰り返すのならともかく、九十九もの神名――アッラーすなわち定冠詞付きの神と、九十八のその美称――を完璧に諳んじるには、声に出して唱える過程がどうしても必要だからだ。そのことはカルガリー師も認めている。

唇をもぐもぐと動かしている者のうち、一部は声を発さずに言葉を形作っているかもしれない。アラビア文字がびっしりと書かれた紙片を無言で睨《にら》む者もいるが、せいぜい数人といったところだ。字を読める者自体が稀《まれ》である。数珠《じゅず》を繰《く》るのは、より上の段階に進んだ者。珠《たま》の数は御名と同じだ。イスハークのすぐ前に座る男はリズミカルに頭を揺り動かし、向こうの男は右人差し指で膝《ひざ》を叩く。そしてさらなる上段者は、身動《みじろ》ぎ一つしない。

退屈極まりない。

イスハークは俯《うつむ》いてあくびを嚙《か》み殺した。同じ教団でもカザン市を拠点とする分派は、九十九の御名を歌うように唱えるばかりか、舞踏すら伴っている。安くない見料に見合う演《だ》し物だった。まさしく見世物であり、正統を任ずるこちらの〝沈黙のズィクル〟派が邪道と非難するのも頷《うなず》けるのではあるが。

こっそりと、イスハークは傍《かたわ》らの教授《プロフェソル》を見遣《みや》った。帝国随一の東洋学者《オリエンタリスト》として国際的にも著名なイサーク・アヴラモヴィチ・デムスキー教授は、何一つ見逃すまい聞き逃すまいとばかりに身を乗り出し、時おり視線も落とさず手帳にちびた鉛筆を走らせている。まだ四十代初めだが、相当な時間をこうした調査に費やしてきたのだろう。堅い床に胡坐《あぐら》をかくのも慣れた様子だ。

ウラル南麓《なんろく》の小さな町は、住民の大多数がムスリムであり、教団と少数のロシア人住民との間に接触は一切ない。にもかかわらず、修行を見学したいという教授の要望が比較的あっさりと容《い》れられたのは、仲介者であるイスハークの存在が大きかった。タイル装飾が美しいこの修道場は、彼の曾祖父の寄進によって建てられたものである。祖父も父も、入団こそしていないが、多額の寄進を行ってきた。

伝統的な長衣を纏《まと》った教団員たちは、招かざる客を露骨に無視している。二人とも洋服というだけで充分すぎるほど目立つが、一方の教授は赤ら顔に度の強い眼鏡、もじゃもじゃの揉《も》み上げ。他方、イスハークは如何《いか》にもタタール的なのっぺりした風貌《ふうぼう》だ。どちらがより胡散《うさん》臭く思われているか、イスハークには判断が付きかねた。

闖入者《ちんにゅうしゃ》たちの存在を、本当に毫《ごう》も気に留めていないのは、カルガリー師ひとりだけのようだ。目を閉じ、唇を引き結び、完璧なる無言無動。師が見学を許可したのは、部外者に寛容というより無関心だからなのだろう。彫りが深く端整な顔立ちは西方風で髪の色も淡いが、髭《ひげ》は薄く、少年の産毛《うぶげ》のようだ。と、その目が開かれた。距離を置いてもそれと判るほど鮮やかな青い瞳《ひとみ》が、こちらに向けられる。

「すまぬが、お客人」柔らかな声音を発する唇が、うっすらと笑みを形作る。「修行は始まったばかりだが、お引き取り願いたい。弟子たちが集中できぬようだ」

眼鏡の奥の目が、おもしろがるように光った。「それは、お弟子さん方の修行が足りないということではないですかな」

非の打ちどころのないタタール語だが、その内容と茶化す口調に、イスハークはぎょっとして身を強張《こわば》らせ、教団員たちは憤《いきどお》りの声を漏らした。カルガリー師だけが動じない。

「申し訳ない。わたしの不徳ゆえだ」

教授は愉快そうに頷き、座り直した。「あなた方の教団は、ナクシュバンディー教団と同じく、沈黙のズィクルと死の疑似体験を修行の二本柱としておいでだ。ズィクルのほうは、今しがた見せていただいた。もう一つは、己を死者だと想像することと理解しているが、それでよろしいかな。一切の知覚も思考も感情も失われ、ただ神に身を委《ゆだ》ねる墓の住人だと」

「間違いではないな」

「では師よ、あなたは屍者をどうお考えですかな。最後の審判まで墓で安らかに横たわるのではなく、起きて動き回り、生者に使役される屍者《ししゃ》たちを」

挑発的な問いに、教団員たちはざわめいた。イスハークは冷や冷やしつつも、興味深く成り行きを見守る。そしてカルガリー師は、死者の如《ごと》く平静だった。

「あれらは異教徒だ。我らには関わりのないこと」

柔らかな声音と表情で述べられる素っ気ない返答に、教授は苦笑した。「しかし帝国の外では、ムスリムも屍者化されているのですよ。使役する生者は、トルコやペルシアでは同じムスリムだが、植民地ではキリスト教徒だ。あなた方の理想像であるところの死者が、奴隷《どれい》のように使役される屍者となる現状を、どうお考えですかな」

教団員たちはすっかり動揺し、互いに顔を見合わせ、あるいは彼らの師を窺《うかが》い見る。おもむろに、導師は口を開いた。

「彼らはムスリムだが、その信仰は誤っているのだ」

それきり口を閉ざす。弟子たちは、あるいは深く頷き、あるいは困惑して眉をひそめる。イスハークも釈然とせず、導師から教授へと視線を往復させた。

「なるほど」

一つ肩を竦《すく》め、教授は立ち上がった。イスハークも慌ててそれに倣《なら》い、痺《しび》れた足を縺《もつ》れさせた。

夕刻、イスハークは自宅の食卓に着いていた。

「トルコでもゆっくりと聖地巡りをするつもりでしたが、妙に胸騒ぎがしましてな。

早々に切り上げて出立したところ、黒海を渡り切らないうちに、ツァーリの軍隊がバルカンに攻め込んだのですよ。いや、危うく帰って来られないところでした」

父のウスマンは、町で指折りの有力者だ。富裕な商人として多くの宗教施設や公共施設に寄進しているだけではない。昨年メッカ巡礼を果たしたことで、巡礼者《ハッジ》として尊敬を集めるようになった。長者然とした恰幅《かっぷく》の良さと鷹揚《おうよう》な態度は、意識して身に着けたものだ。

「戦争が続いている間は、ペルシア経由になるのですかな」

教授の問いに、ウスマンは嘆息した。

「それも困難なようです。ペルシアに行くのはカフカス山脈を越えなければならない。あそこの住民は、我らタタール人を親ツァーリ派として警戒しておるのです」

先祖伝来の屋敷は、ウスマンによってロシア風に改築されている。食卓に並ぶ料理も、豚肉がないだけで、すっかりロシア風だ。通常は客と同席することのない二人の妻と娘たちが顔を揃《そろ》えているのは、ウスマンの見栄だろう。開化されたムスリムだと、教授に思わせたいのだ。イスハークが安堵《あんど》したことに、ウスマンは最初から教授を賓《ひん》客《きゃく》として遇していた。学問には縁が薄いが、ロシア人社会における教授の地位を理解できるだけの事情通なのだ。

スカーフで頭と首を覆《おお》った女たちは、ナイフとフォークの扱いは巧みだが、愛想笑いの一つも見せることなく終始無言だった。長男は商談のため不在で、イスハークも次男らしく父と客との会話に口を挟むことはない。

「ヴォルガ・ウラル地方では、いずれの神秘主義教団も修道に専念し、世俗との関わりを極力避けている。カフカスの諸教団が進んで俗事に首を突っ込みたがり、ナクシュバンディー教団に至っては反乱の主導までしているのとは対照的ですな」

「ええ。だから政府も信仰の自由を保障してくれるのです。だから、カルガリー師に悪気はなかったのですよ。御自分の修行と、弟子たちの指導に熱心なだけで」

「そのようですな。あの若さで導師の地位に在《あ》るのも頷けます。この町の修道場が正統に立ち返ったのは、彼のお蔭《かげ》だと聞きましたが」

「そのとおりです」

バシキール人の召使いが、仔牛のローストを運んできた。ウスマンは一切れ切り分けて口に運び、充分に咀嚼《そしやく》してから飲み込んだ。満足げに頷き、先を続ける。

「かつてはあの方も、神の御名《みな》を声高に唱えておいででした。声といい抑揚といい、それは素晴らしい連禱《ズィクル》でしてな。唱えながら無我の境地《ファナー》に達し、神と合一した状態で続けられるズィクルはさらに素晴らしく、聴くだけで魂が身体を離れるかと思えるほどでした。二度と聴けないと思うと、実に残念です」

「何が彼を回心させたのですか」

「もう十年も前になりますが、あの方はさらなる修行のため聖なる都ブハラへと赴《おもむ》きました。刻苦によりズィクルはますます磨きが掛かり、耳にした者はそれだけで無我に至ったり失神したり、ついには恍惚《こうこつ》としたまま死に至る者さえ出たということです。しかしやがて、あの方のズィクルを聴きながら、あるいは夜、床《とこ》の中で、あの方と口にするのも憚《はばか》られる行為に及ぶ幻に捕らわれる男が続出しました。何しろ、あのとおりの美丈夫ですからな。幻を現実だと信じた男どもが引き起こした騒動については、申し上げるまでもありますまい。さらには、あの方の噂《うわさ》を聞き、その顔を垣間《かいま》見た女たちが、ズィクルを聴こうと修道場に忍び込む始末です。大臣や将軍の妻までいたそうで、ついにはブハラの王《アミール》直々のお出ましと相成りました。

王命により選《え》りすぐられた導師、裁判官、法学者らは、若きカルガリー殿のズィクルを実際に聴いて命を落とす危険を冒《おか》すことなく、証言のみによって悪魔の技だと判決を下しました。あの方もそれを認め、二度と声高にズィクルを行わないと神に誓ったのですが、ブハラから永久追放となってしまいました。一説によると、追放は後日、ズィクルを聴かせよという王の命令を、誓いを盾《たて》に断乎《だんこ》拒否したからだとも言いますが」

「ありそうな話ですな」教授の答えは如才がない。

「ブハラと言えば」ウスマンが言葉を切るのは飲み食いのためだけで、髭《ひげ》に縁取られたその口は休むことなく動き続ける。「かの都から帰って来たばかりの男から、おもしろい話を聞きましたよ。王への貢物《みつぎもの》として屍者を一体、金髪碧眼《へきがん》の美少年を献上したそうです。数日後にお目通りが叶いましたが、なぜあの屍者は割礼されているのかとの御下問に泡を食いました。ユダヤ人ですと答えて切り抜けたそうですが」王《アミール》御自らが貢物を裸に剝《む》いたそのわけを、ウスマンは説明しないし教授も尋ねない。中央アジアの稚児《バッチャ》趣味は、ウラル以西でも広く知られているのだ。

イスハークは顔をしかめた。ロシア式を気取るなら、食卓で、しかも婦人の前でする話ではない。当の御婦人方は聞いているのかいないのか、完全に無反応だとはいえ。また教授の出自を忘れたにせよ、憶《おぼ》えているにせよ非礼な話でもある。何より明白なのは、不信と当て擦《こす》りだった。量産技術が確立されて以来、屍者の数は毎年指数関数的に増加している。それに伴い、ムスリムの屍者化を禁じる法令を、ロシア政府が自ら破っているという疑惑も強まる一方だ。しかし教授にそれをぶつけるのは、礼を失するだけでなく筋違いだった。

それでもイスハークは、無言を通した。息子たちにロシア式教育を受けさせたウスマンだが、当人は取り立てて開明的な人物ではない。客の前で息子に窘《たしな》められて、素直に聞き入れるはずがなかった。

助手の葛藤《かっとう》をよそに、教授はあくまで屈託《くったく》がない。「それは災難と言うべきか、幸運と言うべきか……ブハラ王の怒りを買うと、死より悲惨な運命が待ち受けていると言いますからな。しかし王はそれだけ、ムスリムの屍者化を憂慮《ゆうりよ》しているということでしょうか」

「難癖《なんくせ》付けて金を搾《しぼ》り取ろうという魂胆《こんたん》に決まっていますよ。でなければ、生きている寵姫《ちようき》や寵童を、色香が褪《あ》せぬよう、より従順になるよう屍者化できないかと尋ねたりするものですか」侮蔑も露《あら》わに、ウスマンは鼻を鳴らした。「我が友人は、屍者技術はロシア人が握っていることと、生者は屍者化できないことを挙げましたが、王は前者はともかく、後者は問題にならないと考えたようですよ」

食後には、ウォッカが出された。「なるほど、コーランが禁じているのは葡萄酒《ぶどうしゆ》だけですからな」と教授はしかつめらしく述べた。

ノックをすると、すぐに応《いら》えがあった。入室したイスハークを、窓辺に立つ教授は振り向きもせずに手招きした。

「見たまえ」

訝《いぶか》りながらもイスハークは、カーテンを開け放したガラス窓に歩み寄った。眼下の通りを、こちらに向かってひどくゆっくりと進んでくる一台の荷馬車がある。その後に続くのは、護衛らしき二騎、そして大勢の人影。整然とした二列縦隊を一目見た瞬間、異様な印象に打たれ、すぐにその正体に思い当たった。規則正しいが、ぎくしゃくとした歩き方——イスハークは息を飲んだ。

「屍者……」

「行先はオレンブルク要塞だね。この町は要塞への補給物資の集積地だ」教授の声はウォッカの影響をまったく感じさせない。イスハークに顔を向けると、眼鏡が洋灯《ランプ》の炎を反射して小さく煌《きら》めいた。

「多いですね」

列の後尾は、まだ角を曲がり切っていない。

「ここに来た最初の日も、オレンブルク方面への道に多数の足跡が残っていたが、やはり屍者だろう」

三日前のことだ。まったく気づかなかった己を恥じるイスハークに、教授は苦笑した。

「何、本格的な実戦配備はまだ先だろう」

薄々予想していたとはいえ、衝撃的な発言だった。「では、屍兵ですか」

「カザフ草原の反乱鎮圧。そしていずれはオアシス諸国を征服し、中国《キタイ》へ、アフガニスタンへ……」独《ひと》り言《ご》つように、教授はうっそりと呟《つぶや》く。

「クリミアでの屍兵運用は、巧く行っていないと聞きましたが」

「確かに問題は山積みだ。しかし、それらを克服するだけの価値があると判断されたということだよ」

血の気が引く思いで、イスハークはのろのろと近づいてくる屍者の隊列を見下ろした。「そんな……クリミア半島だけじゃなく、カザフ草原やカフカスでも屍兵が使われることになったら、すぐに死体の数が足りなくなる……」

「人間が戦場に出なくなるから、なおさらだね」

教授の声が、妙に遠い。モスクワやさらに彼方のサンクトペテルブルクから、帝国とその周辺のムスリムたちに死者復活の噂が届き始めたのは、半世紀前のことだ。そのずっと以前から、ムスリムには屍者を受け入れる用意ができていた。審判の日にはすべての死者が生前そのままの姿で復活する、とコーランに記されているばかりではない。広く浸透した神秘主義は、死者の在りようを理想の生き方とする。生前そのままの姿を保ち、自我意識に悩まされることもないという屍者は、敬虔《けいけん》なムスリムにとって好ましい存在だったのだ。

しかしそれだけに、屍者がロシア人に使役されるという事実は、ムスリムたちを動揺させた。帝国政府は逸早《いちはや》く手を打ち、ムスリムの屍者化を禁じる法を制定し遍《あまね》く公布した。それから数十年、屍者の生産数が低い間、大半のムスリムは屍者を一度も目にすることのないまま、なんとはなしの憧憬《しょうけい》や親近感を抱いてきたのだった。

近年、屍者の増産によって、ようやくムスリムが屍者を実見する機会も増えてきた。虚《うつ》ろな目、虚ろな無表情でぎくしゃくと動き回る屍者の姿は、初めて見る者にはそれだけで衝撃的だ。しかも神ならぬロシア人に絶対服従し、どれほど過酷で屈辱的な扱いであっても甘受する。

ムスリム《イスラム》たちの目には、屍者の屍者らしさはロシア人によって造り出されたものと映った。隷属《れいぞく》状態に落とされた結果、あるいは隷属状態に落とすために最初から、意志も思考も感情も感覚も奪われたのだと。そして自分たちの未来の姿をそこに見出し、慄《おのの》いた。ロシアへの反乱が続くカザフ草原とカフカスでは、屍者はジンが取り憑《つ》いて操る死体だとして忌《い》み嫌われるようになった。迷信というよりプロパガンダだが、ジンは火の精であり、屍者を動かすのは文明の新たな火である電気だから、あながち間違いではないとも言える。

そしてロシアの支配下に在って久しいタタール人は、屍者に関して思考を停止することを選択した。その妨《さまた》げとなるのが、ムスリムの屍者化疑惑だ。

政府は、ムスリムを兵役からも屍者化からも免除するのは恩典だとしている。実際には兵役免除は、軍事の知識や技術を習得したムスリムが反乱軍に付くのを防ぐのが狙いだ。しかし屍者の場合、その心配はない。屍者技術が反徒の手に渡らない限りは。屍兵という新兵器がもたらすであろう新たな混沌《こんとん》に初めて思い至り、イスハークは愕然《がくぜん》とした。

「我が家も屍兵の運搬を請け負っているのでしょうか」

「きみの家族のことを、わたしに訊《き》いても仕方なかろう」

もっともな答えだ。イスハークは再び恥じ入り、取り繕《つくろ》おうと、思い付いたことをそのまま口にした。「こうして夜間に移動するのは、現地の住民に気づかれないようにするためでしょうか」

「そんなわけなかろう」

歩く死体の群は、ようやく屋敷の前を通り過ぎようとしていた。その数は百にも上ろう。引き摺《ず》る足音に掻《か》き消されぬよう、声を張り上げねばならないほどだ。さらなる恥の上塗りを恐れて、イスハークは口が利けなくなる。教授は小さく笑った。

「確かに、夜間の移動は屍兵の正確な数を把握されにくいという利点もある。しかし夜行の真の意義は、移動ルート上の人間が見なかった振りをできるという点にある。オレンブルク要塞に屍兵部隊が送られるという現実を、見なかったという振りをな」

屍者はいずれも、ロシア人の農夫や坑夫、工場労働者のような服装だった。死亡時そのままなのか偽装なのか、イスハークには判断が付かない。教授はおもむろにカーテンを引き、イスハークに向き直った。

「さて、用は何かね、イサーク・ウスマノヴィチ」

イスハークは絶句した。確かに教授の部屋を訪れたのには理由がある。しかしいざ面と向かうと、重い現実を突き付けられた直後ということもあって、話の糸口が見つからなかった。

「わたしに対するお父上の態度なら、気にしないことだ」

「ど……」

どうして判ったのか。無意味に口を開閉する青年に、東洋学者《オリエンタリスト》は楽しげに笑った。

「フィールドワークで鍛えた観察力を舐《な》めてもらっては困るよ」

イスハークは赤面した。教授は真顔になり、ため息をついた。

「お父上の気持ちは理解できる。ロシア人からすれば、わたしもきみたちも異族人だが、きみたちからすれば、わたしはロシア側の人間……いや、ロシアの犬だ」

「い、いえ、きみたちなんて言わないでください！」

声が跳ね上がっていた。目をしばたく教授に向かって、一気に捲《まく》し立てる。

「僕は違います。あなたを尊敬しています。出会えてまだ日は浅いけれど、あなたを通じて、学問の奥深さを初めて知ることができた気がします。僕は法律を学んでいますが、好きだからじゃない。実は、入学したのは医学部だったんです。みっともない話ですが、初めての解剖見学で気絶して、医者になる自信をなくしてしまったんです。でも父は、あっさり転部を許可してくれました。ロシア人に顔の利く職に就ければ、なんでもいいんです。父は金儲《かねもう》けのことしか頭にありません。ムスリムの屍者化疑惑に託《かこつ》けて、あなたにあんなことを言っておいて、自分は長年、オレンブルク要塞の物資供給を請け負っている。屍兵の運搬だってしてるに決まってます。ロシア人が中央アジアを征服したら、タタール商人は東方貿易の独占権を失うっていうのに。なんて浅はかな――」

言葉は尻《しり》すぼみになって途切れた。イスハークに父を詰《なじ》る資格はない。つい今しがたまで、屍兵が自分に関わりがあるなどとは考えたこともなかったのだ。

「……あなたは、学問を究《きわ》めれば異族人だってロシア人の賞讃を勝ち得るんだと教えてくださいました」最も告げたかった言葉が、付けたりのように響くのに歯噛《はが》みする。

「東洋学者になりたいのかね」

そこまで考えていたわけではない。今夜で何度目だろうと思いながら、イスハークは返答に窮《きゅう》した。ひと月前、研究室に呼び出されるまで、教授のことは名前くらいしか知らなかったのだ。しかし依頼内容を聞き終える頃には、この小柄なユダヤ人にすっかり魅了されていた。そうしてその場で、夏期休暇の帰省ついでに仲介役を引き受けるに留まらず、助手として調査にも同行することを願い出たのだった。

「しかし残念ながら、カザン大学ではもはや東洋学《オリエンタリズム》を学べない」

「えっ、どうしてですか?」

「ペテルブルク大学に東洋言語学部が新設されることは、聞いていないかね。グレートゲーム《ボリシャヤ・イグラ》に勝利するべく、ツァーリは東洋学の改革をお望みだ。そこでお膝元《ひざもと》の大学に新たな拠点を設け、そこに一極集中させようというわけさ。正式な開設は来年だが、すでにカザン大学東洋学部の教員たちは、続々と異動しているよ。わたしは現地調査があるからカザンに留まっているが。学部自体の閉鎖も、そう先のことではないだろう」

　つまり教授も、遠からずペテルブルクに行ってしまうということか。それを問うて確かめるのをイスハークは躊躇《ためら》い、そこでもう一つ謝罪すべきことがあったのを思い出した。

「あの、それから……せっかく僕を仲介者に選んでくださったのに、見学を打ち切られることになってしまって、すみませんでした」

「なぜ謝るんだね、きみのせいじゃないだろう。それに、もう来るなと言われたわけじゃない。次はカルガリー師個人へのインタビューと行こう」

　快活な口調に、イスハークは感心した。こういう粘り強さも、研究者に必要な資質なのだろう。ところで、と教授は続けた。

「若き日のカルガリー師のズィクルを聴いた者が、陶酔のうちに絶命したというお父上の話、どう思うかね」

こちらを試すような口振りからすると、馬鹿げているの一言で片づけないほうがよさそうだ。少し考えてから、イスハークは答えた。

「歌ったり踊ったりしながら無我《ファナー》に達する修道者は、僕も見たことがあります。ズィクルを聴いただけでそうなることもあるでしょう。でも死んでしまうというのは、誇張が過ぎる気がします。別の原因で偶々《たまたま》死んだか……似たような逸話《いつわ》を持つ聖者もいますから、誰かが盗用して言い触らしたとか……」

「どの聖者かね」

俄《にわ》か仕立ての助手は、襤褸《ぼろ》が出るのも早い。「……すみません、忘れました」

「ああ、忘れて構わんことだ。聖者伝はどれも伝記というより伝説の寄せ集めだから、同じパターンの逸話が何人もの聖者で重複しているのは珍しいことじゃない。これも、その一つというわけだ」

「よくある逸話だから、盗用されやすかった……？」

「個人の意識的な盗用というより、民衆の間で自然発生したと見るべきだろう。聖者の事跡の原型として人々の意識に染《し》み付いていた逸話が、自ら浮上してきた……」

「そういうものなのですか……」もはやイスハークには、そう呟くことしかできない。

「学問とは奥が深いものだろう、イサーク・ウスマノヴィチ」

「は、はい！」

教授からロシア式に呼び掛けられるのは、ささやかで秘かな喜びだった。無論、ロシア人扱いされて喜んでいるわけではない。ウスマンという名の父を持つロシア人などいはしない。ただ、イスハーク・ウスマンの息子《ビン・ウスマン》と呼ぶのもイサーク・ウスマンの《ウスマノヴ》息子《イチ》と呼ぶのも同じく敬意の表明だが、ロシア式の父称の場合、より親しみが籠《こ》もっていると感じられるのだ。だから、教授以外の者にそう呼び掛けられたいとは思わない。ロシア式では個人名が教授と一緒になるのも、単純に嬉《うれ》しかった。

＊＊＊

二日後、イスハークは教授に付き従い、修道場の一角にあるカルガリー師の居室を訪れていた。複雑な意匠の格子窓と壁一面に流麗《りゅうれい》な書体で書かれたアラビア文字——おそらくコーランの一部だが、流麗すぎてイスハークには判読できない——のほか、一切の装飾を排した小房だ。家財道具らしきものは、隅に置かれた長持一つ。イスハークと教授は部屋の主と同じく、剝き出しの床《ゆか》に胡坐《あぐら》をかくことになった。カルガリー師は、茶の一杯も出さないことを詫《わ》びた。「贅沢品《ぜいたくひん》は置いていないので」

「修道者に相応《ふさわ》しい清貧ですな」

当たり障りのない言葉を二、三交わした後、教授はカルガリー師の回心のきっかけ、すなわちブハラでの体験を聞き出そうとした。しかし導師は、悪魔に惑わされていた、と答えるだけだった。穏やかだが、取り付く島もない。教授はすぐに引き退《さ》がり、質問を変えた。

「前回伺《うかが》った御意見からすると、あなたは異教徒はもちろん、ムスリムであっても誤った信仰の持ち主を正道に返すことに興味はないようだ。ならばなぜ、この修道場では改革を敢行なさったのですか?」

「改革を行ったつもりはない。わたしは沈黙の連禱《ズィクル》を実践し、問われればその正しさを説いたに過ぎない。蒙《もう》を啓《ひら》いた者もいれば、啓かなかった者もいた。今も、わたしの説法を聞きたいという者がいれば聞かせる。それだけだ」

「ひょっとして」教授は眼鏡越しに目を眇《すが》めた。「あなたの関心は自らが神と合一することだけで、他人の信仰が正しかろうが正しくなかろうが、どうでもいいのではありませんか」

「無論だ。神との合一以上に重要なことなど、この世にはない」

一抹《いちまつ》の迷いもない答えにイスハークは鼻白んだが、教授はいっそう興味を掻き立てられたようだった。「確かに、ルーミーも述べているとおり、我という意識は地獄です。だからこそ多くの者が酒や薬物に頼ってでも、その地獄から逃れようとする」

カルガリー師は首肯した。そして、イスハークにはペルシア語らしいと思われる語句を幾つか口にした。間髪を入れず、教授が同じく異国語の数節で応じる。静かな、しかし緊張の漲《みなぎ》る対峙を前に、イスハークはひたすら困惑するしかない。会話の流れからすればルーミーの引用なのだろうが、踊る教団メヴレヴィーの開祖については何も知らないも同然だ。意識が地獄だからその消滅《ファナー》を求めるという考えも、まったく馴《な》染《じ》みのないものだった。

「しかし、何が正しく何が正しくないのか、どうやって判断するのですか？　あなただってかつては、声高なズィクルによって神との合一が果たせたと信じていたのでしょう」

神秘主義教団の導師は、憐みの眼差しをユダヤ人の東洋学者《オリエンタリスト》に向けた。「神を己が頸《くび》の血管よりも近しいと感じられぬ者に、神が何かと説明しても虚《むな》しいこと。わたしは言葉を無駄に費やす気はない」

薄い唇と、凍て付《い》く空の色をした瞳が閉ざされる。呼吸が深く緩慢になり、そのまま導師は無言無動に入った。

「どうやら、沈黙のズィクルを始めてしまったようだな」数回呼び掛けて反応を得られなかった後、教授はずんぐりした肩を竦めた。

「いくらなんでも失礼じゃないですか」自分ではなく教授への非礼に、イスハークは憤った。無反応に、身を乗り出して声を荒らげる。「聞こえてますか？」

「聞こえてないだろう」と教授がロシア語に切り換えて答えた。「ある修道者は無我《ファナー》のさ中に麻酔なしで脚を切断する手術を施されても、正気に返らなかったそうだから」

「それもただの伝説なのでは」疑わしげにイスハークは述べた。

「そうかもしれんし、そうではないかもしれん」教授はカルガリー師を凝視していたが、おもむろに這《は》い寄り、手を伸ばした。「本当に無我に在《あ》るなら、気が付かないはず……」

喉に触れられても、導師は文字どおり睫毛《まつげ》一本動かさない。ややあって教授は手を離し、イスハークを顧《かえり》みた。

「実に興味深い。沈黙のズィクルではあっても、無音のズィクルではないのだな……声帯が振動している」

ぽかんとしてイスハークは見返した。じれったそうに教授は身体を揺すった。

「医学生だったのだから、声帯の働きくらい知っているだろう」

「えーと、つまり可聴域外の音声を発しているということですか?」

「本人も自覚はしていまい。偶然できるようになったのだな」

「ただ心の中で唱えるだけと、何か違いがあるのでしょうか」

「耳には聞こえなくても、音は音だ。空気だけでなく、固体や液体も振動させるのは変わりない。少なくとも本人の細胞は、確実に振動する。その振動が彼を無我へと導くだけでなく、声高のズィクルとの周波数の違いが、己が正しさへの確信に繋《つな》がっているのかもしれん」

イスハークは目を瞠《みは》り、次いで勢い込んで言った。「カルガリー師に教えてやりましょう」

「なんのためにだね？」

高慢の鼻をへし折ってやるためだ——とは言えず、イスハークは沈黙する。素っ気なく教授は続けた。

「科学の素養がまったくない人間に、タタール語だけを使って発声や聴覚の仕組みについて説明するなんて、いかにも面倒じゃないかね。異教徒の戯言《たわごと》と片付けられるのが落ちだよ」

端然と座して微動だにしないカルガリー師は、その秀麗な面差《おもざ》しと相俟《あいま》って、彫像——イスラムで禁じられた偶像めいている。遣《や》り切れなくなって、イスハークはため息をついた。

「なぜこんなに、自分と神以外のことには無関心なんでしょうか」

「ふむ。その原因は、イスラムという宗教の本質に求められるな。世界は一瞬ごとに神によって破壊されては再生されている——そう信じる者にとって、ある瞬間から次の瞬間への連続性など存在しないし、事物と事物との間の繋がりもない。在るのはただ、一瞬ごとの己と神との繋がりだけだ」言葉を切り、頭を振る。「もっとも、西洋の物理学でも過去、現在、未来を区別する術《すべ》はないのだがね」

イスハークは途方に暮れていた。教授の言うイスラムの世界観は、まったくの初耳だった。物理は中等学校《ギムナジア》で学んでいたが、時間の向きを区別できないという話も、同じく記憶にない。聞いたこともないからといって、出まかせだと決め付けることはできなかった。そうできるだけの知識がないのだ。東洋と西洋、二つの世界に立脚する進歩的なムスリムを自負していたが、その実、どちらの世界についてもあまりに無知であることに初めて気づかされた。足許が崩れていくかに感じ、眩暈《めまい》を覚えた。

「大丈夫かね、イサーク・ウスマノヴィチ。顔色がよくないが」

「教授《プロフェソル》、僕は……」

犬たちが、喧《やかま》しく吠《ほ》えている。遠かった吠え声が、次第に数を増やしながら修道場へ近づいてくるようだ。人声のどよめきも和している。イスハークと教授は顔を見合わせ、同時に立ち上がった。窓へと駆け寄る。飾り格子の向こう、白昼の街路をよろめき歩いてくるのは――

――大空の裂け割れる時

星々の追い散らされる時、
四方《よも》の海、かたみにどうと注ぎ込む時、
すべての墓が発《あば》かれる時、
どの魂も己が所業を知るであろうぞ、為《し》たことも、為残《しのこ》したことも。
動かぬカルガリー師を残して、教授とイスハークは部屋を飛び出した。中庭、道場と足音高く駆け抜ける二人を、咎《とが》める者はいなかった。
表通りに通じる門扉は大きく開いていたが、立ち尽くす教団員たちで塞《ふさ》がれている。人垣を掻き分けたイスハークたちもまた、その場で凍り付いた。通りを埋め尽くす屍者たちは、先日の夜に目撃した一群と同様、ロシア人の下層階級らしい身なりだった。一見してタタール的な風貌の個体はいない。見開かれた両眼は虚ろで焦点が定まらぬが、修道場を目指しているのは明白だ。屍者だけでなく、町中の人間と野良犬が通りに集まって来たかのようだった。沿道を右往左往するだけで屍者に近づこうとはしないが、彼らの叫び吠える声に、繋がれた飼い犬も家々の壁の向こうから加わって、まさに死人も目を覚まさんばかりの騒ぎだ。ただし、屍者たちの耳に届いている様子はない。妨げるものなき行進は、遅々として、だが着実に修道場へと接近する。
先頭の数体に、イスハークは目を留めた。手指の皮膚《ひふ》が破れ、爪《つめ》が剝《は》がれ、肉や骨が覗《のぞ》いている。施錠された倉庫の扉を、素手《すで》で叩き壊したのだ。犬たちが、ぴたりと鳴き止《や》んだ。間を置かず、屍者たちの歩みも止まる。犬も人も戸惑って周囲を見回した。

「まことに神の慈悲は広大無辺。神を崇《あが》め讃《たた》えよ。あの者どもこそ神兆なり」

朗々と美声が響き渡った。門前に固まっていた者たちは一斉に振り返り、そして後《あと》退《ずさ》った。

ハイダル・イスハークと教授も例外ではなかった。

屍者たちを祝福するかのように大きく広げられた。

「今日はまだ審判の日ではない。己が住居《すまい》へ帰るがいい」

沈黙のズィクルが続く間、一切の指令を受け付けなくなっていた屍者たちは、カルガリー師の命が発せられるや否《いな》や、唯々《いい》として向きを変え立ち去った。人々の目には、カルガリー師が屍者を支配し操っていると映った。一種の暴走状態を解かれた屍者たちは、カルガリー師以外の者が同じ指令を発しても従ったはずだ。また師が明らかに墓所を指して彼らの住居と呼んだのに対し、実際に戻って行った先は直線距離にして百メートルと離れていない倉庫である。しかしそんなことを問題とする者はいなかった。

修道場には教団員だけでなく多くの住民が詰め掛け、中庭や門外にまで溢れた。固《かた》唾《ず》をのむ群衆を前にカルガリー師は、屍者たちは絶対服従者《ムスリム》なのだと喜びに満ちて宣言した。

「どういうことですか」

口々《い》に質問が飛んだ。

「あれは皆、ロシア人ではありませんか。改宗者なのですか」

「だったら政府は、約束を破っているぞ」

騒然となりかかった人々を、カルガリー師は片手をわずかに動かしただけで鎮《しず》めた。

「ロシア人たちは知らないのだ。彼らは異教徒であり、沈黙のズィクルを行うことなどできないのだから。だがおそらく、すべての屍者は生前の宗旨や行いにかかわりなくムスリムなのだ。いかなる境遇も神が与えたもうた試練として耐え忍んでいるのが、その証拠。しかし今日、彼らはわたしが黙《もだ》して唱える神の御名《みな》を耳にし、もっとよく聴こうと集まって来た。わたしは彼らの思いに応えてやらねばならない」

人々は顔を見合わせ、それから歓声を上げた。高い天井に反響する。真っ直ぐに見詰めてくる数多《あまた》の目、目、目。見渡して、カルガリー師は満足げに頷いた。

「おい、なんでロシア人がここにいる？」

男が一人、柱の陰にいた教授の腕を摑《つか》んで叫んだ。

「僕たちはカルガリー師の客だ。それに、この人はロシア人じゃない」

イスハークの抗議は、興奮した男たちの注意を彼に向けさせることになった。

「こいつ、巡礼者《ハッジ》ウスマンのせがれだぞ」

「巡礼者のくせに、ロシア人に屍者を売ってるウスマンか」

殺気立って摑み掛かってくる何本もの腕に、イスハークと教授はもみくちゃにされた。

「売ってなんかいない、運んでるだけだ」

イスハークは怯え、振り解《ほど》こうと闇雲《やみくも》に身をよじった。抵抗は火に油だ。教授は小突き回されるままになりながら、なんとか助手を制止しようとする。そこへカルガリー師の一声が掛かった。

「わたしの客人たちを傷つけてはいけない」

たちまち群衆はイスハークと教授を解放した。ただし手を離す際、最後の一突きを食らわす者も少なくなかった。髪は乱れ、ジャケットの袖《そで》は取れかかった有様《ありさま》で、二人はどうにか体勢を立て直した。教授は眼鏡をどこかに飛ばしてしまっている。犠牲の山羊《やぎ》を取り上げられ不満げな会衆に向けて、高らかに導師は告げた。

「わたしが新たな階梯《かいてい》を上り、神とより近しくなれたのは、彼らのお蔭なのだ」

各地から送られてくる屍兵部隊をオレンブルク要塞へと移送する任を請け負っていた商人たちは、怒れる群衆を従えたカルガリー師の要求に頭を抱えた。額《ひたい》を寄せ集めた結果、屍者を格納した倉庫を修道場の管理下に置くことを申し出、容《い》れられた。無論、これは問題の解決ではなく先送りに過ぎない。

「困ったことをしてくださいましたな、教授」

帰宅したウスマンは長男と共に、予備の眼鏡を掛けた東洋学者《オリエンタリスト》の前に渋面を並べた。

「父さん――！」

声を上げかけたイスハークを押し止《とど》め、教授は口を開いた。「誤解です。カルガリー師は客であるわたしたちを放って勝手に沈黙のズィクルを始め、勝手に屍者を呼び寄せてしまったのです」

「あの方らしいなさりようですな」ウスマンは厚い肩を落とした。が、すぐに頭をもたげて身を乗り出した。「しかし、あの方があなたに恩義を感じているのも事実。あの方を説得できるのは、あなただけです」

お願いします、と長男も一緒になって頭を下げる。イスハークは父と兄の不躾《ぶしつけ》さに呆《あき》れたが、教授はできる限りのことはすると約束した。

「しかし期待はしないでくださいよ。わたしは異教徒に過ぎませんし、カルガリー師は自らの正しさを確信しているのですから」

ようやく二人だけになると、早速イスハークは質問をぶつけた。

「僕たちのお蔭って、どういう意味でしょうか」

「直接には、わたしに批判されたのがきっかけになったんだろう。それも含め、きみとわたしという外の世界の人間と初めて接触したことで、彼の価値観は根底から揺るがされたに違いない。しかしその危機に向き合うのではなく、いっそう自らの内部に引き籠《こも》った。内へ内へと没入することで新たな境地に達した、といったところだな。そこまで自覚しているとも思えんがね」

教授の答えは、イスハークをますます不安にさせただけだった。

「これからどうなるのでしょうか」

「何が起ころうと、できることをするしかないよ」

翌日、修道場を訪れた教授とイスハークを、導師は快く自室に通した。だが予想どおり、教授の言葉にまったく耳を貸そうとしなかった。

「すべての屍者を解放せよ、と政府に訴える。いいでしょう。当然、拒絶されます。屍者の需要は高まる一方ですからな。この町にこれほど多くの屍者がいるのも、そのせいだということを忘れてはいけません。それで、どうしますか？　帝国の全ムスリム同胞に呼び掛けますか？　みんなでツァーリに直訴でもしますかな？　それだけで立派な叛逆行為と見做《みな》されますよ。御自分の影響力を考えてください。血気に逸《はや》る連中は、あなたの望みを叶えようと、遅かれ早かれ実力行使に及ぶでしょう。カザフ草原やカフカスの戦乱を、帝国全土に拡げる気ですか？」

導師の微笑は、どこまでも揺るぎなかった。「殉教者には、天国が約束されている」

昨夜遅くと今朝早くにも、カルガリー師は沈黙のズィクルを行っていた。イスハークと教授がそれを知っているのは、そのたびに修道場近辺の犬が吠え立て、もはや施錠されることのない倉庫から屍者が出てくるからだ。屍者たちは予《あらかじ》め開かれていた門を潜《くぐ》って修道場に入り、カルガリー師を取り囲んでズィクルを拝聴したという。

なおも教授は言い募《つの》った。「なるほど、倉庫の暗がりから歩み出てあなたの許《もと》に集《つど》う屍者たちは、審判の日に墓から起き上がって神の御許《みもと》に集う死者たちのようだ。その光景が、あなた方に終末が近いと思わせているのではありませんか？　じきに世界は終わるのだから、自分自身も家族も、まして他人などどうなっても構わないのだと……しかし、それは錯覚です。世界は終わるどころか、ますます発展していく。その原動力は西洋の科学です。あなた方は列強に取り残されるのではない。呑《の》み込まれ、やがてはこの世から消し去られてしまうでしょう」

「天国の永遠に比べれば、この世など一瞬の幻に過ぎぬ」

それまで黙って聞いていたイスハークは、ついに堪《たま》りかねて口を挟んだ。「もしかしてあなたは、神は一瞬ごとに世界の破壊と再生を繰り返していると信じているのですか」

「信じるも何も、事実、世界はそのように在るのだ」

イスハークに答えるカルガリー師の態度は、教授に対するのと同じように丁寧で物柔らかい。イスハークはいっそう焦《じ》れた。

「だから過去と現在と未来の間に連続性はなく、だから大事なのは今、屍者のために行動することであって、その結果がどうなろうと知ったことではないというのですか？　剣や旧式の小銃で、ツァーリの大砲に立ち向かうつもりですか？」

厳《おごそ》かに、カルガリー師はたった一言を発した。

「神がそう望まれるのであれば《インシャーアッラーフ》」

イスハークは絶句した。その隣で教授は、ため息とともに頭を振った。

　町外れに建つロシア人の屋敷に息せき切って駆け付けたイスハークは、ポーランド人と思しき使用人から極めて侮蔑的な対応を受けた。デムスキー教授の助手という名乗りのお蔭か追い返されこそしなかったものの、裏口に回るよう言われ、そのまま取り次がれた様子もない。イスハークは数分待った後、腹立ちに加えて、一刻も早く報告せねばという焦《あせ》りから、自力で教授を探し出すことに決めた。初めてで勝手が判らない場所だが、幸い誰とも行き会わないまま、長く薄暗い廊下を忍び足で彷徨《さまよ》い歩く。閉じた扉の一つから、話し声が漏れているのに気が付いた。身を寄せて、聞き耳を立てる。教授が、誰かもう一人の男と会話しているようだ。ロシア語でもタタール語でもない。イスハークは眉を寄せた。ややあって我に返り、扉を叩く。途端に声は止《や》んだ。

「誰だ?《クトー》」教授が、ロシア語で尋ねた。

「イスハークです、教授《プロフェソル》。お邪魔して申し訳ありません。急いでお報《しら》せしたいことが――」

扉が開いた。怪訝《けげん》な表情の教授の背後に、役人然としたスーツ姿の男がソファに手足を投げ出しているのが見えた。イスハークに視線を向けるでもなく、身を起こすと手にした葉巻の灰を灰皿に落とす。さして広くない部屋は、紫煙《しえん》が充満していた。

「カルガリー師が……」

言葉を濁したイスハークに教授は、ああ、と言って男を振り返った。

「すまないが失礼させてもらうよ。ここの御主人によろしく伝えておいてくれ」

男は無言で頷いた。二人は部屋を後にし、教授の先導で玄関に向かう。

「あの人、前に教授の研究室を訪ねてきましたよね」なんとなしに声を潜《ひそ》めて、イスハークは尋ねた。

「ああ、会ったことがあったのか」

「会ったというか、見掛けただけですが」

「そうか。すまんね、紹介もせず。古い友人だよ。オレンブルクに出張でね。この町にわたしがいると知って立ち寄ってくれたのだ」

「お二人の声が聞こえてしまったんですが」すみません、と付け加える。「何語で話してらしたんですか？」

「ドイツ語だよ。出会ったのはドイツ留学中でね。二人だけだと懐旧から、ついドイツ語で話してしまう」

屋敷を出ると、教授の闊達《かったつ》さはやや影を潜めた。イスハークの様子から、只事《ただこと》ではないと察しているのだ。「カルガリー師がどうしたのかね？」

歩みを止めないまま、イスハークは教授に身を寄せ、囁《ささや》いた。「……屍者化しました」

愕然として教授は凍り付き、イスハークを凝視した。

そんな場合ではないのだが、声も出ないほど教授を驚愕させたことに、イスハークは内心有頂天になった。とはいえ、衝撃を受けたのは彼も同じだ。

「修道場に行ってみると、師はもう丸二日も無我《ファナー》の状態にあるとのことでした。さすがに皆、心配し始めていたので、医学生だと言って診察することに成功しました」

「ほう、やるな」

やや調子を取り戻して教授が呟く。イスハークは歩き出しながら先を続けた。

「カルガリー師は、目を閉じて座っていました。いつもどおりの姿勢でしたが、一目見て屍者だと判りました。教団員たちも、認めたくないだけだったのでしょう。もちろん診察しても脈拍は確認できず、目蓋《まぶた》をこじ開けて目の前でマッチを擦《す》っても、瞳孔《どうこう》反射は確認できず。腋《わき》の下の温度も、外気と同じように感じられました」

「念のために訊くが、死後硬直ではないのだな？」

「いいえ《ニエト》。姿勢を変えさせるのは、かなり容易です。教団員に手伝わせて、立ち上がらせることさえできました。それでも、離すとすぐ元の姿勢に戻ってしまいます」

教授は黙り込むと足を速めた。とにかく自分の目で確かめてから、と思っているのかもしれない。

「一つ、僕が習った屍者の特徴と明らかに異なる点があります。鼻孔からの空気の出入りによる胸郭《きょうかく》の伸縮と声帯の振動です」

再び教授は足を止めた。「つまり、ラヴォアジエの言う緩やかな燃焼としての呼吸ではなく、沈黙のズィクルを行っているというのか」

「屍者も集まってきています。二日間ずっとズィクルを続けていたわけではなく、四回か五回。継続時間も間隔もまちまちだったそうですが」

「屍者化《ダー》したと教団員には言ったかね？」

「はい。彼らもいずれは認めなければならないことですから」

「反応は？」

「呆然《ぼうぜん》としていました。早くお報せしたかったので、その後のことは……」

ひととおり報告を終えた途端、脚が震え始めた。どれほど異常な事態なのか、改めて認識できたのだ。

「沈黙のズィクルによって、自ら屍者化したのでしょうか。それも生きながら？　そんなことがあり得るなんて……」

歯の根まで合わなくなってくる。落ち着かせるように、教授が肩を叩いた。

生者への霊素の書き込みは不可能——その大前提について、イスハークは深く考えたことがなかった。だが、なぜ不可能だと判るのか。実際に試してみた者がいるのか。一体なんのために？

——色香が褪せぬよう、より従順になるよう
寵姫や寵童の屍者化を望んだブハラの王《アミール》は、生者には不可能だと聞かされ、ならばいったん死者にしてしまえばいいと考えたわけだが。

想像するのもおぞましいことだが、かつて生者の屍者化が試みられたのだろうか。失敗に終わったそれは、単に方法が間違っていただけだったのか。カルガリー師は沈黙のズィクルを繰り返すうちに、偶然正しい方法に行き着いてしまったのか。沈黙のズィクルが、その方法なのか。

「沈黙のズィクルが疑似霊素として働いた……ということになるのだろうな」

そう述べた教授の口振りも、躊躇《ためら》いがちでぎこちない。

「音声も、言葉も……数値化可能な記号《デジタルコード》だ。屍者を呼び寄せ、かつ本人も屍者化してなお沈黙のズィクルを続けているということは、屍者制御ソフトウェア《ネクロウェア》としての働きも併せ持つということか……無論、ネクロウェアと呼ぶにはあまりにも原始的だが……」

それきり教授は口を閉ざし、ひたすら先を急いだ。イスハークももはや何も尋ねられなかった。

修道場は、人だかりで近づくこともできなかった。しばらく様子を見たが、騒ぎは収まるどころかますます大きくなっていく。とりあえず帰宅するしかなかった。

教授はいつになく口数が少なく、父と兄にはイスハークが説明することになった。彼らもまた、新たな事態が飲み込めないまま不安を募らせるばかりだった。

なぜ咄嗟《とっさ》にドイツ語が解らない振りをしたのだろう――やや平静を取り戻してから、イスハークはそう自問した。いや、とすぐに自答する。本当に解らなかったのだ。父がカザンやモスクワのドイツ人とも取引しているため、イスハークは兄と共に幼い頃からドイツ語を学ばされてきた。とはいえ、実地は甚《はなは》だ心許《こころもと》ない。今日、耳にした会話は、非常に流暢《りゅうちょう》だった。

だからきっと、聞き誤りだったに違いない。ロシアが誇る東洋学《オリエンタリズム》の泰斗《たいと》が旧知の友人と交わすには、あまりに奇妙な遣り取りは。

——沈黙のズィクルは、屍者の屍者制御ソフトウェア《ネクロヴァーレ》を変調させる。麻薬と歌舞音曲は生者の意識を変調させる……どう考えたって、麻薬と歌舞音曲のほうが見込みがある。しかも、麻薬の屍者への影響は未確認だが、歌舞音曲はわずかとはいえネクロヴァーレをも変調させるんだ。

——沈黙のズィクルだって、カルガリー師本人の意識を見事に変調させているじゃないか。しかもネクロヴァーレをちょっとばかり混乱させるどころじゃない。屍者を制御するんだ。

——呼び寄せるだけでは制御とは呼べんよ。

——ところで気づいているかね？　きみはさっき、ネクロヴァーレと意識を対置した。意識が生者にとっての制御ソフトウェアだとすれば、別種の生者制御ソフトウェア《ビオヴァーレ》を上書きすることも可能だということになる。

——きみは言葉を弄《もてあそ》んでいるだけだ。ともかくこれで、音波の有効性は確実になったな。

——いいや《ナイン》、言葉さ。

——やれやれ、結局そこに行き着くのだな、きみは。

――それが真理だからだ。モーセ五書《トーラー》のヘブライ語は、神と語らうための言語。つまり人間の魂、言い換えれば霊素に直接作用する言語だ。しかしながら、その正しい発音は失われて久しい。そしてコーランのアラビア語もまた、同じセム語に属し、同じ神と語らうための言語だ。粗野な亜種ではあるがね。九十九の神名は、すべてコーランから抜き出されたものだ。いわばコーランの精髄であり、実際に霊素に働き掛けることは、カルガリー師によって見事に証明された。彼のズィクルを解析すれば、トーラーの正しい発音も明らかになり、ひいては究極の制御系の誕生となる。

――学者は気が長いな。

――地道に根気よく研究するからこそ、きみたちが見つけられないものを見つけるのだ。

――はいはい、御説御尤《もっと》もです。しかし、その導師がそんなにも狂信的だというのなら、どうやって協力させるかが問題だな。

――それこそ、きみたちの十八番《おはこ》だろう。学者の出る幕ではないよ。

＊　＊　＊

屍者化してなお、カルガリー師は沈黙のうちに神の御名《みな》を唱え続ける。せいぜい日に二、三回、一時間ほどしか続かないが、昼夜の区別はない。間もなく、師は修道場の地下室に安置されることになった。彼を聖者として崇める人々が、動かぬ身体から衣服や髪、髭などを切り取ろうとするからだが、この処置により、沈黙のズィクルのたびに屍者が歩き出し、犬が吠え騒ぐこともなくなった。屍者はともかく、最も卑しい畜生である犬のこの反応に、誰も敢えて触れようとはしない。

もちろん修道場も、カルガリー師を聖者として大いに喧伝《けんでん》していた。屍者の解放を主張するだけでなく、ロシア人と取引する商人やロシアかぶれした者を不信心者と呼んで非難し始めた。当然ながら、教授とイスハークも修道場への出入りを差し止められた。

これ以上の調査は続行不能と判断し、教授は大学に戻ることにした。夏の終わり、二人は帰途に就《つ》いたが、イスハークの心境は複雑だった。不穏な空気が高まる故郷を離れられる安堵と、家族を残していく後ろめたさが綯《な》い交ぜになっている。

「生者が無我《ファナー》の境地において屍者化した例は、カルガリー師が最初ではないかもしれん」

「聖者伝にある逸話ですね？」

「類型化された伝説にも、基《もと》となった真実があったかもしれないということだ。屍者化するだけで制御系は別だから、一切の指令を受け付けない。停止状態の屍者と死後硬直も始まっていない死体との区別は、誰にでも付く。だが、どう違うかを的確に説明するには、専門知識が必要だ。そもそも屍者の存在を知らなければ、奇妙な死体と見做《みな》すしかなく、どう奇妙なのかを表現することさえ難しいだろう。屍者化した生者たちは、たぶんそのまま埋葬され、やがては通常の死体と同じく朽《く》ち果てたのだろうね」

二人を乗せた馬車は、陽光に輝く草原を駆けていく。風が心地よかった。だがイスハークは、重苦しい気分に胸を塞がれた。

「カルガリー師は、二度と生者に戻れないのでしょうか」

もう一つの疑問は、口にすることができなかった──無我《ファナー》に達したまま屍者となったカルガリー師の意識は、神という大いなる存在の内に消滅《ファナー》し、いわば終わりなき至福に在るのではないだろうか。

ふむ、と教授は眼鏡を押し上げた。「ある修道者は歩行中に無我に達し、そのまま何日も歩き続け、正気に返った時は町から遠く離れた砂漠にいたそうだ。何日も何週間も続く無我状態の記録は少なくない。もちろんその間、寝食は放棄されていたことになっている。いずれの史料も信憑性《しんぴょうせい》に問題があるとはいえ、やはり基となった真実があったかもしれない」

「いったんは屍者化しながら、生者に戻った人もいるかもしれないということですか？」

「想像の域を出はしないがね」

教授にしては説得力が乏しいのは、気休めに過ぎないからだろう。それでもその気遣いだけでも嬉しく、イスハークは話題を建設的なものに変えようと口を開き掛けた。だがそれより早く、教授が再び喋《しゃべ》り始めた。

「……いずれにせよ、カルガリー師が特殊な上にも特殊な屍者であることに変わりはないのだ。屍者が言葉を発したという記録はない。発声機能は保持されているにもかかわらずだ。屍者は呼吸しないから、それに伴う発声もない。だから屍者が発声するならば、すなわち発話にほかならない。そうする屍者がいないということは、屍者は語るべき言葉を持たないのだ。カルガリー師は、声なき声とはいえ言葉を発する。それは屍者の言葉でも生者の言葉でもない、まさしく神の言葉……」

イスハークの存在を忘れたかのような呟きは、次第に不明瞭になり聞き取れなくなった。だがその内容は否応なしに、あのドイツ語の会話を彼に思い出させた。不安を覚え、それが疑念に変わる前に、ことさら明るい口調で、教授、と呼び掛けた。

「やっぱり僕、東洋学《オリエンタリズム》を学びたいです。それも帝国主義の尖兵《せんぺい》となるためじゃなくて、あなたのように研究に身を捧げたい」

夢から醒《さ》めた人のように、教授は眼鏡の奥で何度も目をしばたたいた。

「僕も東洋学者《オリエンタリスト》になれるでしょうか」

気づかない振りでイスハークが尋ねると、教授は笑顔になり、力強く頷いた。

「なれるとも。東洋学部の学生は複数の言語を学ぶ必要があり、まずそこで躓《つまず》く。つまりきみは出発点から有利だというわけさ。タタール語はもちろん、トルコ語やアラビア語にも通じているのだからね。もしかして、ペルシア語も習得済みかな？」

教授の言葉にイスハークは動転し、体温が乱高下するのを感じた。タタール語は文章語として確立されておらず、伝統的な知識階級が読み書きするのは、同じテュルク諸語に属するとはいえ異邦の言葉であるトルコ語だ。アラビア語は言うまでもなくコーランの言語であり、イスラム古典文学の多くはペルシア語で書かれている。

「その……アラビア語はコーランの読み方だけ、トルコ語も読み書きの初歩を教わっただけで、どちらも習得したとはとても……ペルシア語は全然です……」消え入りそうな声で、ようやくそれだけを述べる。教授の顔を見ることができなかった。

「熱意があれば大丈夫さ」

快活な声に勇気づけられ、イスハークは顔を上げた。「はい《ダー》、プロフェソル！」

座席の背《せ》凭《もた》れに腕を投げ出し、教授はからからと笑った。

「まったく、きみの熱意の十分の一でも、レフ・トルストイにあればな」怪訝《けげん》な顔をしたイスハークに、「知らないかね、数年前、法学部に在籍していたんだが。伯爵家の放蕩《ほうとう》息子さ。外交官志望で東洋学部に入学してきた。天才と呼ぶに相応《ふさわ》しい頭脳の持ち主だったが、飲む、打つ、買うで一年目にして落第。法学部に移ったが、結局は退学したよ。軍人になったそうだが、今頃何をしているやら。セヴァストポリ要塞で包囲されている最中かもしれんな」

「小説や芝居に出てくるロシア貴族そのものみたいな人ですね」

まったくだ、と教授は笑う。イスハークもつられて笑ったが、だけど、と眉を曇《くも》らせた。

「カザン大学の東洋学部はなくなってしまうんですよね」

「うむ、わたしもいずれはペテルブルクに移る。そしたら、きみも来たまえ。お父上を説得するのに、わたしも力を貸そう。奨学金制度もある。東洋《オリエント》はきみの前に扉を開いているよ……」

……それから教授が語り始めたのは、イスハークが想像したことすらなかった神秘と驚異。なかでも日本《ヤポーニヤ》の即身成仏《ソクシンジョーブツ》は、それが教授の口から出たにもかかわらず、到底信じることのできないものだった。この世の一切を虚しいものとし、寂滅《ニルヴァーナ》すなわち意識の消滅を至上とする仏教の虚無主義と、古今東西の未開民族に共通する死体崇拝が結び付いた奇怪な信仰形態だ。極東の島国日本は永《なが》きにわたって鎖国体制にあるが、その国民はしばしば帝国の東端に漂着している。さらなる領土拡大を狙う歴代ツアーリにとって彼らがもたらす情報は貴重であり、戦略的に価値が低いと思われるものでも余さず記録されてきた。ソクシンジョーブツの話も、そうした情報の一つだった。

「日本とは、去年からプチャーチン提督が和親条約の交渉中なんですよね。成功すれば、ソクシンジョーブツの真偽も確認できますね」

「成功するさ。二百年の惰眠《だみん》を貪《むさぼ》ってきた未開国が、西洋文明に太刀打《たちう》ちできるものかね。すべての謎は、解き明かされる運命にあるのだよ」

教授がその無尽蔵とも思える知識の宝庫から取り出してみせる逸話《いつわ》の数々は、子供の頃に聞いたどんなお伽話《とぎばなし》や英雄譚《たん》よりもイスハークを魅了する。子供のように口を開け、時を忘れてただ聞き入り……。

カザンの街に戻ったのは、夏期休暇終了の半月前だった。その後、教授からの連絡はなく、多忙な人だと承知してはいるものの、イスハークは寂しさを覚えずにはいられなかった。新学期が始まると早速、研究室を訪ねたが、何度行っても不在で、扉は固く閉ざされたままだった。

やがて木の葉が色づき始める頃、И《イー》・A《アー》・デムスキー教授はすでにペテルブルク大学に異動しているという噂が、法学部にまで流れてきた。大学の事務局で噂が事実だと確認し、なおも信じられない思いで、ならば自分宛《あて》に伝言はないかと食い下がり、すげなく否定されてイスハークが感じたのは、落胆というより妙に白けた気分だった。励ましも力添えの約束も、結局は口先に過ぎなかったということか。

こうなってみると、東洋学《オリエンタリズム》への憧《あこが》れは一時の気の迷いだったと認めざるを得なかった。東洋学に限らず、学問で身を立てるには多大な時間と努力が必要だ。冷静になってみれば、父の理解を得る以前に自分にはそれほどの熱意も才能もない。またトルコとの開戦以来、カザン大学東洋学部の元教授が将校たちのためにトルコ語講座を開いているといった話を聞くと、もはや純粋に学問を究《きわ》めることができる時代ではないのだと思える。

改めて法学に身を入れることにしたイスハークの許に、兄から手紙が届いた。封筒の上書きだけでなく、全文がロシア語である。初等教育まではいえ、兄もイスハークと同じくロシア式の学校を卒業しており、読み書きはロシア語のほうが得意なのだ。几帳面《きちようめん》な筆跡で、兄は次のように書き綴《つづ》っていた。

――イスハークと教授が町を発って数日後、オレンブルクから役人と軍人がやって来た。話し合いの末、町の商人はもはや要塞への屍者輸送を行わないことを条件に、倉庫に留め置かれていた屍者たちを引き渡すことで合意が成立した。修道場の古参の導師や教団員たちも、正面切ってお上《かみ》に逆らう気はなかったのだ。この結果を不服とする住民もいるが、ひとまず事は収まった。

イスハークは胸を撫《な》で下ろした。しかし手紙には、まだ続きがあった。

――オレンブルクからの訪問者が去って十日余り後の深夜、修道場で火災が起きた。火は翌朝ようやく消し止められ、焼け跡から死体が二つ見つかった。一人は門番で、頭蓋《ずがい》が陥没するほどの傷があり、これが死因と思われる。もう一人は全身が焼け爛《ただ》れ、衣服も残っていなかった。地下室は火が回らなかったものの、扉は壊され、中はもぬけの空だった。

――しかしその無惨な焼死体がカルガリー師だとは、教団員はもちろん住民の誰も信じていない。師は肉体ごと昇天したのだということになっている。聖者の評判を恐れた官憲の仕業だという噂もあるにはあるが、昇天説が圧倒的多数だ。放火説を取る者も、師の聖なる肉体が為す術《すべ》もなく丸焼けになった、あるいはロシア人に奪われた、とは決して言わない。

もし本当に当局の仕業だとしたら逆効果だった、と兄は結んでいた。

教授に報《しら》せるべきだ、とイスハークは思った。仮にも助手だった者の義務として。そしてまた、これでなんの返事もなければ、自分も完全に諦《あきら》めが付くだろう。連絡先を大学事務局に問い合わせると、教授は国外へ長期の調査旅行に出掛けたと告げられた。連絡先も帰国の時期も不明だと。

冬の足音を聞く十月二十二日、ツァーリと元老院によって、カザン大学東洋学部の閉鎖が決定された。

引用元：『コーラン』井筒俊彦訳　岩波書店

KITAHARA Naohiko

北原尚彦

# 屍者狩り大佐

本書の中で唯一、ジョン・H・ワトソン（および、長編版で旅の道連れとなる実在の旅行記作家バーナビーと屍者フライデー）が登場する作品。というか、長編版の第一部と第二部の間（一八七九年）に起きた事件を想像する『屍者の帝国』パスティーシュ。

原典の主人公がワトソンである以上、シャーロキアン側から書かれた作品も入れなければ……と考えて北原氏に依頼したわけですが、その期待に応えて、ホームズ・パスティーシュの方法論を（番外編的に）応用した、たいへん愉快な短編を寄せてくれた。

タイトルロールのセバスチャン・モラン大佐はドイル「空き家の冒険」の登場人物。射撃の名手、猛獣狩りの名人で、のちにモリアーティ教授に見出されて彼の右腕となる。グライムズビー・ロイロット博士は「まだらの紐」の登場人物。あともうひとりの重要キャラ（非ホームズ系）については読んでからのお楽しみ。

北原尚彦（きたはら・なおひこ）は一九六二年生まれ。青山学院大学理工学部物理学科卒業。九〇年、『ホームズ君は恋探偵』で講談社X文庫ティーンズハートからデビュー。SFの珍本やホームズ関連本の研究・蒐集でも名を馳《は》せ、『キテレツ古本漂流記』『シャーロック・ホームズ秘宝館』『SF万国博覧会』『古本買いまくり漫遊記』『SF奇書コレクション』などエッセイ多数。小説には、ヴィクトリア朝ロンドンを主舞台とする怪奇幻想作品集『首吊少女亭』『死美人辻馬車』、ホームズ・パスティーシュ集『ジョン、全裸連盟へ行く』『ホームズ連盟の事件簿』など。ホームズもののアンソロジーや翻訳も手がける。訳書の中には、ホームズとワトソンがゾンビと戦うイアン・エジントン作のコミックも。

それはインド国内を移動している途中のことだった。アフガニスタンでの一件の後、我々――バーナビー大佐、フライデー、そしてこのわたしジョン・H・ワトソン――は、ボンベイへと向かっていた。

熱帯に属する地域に入り、これからいよいよ雨季本番に向かっていくという時期だったために、徐々に増す暑さと湿度に悩まされ続けた。自分の汗か空気の湿り気で、身体は常にじっとりとして不快だった。クリーチャー――屍者《ししゃ》であるがゆえに汗をかかないフライデーを、これほど羨《うらや》ましく思ったことはなかった。

このペースならばあと数日でボンベイへ到着するだろうと思われる辺りで、田舎村に通りかかった。夕刻を迎えていたこともあり、バーナビーと相談した結果、今夜はここに滞在しよう、と決めた。この村には、ありがたいことに宿屋があったのだ。幸いにして空き室があり、野宿をせずにすむという思いで、わたしは大いに安堵《あんど》した。部屋に荷物を下ろし、わたしとバーナビーは食堂で夕食を頼んだ。筋肉質で大男のバーナビー大佐――わたしに密命を与えた団体〈ウォルシンガム機関〉に押し付けられた厄介者――は、宿屋の主人が目を丸くするほど大量の料理を注文した。屍者フライデーは、生者のように食事をする必要はないが、記録係と通訳という彼の役目上、常に傍にいさせることになる。

ここまで来る間、必ずしもきちんと調理した食事、それも作ってもらった食事を食べられるとは限らなかった。宿屋に入った時点からぷんとスパイスの匂いがしており、案の定、運ばれてきた料理は全て香辛料がきいていた。これは、長距離の移動で疲弊した心身の回復に大いに役立った。わたしもバーナビーも(特にバーナビーは)ものも言わずにがつがつと食べた。バーナビーはわたしの倍は平らげていただろう。

人心地《ひとごこち》ついて、ふと皿から顔を上げた拍子に、食堂の奥にいる人物に気が付いた。その男性は日焼けして真っ黒だったが、わたしと同じ白人の顔立ちをしていた。そして、わたしと同じくインド陸軍の軍服を着ていたのである。

彼はわたしよりも年上で、鋭い眼光、意志の強そうな顎《あご》の持ち主だった。その時にわたしが何よりも思ったのは「この軍人とバーナビーが喧嘩《けんか》をしたら大変なことになりそうだから、それだけは勘弁して欲しい」ということだった。

わたしの視線を感じたのか、彼も顔を上げた。目と目が合ってしまったからには、挨拶《あいさつ》をせざるを得ない。立ち上がって、彼のテーブルに歩み寄った。

「インド陸軍の方ですよね？　ご挨拶致します。ワトソン。ジョン・ワトソン。第五ノーサンバーランド・フュージリア連隊の軍医です」

「モラン。セバスチャン・モラン大佐だ。第一バンガロール先発工兵隊」

わたしはその姓名を聞いて、本人を前にしつつも驚きを隠せなかった。

「セバスチャン・モラン大佐？　〝魔弾の射手〟の？　〝屍者狩《しシャが》り大佐〟？　それはお会いできて光栄です」

――東洋にいる英国の軍人で、セバスチャン・モラン大佐の名を知らぬ者はいないだろう。彼は銃の名手にして、インド陸軍の勇士であり、アフガニスタンではかなりの勲功を立てた人物だ。激戦の最前線で屍兵の群れを前にしようとその射撃は決して怯《ひる》まず、着実に倒していく。あまりにも一撃必殺で目標を撃つがゆえに〝魔弾の射手〟と呼ばれ、彼の向かうところ屍者が倒れていくことになるがゆえに〝屍者狩り大佐〟と呼ばれる。

だがモラン大佐は、こちらが敬意を表したにもかかわらず、迷惑そうな表情を浮かべるばかりだった。わたしはそれ以上友好的に振舞うこともできず、席に戻った。彼は食事を終えると、すぐに立ち上がった。

「ふん。いけすかない奴だな」バーナビーが鼻を鳴らした。

モラン大佐もこの宿屋に滞在している様子だった。だが、すぐには自分の部屋へ上がらず、隅のテーブルに移動すると、何かを取り出した。——トランプだった。彼は無言で、カードをプレイする相手を募っているのだ。

彼がタバコに火を点《つ》けて煙を吐き出しているうちに、二人の地元民がテーブルについた。片方は女のような顔立ちの整った若い男、もう片方はごく普通の田舎親爺《おやじ》。しかし、あとひとりの席が埋まらない。

バーナビーが、その様子を見て言った。「どうも、みな尻《しり》ごみをしているようだな」

わたしは思い出した。モラン大佐は、銃の腕前もさることながら、カードの腕前でも有名だということを。おそらくは、既に前の晩に、モラン大佐は地元の人々を相手にさんざん大勝ちしているに違いない。それでも相手をしようという二人は、負けを取り戻そうとしているか、ただの博打《ばくち》好きかなのだろう。真っ当な判断力を持っている連中は傍観するのみ——そういうことか。

モラン大佐が、こちらをちらりと見た。先刻ほどの、拒絶するような目ではない。プレイするメンバーが足りず、背に腹は変えられないというところだろう。かくいうわたしも、腕前はともかく、博打は嫌いではない。大佐と近付きになる好機でもあるし、ここは誘いに乗ることにした。わたしは彼らのテーブルに歩み寄った。

「大佐。わたしも参加させて下さい」

モラン大佐はゆっくりと頷《うなず》いた。

「よかろう。座りたまえ」

わたしがモラン大佐の正面に座ると、彼はカードをシャッフルし、ゲームが始まった。

プレイが進行するにつれて、やがて気がついた。地元民二人は、ぐるになってひどく荒っぽいイカサマをやっていたのだ。合図を送ってお互いの手を知らせ合い、場合によってはカードをやりとりする。後で知ったのだが、二人ともかつては奇術師として名を成した連中らしい。だから、カードを思うように扱うことなど、お手の物だったのだ。ほかの村人たちはモラン大佐を恐れてというよりも、それを知っているから加わろうとしなかったのだ。

これは大変なところへ飛び込んでしまった――と一旦《いったん》は思ったのだが、徐々にそうでもないことが判ってきた。わたしは、滅茶苦茶ツイていたのだ。カードが配られた時点で役ができていたり、一枚だけ交換すれば期待通りのカードがやってきたり。

わたしは勝ち続け、その度に我々を取り囲む見物客たちから歓声が上がった。地元民が勝つこともあったが、すぐにわたしが大きく勝つ。地元民二人は(一体こいつはどんなイカサマをやっているんだ)という目でわたしを見たが、わたしは何もやっていなかった。

やがてわたしは理解した。これは幸運なんぞではない。全て、モラン大佐がやっていることなのだ。彼はどうやってか、作為的にわたしにいいカードが来るように、カードの流れを支配していたのだ。奇術師である地元民二人が見抜けないほど、巧妙に。おそらく、モラン大佐とわたし以外の全員が、わたしがとんでもない腕利きイカサマ師か、異常な強運の持ち主だと思っていることだろう。

普通だったらカードを放り出して真実を告げているところだが、地元民二人もイカサマをやっている。これは高度極まるイカサマ勝負なのだ。わたしは命令を受けたクリーチャのように、モラン大佐に操られているしかなかった。

その晩のクライマックス、わたしがロイヤル・ストレート・フラッシュで勝ったところで、モラン大佐が言った。

「手持ちがなくなった。ここまでとして頂こう」

表面上は、わたしがひとり大勝ち、地元民二人がやや負け、モラン大佐が大負け、という結果だった。わたしからはとても「もう終わり」とは言えない状況だが、モラン大佐が言えばみな受け入れざるを得ない。

見物客たちの喝采《かっさい》を受け、お開きとなった。バーナビーが、背後からわたしの耳元に口を寄せて「あいつ、とんでもないな」と囁《ささや》いた。どうやらもうひとり、真相を理解している人間がいたようだ。

部屋に引き上げて間もなく、聞こえるか聞こえないかという小さいノックの音がした。ドアを開けると、そこにはセバスチャン・モラン大佐が立っていた。彼は無言で部屋に入り、ドアを閉じた。

わたしも無言で、金を彼に差し出した。先のカード勝負で、勝った分である。モラン大佐はそれを受け取ると、まず自分の負けた分を抜き取り、残った金を綺麗《きれい》に半分にして、それをわたしに返して寄越した。

わたしは「いらない」と言ったが、彼は「いや、受け取ってもらう。そうでないと、何があったかお前が明かす可能性があるからな。お前もこれを受け取って、共犯になってもらう」

〈ウォルシンガム機関〉の命を受けて行動している現在、いらぬトラブルは避けなければならない。あれはイカサマ勝負だったのなんのとゴタゴタするのは願い下げだ。わたしは致し方なく、モラン大佐から金を受け取った。これは活動資金の一部にしよう、と考えた。……絶対にバーナビーの飲み代にならないようにしなければ。彼のことだから、既にそのつもりでいるかもしれないが。

モラン大佐は部屋を出る直前に、部屋の隅に座っていたフライデーに目を留め、足を止めた。

「こいつ。クリーチャか」と、大佐は低い声で言った。人差し指が、ひくひくと動いていた。

「ええ。通訳兼秘書として随伴しています」

今もフライデーはデスクに向かって、わたしとモラン大佐のやりとりを筆記していた。大佐は冷たい目でフライデーを見つめていたが、やがてドアから出ていった。

モラン大佐のように、戦闘で屍兵を狙っては撃ち、狙っては撃ちを繰り返していると、屍者を見ただけで〝標的〟として反応してしまうのだろうか。

フライデーのペンが紙の上を走る音に耳を傾けていると、壁を通して地響きのようないびきが聞こえてきた。……バーナビーだ。思わず、わたしは溜め息をついた。

翌朝。起床して食堂へ降りると、そこは大騒ぎになっていた。村人たちが集まり、怒鳴るようにして話をしていたのだ。ゆったりとした朝食を期待していたわたしは、やれやれと思いつつもテーブルについて注文をした。村民同士の会話は、現地語なので内容はよく分からない。気になったわたしは、フライデーに翻訳をさせる。彼の能力では全ての会話は無理で、断片的ではあったが、それでも村人たちの話している内容をなんとか理解するうちに、騒ぎも無理からぬことと分かってきた。

昨晩、村の界隈《かいわい》になんと〝人食い虎《とら》〟が出没したというのである。一晩で、二人の村民が食い殺されたのだそうだ。

そこへ、新たな村人が喚きながら飛び込んできた。犠牲者が、もうひとり見つかったのだ。しかも、その犠牲者はまだ息があるという。

それを聞くなり、わたしは食べ始めたばかりの朝食を中断して立ち上がった。部屋へ戻ると医療道具一式を抱え、再び食堂に戻った。

「わたしは軍医だ。負傷者がいるなら、救急活動を手伝おう」そう村人たちに向かって言うと、彼らは一斉にこちらを向いた。

背後から「あんただけ行かせるわけにはいくまい」と声がした。振り返ると、いつの間にかバーナビーが降りてきていた。

そこへ、更なる人物が現われた。セバスチャン・モラン大佐だった。彼は無言だったが、ライフルを手にしていることが、全てを物語っていた。彼が射撃の名手であることは言うまでもないが、そもそも〝狩り〟が彼の趣味なのだろう。だから彼は村人のために一肌脱ぐというよりも、虎という大物をハンティングする好機を見逃すことができないということか。

「ありがとうございます。よろしくお願いします」と、村人のひとりがなまりのきつい英語で言った。

猟銃を持った数人の村人たちの案内で、我々――わたし、バーナビー、フライデー、そしてモラン大佐――は、宿を出た。「人食い虎が出没した」という情報が行き渡ったのか、出歩いている人間はほとんどいなかった。夜中に雨が降ったらしく、空気はむわっとしていた。

村はずれまで来ると、二人の男性が倒れていた。これは、既に死亡している犠牲者だった。わたしはざっと死体を確認した。全身を、獣《けもの》の牙《きば》や爪《つめ》で引き裂かれている。ひとりは、首がほとんどちぎれかけていた。わたしはどこか違和感を覚えたのだが、その原因を深く掘り下げている余裕もなく、先へ進んだ。

更に数分歩いたところに、数人の村人が屈《かが》み込んでいた。その横に、倒れている人物がいた。

「こちらです」案内人のひとりが言った。

負傷しているのは、四十歳ぐらいの女性だった。うつぶせにされていたが、それには理由があった。服の後ろ側がびりびりに破けており、血塗《ちまみ》れになっていたのだ。

わたしは「安心して下さい。医者です。失礼しますよ」と言って、ハサミで彼女の服の背中部分を切り開いた。そこには、平行な数条の傷が深々と刻まれ、今も血が溢《あふ》れている。猛獣の爪に引き裂かれたのは、一目瞭然だった。

「幸い、動脈は傷ついていませんね」とわたしは治療をしながら言った。「命に別状はないでしょう」

包帯を巻き、村人の誰かに彼女を背負って運ばせよう、という話をしている時のことだった。

「おい！　あそこに！」バーナビーがいきなり大声で叫んだ。見上げると、バーナビーが腕を伸ばして指差していた。その示す先に視線を走らせると——巨大な獣がいた。

黄色と黒の獣——虎である。虎は、こちらに向かってそろそろと歩いていた。我々の視線を感じたのだろう、次の瞬間にその場から消えた。いや、消えたのではなかった。跳躍したのだ。着地した時には、もうこちらへの距離の半分のところまで来ていた。残りの半分も、あっという間に駆け抜けた。虎は、一番手前にいた人間——村民のひとりに襲い掛かった。

村民は人形であるかのごとく、簡単に倒された。その喉元《のどもと》に、虎は喰《く》らいついた。ロンドンの公園の噴水のように、血しぶきが上がった。

その村民は、昨晩わたしやモラン大佐とカードをプレイしたひとり、田舎親爺だった。その時わたしの頭に浮かんだのは——ああこれで彼らコンビでグルのイカサマはできなくなったな——という間の抜けた考えだった。

残った村人たちの間から、悲鳴が上がった。それと同時に、轟音《ごうおん》が鳴り響いた。続いてもう一発。二発目の段階でようやく、モラン大佐の銃が火を噴いたのだと分かった。

虎は、発射ごとにびくり、びくりと動いた。その直後、くるりとこちらに背を向けると、走り去った。虎の後姿は、あっという間に消えた。

　皆が一斉に、新たな犠牲者に駆け寄った。一瞬の出来事だったため、まだ生きていた。だが彼の人生が終幕を迎えつつあるのは一目で判った。生命がまるで実体のあるもののように、みるみるうちに彼からこぼれ出ていく。ぱっくりと開いた喉がひゅうひゅうと言っていたのだが、それが聞こえなくなった。両目から、光が消えた。

　だが気がつくと、セバスチャン・モラン大佐だけは、犠牲者を見ていなかった。彼は、少し離れたところで、我々に背を向けていたのである。

「何をしているんです、モラン大佐？」とわたしは声をかけた。

　モラン大佐は、地面を見ながら答えた。「あり得ない」

「何がでしょう」

「俺の射撃が外れるなんて、あり得ない」

　わたしは思い返した。射撃音と同時に、虎がびくりと動いていた。あれは音に反応したのではなく、銃弾が命中していたのだ。

「外れなかったんじゃないですか。急所には当たらなかったために、致命傷にならず逃げられただけで」

「そう考えるのが妥当だ。だがそうすると、またおかしな点が出てくる。俺の感触では、二発とも命中していた。それなのに、血しぶきが飛んだようには見えなかったのだ」

わたしは地面を見た。そこには血の飛沫《ひまつ》があるにはあったが、これは虎ではなく人間――新たな犠牲者のものということか。ハンターであるモラン大佐が、間違えるはずがあるまい。とすると、どういうことなのだろう。

その時、わたしは先刻の死体を見た時に感じた違和感の原因に思い至った。

二人の犠牲者は、引き裂かれていた。爪と、牙とで。だがよく考えると、あの村人は「喰われて」はいなかった。虎が人に限らず動物を襲ったら、柔らかい内臓にかぶりついて喰うはずだ。それなのに、喰わなかったということは。あの虎は、肉を喰う必要がなかった、ということだ。喰わなくていいのは……。

わたしの背後で、バーナビーが正解を言った。「では、結論はひとつだ。あの虎は既に死んでいる。屍者だ」

そうだ。屍者ならば、基本的に物を食べる必要がないのだ。だが、わたしはまだ信じることができなかった。なぜならば。

「しかし」とわたしは言った。「人間以外の動物のクリーチャ化に成功した者は、まだひとりもいないはずだ」

「では、あの虎が第一号ということだな」とバーナビーは、こともなげに言った。

いつの間にか這《は》いつくばっていたモラン大佐が言った。

「……これは」

わたしは彼の視線の先に目をやった。黒くどろりとした、タールのようなものが一滴だけ、落ちていた。

「間違いない」わたしは言った。「屍者の体液だ」

わたしの受けている使命とは無関係ではある。だが、動物のクリーチャ化という重大事を放置してきたと報告したら、叱責《しっせき》されること確実だろう。ボンベイへの移動は延期し、事の真相を突き止めるために今しばらくこの村に滞在することにした。バーナビーも、それには賛成だった。

虎に襲われて死亡した犠牲者が、村人たちによって回収されたというので、葬儀が営まれる前に遺体を詳細に調べさせてもらった。インドでは火葬が一般的なので、焼かれてからでは間に合わない。

やはり、間違いなかった。いずれも〝襲撃〟〝殺害〟が目的であるかのような傷口で、〝捕食〟されてはいなかった。人食い虎ではなく、殺人虎なのだ。しかも屍者の虎——屍虎《デッド・タイガー》か。

宿の部屋に戻ると、すぐにバーナビーがやってきた。彼は少し酒臭かった。飲んでいたのだ。

わたしが顔をしかめたのに、バーナビーは気が付いたようだった。

「安閑《あんかん》と酒を飲んでいたわけではないぞ」バーナビーは言った。「この界隈で怪しい人物はいないか、ここの食堂で聞き込みをしていたのだ。まあ、その調査の過程で、ずいぶんと酒を飲むことになったが、それは相手と一緒に酒を飲んで話を聞き出すためだから、勘弁してもらいたい。必ずしも英語に堪能な奴ばかりではないから、やりとりにも苦労したし。しかし皆、仲間内の地元民に関しては一斉に口が重たくなるのには参ったよ。同胞を売ることになっては、と考えるんだろうな。だが英国人に関しては平気で喋《しゃべ》ってくれるおかげで、問題となる人物が浮かび上がったんだ。……どうだ、仕事が速かろう？」

「わかったわかった。……それで、その人物とは何者だ」

「元インド在住の医者で、今は英国に戻っているのだが、時々インドに来ては、動物を買い付けていくのだという。その医者が普段買うのはサルぐらいだったのが、最近、虎を買いたいからと地元民に生け捕りを依頼し、用意された虎を買い取ったというのだ。……どうだ、怪しいだろう？」

「だがその人物は、虎を連れて英国に戻ったんではないのか」

「いや、虎を受け取ったのは確かだが、国外へ持ち出していないらしいのだ。いつもは動物を入手するとすぐにインドを去るが、今回は虎以外にもずいぶんとたくさんの動物を集めていて、まだインド国内にいる」

「なんという人物だ」

「ロイロット博士。グライムズビー・ロイロット博士だ」

わたしはフライデーへと振り返り、グライムズビー・ロイロット博士に関する情報はないか、質問してみた。

フライデーの頭の中には、大英博物館の字引や事典の類《たぐい》が片っ端からインストールされているのだ。それらの中には確か、インド在住英国人の紳士録もあったはずだ。

幸いにして、その中にロイロット博士に関する項目は含まれていた。また意外にも、犯罪記録集にも彼の名前が出てきた。物言えぬフライデーは、それらを書き出してくれた。後に知った情報も総合すると、以下のようなことらしい。

――ロイロット家はイングランドの古い家柄で、かつては広い所領を持っていたが、浪費家が何代か続いてすっかり零落した。それでもグライムズビー・ロイロットは医学博士の学位を取った上でインドに渡り、カルカッタで開業した。腕はよく、かつ押しが強かったために一時期は盛大に患者を集めていた。その診察ぶりは少々強引ではあったが、患者たちは信頼し、待合室に列を作っていた。

だが短気なところが、玉に瑕《きず》だった。家の中で盗難が続いた際にも、その短気が災いした。彼は盗人が現地人の執事だということを突き止めたはいいが、警察へ届ける前にかっとなって折檻《せっかん》をした挙句に、殴り殺してしまったのだ。

逮捕され、経緯が経緯だったこと、また医師として地元に貢献していたことから死罪は免れ、長期の禁固刑を受けた。出獄後は、短気なところは変わらず、しかし陰気な男となっていたという。そして英国へ帰国し、先祖代々住んでいたストーク・モランの地に住んでいるのだった。

彼はインド在住時代に、結婚している。相手はストーナー少将の未亡人で、子持ちの美人だった。子どもは双子の姉妹、ジュリアとヘレン。だが帰国後に夫人は鉄道事故で死亡した。以降、義理の娘と三人で暮らしている。

「現在、ロイロット博士がこちらで滞在している家は？」とわたしは尋ねた。

「それは俺が聞いておいた」バーナビーが得意げににやりとした。

我々が訪ねると、玄関口に現われたのは、インド人の小姓だった。英国内においては、上流階級の間でインド人の少年を使用人とするのが流行していた。だがこの屋敷の場合は、ちょっと話が違っていた。その表情ですぐに気がついたが、眼前にいるインド人小姓は屍者だったのだ。

「ロイロット博士にお会いしたい」わたしは言った。

屍者のインド人少年が、手にした石板を示した。そこには「ご主人は留守です。お帰り下さい」と書かれていた。

「重要な用事でな。是非とも会わねばならんのだ」とバーナビー。

だがクリーチャの少年は「ご主人は留守です。お帰り下さい」と書かれた石板をこちらに見せるばかりだった。

「らちがあかんな」バーナビーが言った。「ではすまんが、中で待たせてもらおう」

バーナビーは屍者の少年を押しのけると、ずかずかと入っていった。

「お、おい、バーナビー。そんな勝手に」

わたしはそう言いつつも、バーナビーが入ってしまった以上、それを追いかけるしかなかった。当然、フライデーはわたしに従う。

石板を頭上に高々と掲げながら、屍者の小姓がついてきた。

廊下を早足に歩いていると、漂う獣臭が鼻をついた。更には、奇怪な吠《ほ》え声がどこからともなく響いてくる。――何かの獣が、いるのだ。

バーナビーが一室へ入り、わたしも続く。フライデーは部屋の外で止まった。

部屋の中でデスクについていた男性が顔を上げた。彼こそ、グライムズビー・ロイロット博士その人であった。険しい顔をした博士は大声で怒鳴りながら、立ち上がった。

「なんだ貴様らは！　許しもなく入り込んで、強盗か！」

「なんだはこっちの科白《せりふ》だよ」とバーナビー。「なんだ、居留守だったのか。待たせてもらうつもりで上がらせてもらったんだがな」

「貴様！」

ロイロット博士は、いきなりバーナビーに殴りかかった。かなりスピードのある拳《こぶし》が、バーナビーの頬《ほお》に入った。

「いいパンチだねえ」と言うなり、バーナビーが殴り返した。

たちまち、激しい殴り合いとなった。賭《か》けボクシングもかくや、という猛烈さだった。

「やめろ！　二人とも」

わたしは割って入ったが、両者から殴られる羽目になった。ロイロット博士は仕方がないとして、バーナビーは許しがたい。

わたしは暖炉《だんろ》の横から、火かき棒を取った。バーナビーの頭に一発食らわしてやりたいところだったが、我慢した。二人の間に、無理やり火かき棒を差し込みながら叫ぶ。

「ロイロット博士、我々はインド陸軍から派遣された調査官です。虎のことで、お尋ねしたい」

やや誇張はあるが、あながち嘘《うそ》とも言い切れない。ロイロット博士が動きを止めたので、その隙に二人を引き離す。

「……それを早く言え」と、ロイロット博士が呟《つぶや》く。

「これからがいいところだったのに」とバーナビー。

バーナビーはわたしから火かき棒を奪い取ると、力任せにぐにゃりとへし曲げ、床の上に放り出した。壁際《かべぎわ》に置いてあった、木箱にぶつかりそうになる。それを見て、ロイロット博士が言った。

「その箱の中には、沼毒蛇が入っている。嚙《か》まれたら、一巻の終わりだ。蓋《ふた》が開いて逃げ出した場合、儂《わし》は知らんぞ」

バーナビーは、慌てて木箱から離れた。

ロイロット博士は、改めてわたしを値踏みするように見て、言った。

「それで、軍の調査官殿が、儂に何の用かな」

「貴兄《あなた》の買った虎は、どこにいますか」と、わたしは単刀直入に尋ねた。

「ふん。誰かがそう言って訪ねてくるのでは、と思っておったよ。虎の騒ぎについては、聞いている」

「分かっているならば話は早い。正直にお答えを」

「ふん」ロイロット博士は肩をすくめた。「正直に答えてやらねばならん義理はないが……生憎《あいにく》と、ここにはいない」

「では、どこにいる」バーナビーが畳み掛けるように言った。

「儂は普段、英国へ送るために動物を買っているが、あの虎は特別だ。人に頼まれて、手配したものだ。だからもう、既に人に渡した後だ」

「誰ですか、あなたに虎の入手を依頼した人物とは」とわたしは問うた。

「儂が以前からこの地で動物の買い入れをしていることを知って、『自分にも動物を手に入れて欲しい』と言ってきた人物でな。——名を、モロー博士という」

わたしはバーナビーと顔を見合わせた。

「あのモロー博士か⁉」とバーナビーは素《す》っ頓狂《とんきょう》な声を上げた。

わたしは身を乗り出した。「モロー博士の居場所を知っているんですね。今すぐ、教えて下さい」

ロイロット博士が、モロー博士の住んでいるという古屋敷までの地図を、インド人少年の屍者に描かせた。わたしが少年を見つめていると、その視線が気になったのか、ロイロット博士が言った。

「儂は以前、使用人相手に面倒なことになり、結果としてえらい目に遭《あ》ってな。生きている使用人は、もう懲《こ》り懲《ご》りだ。それで、屍者を使用人にすることにしたのだ」

「わたしも連れていますよ」と言いながら、わたしは部屋の外にじっと立っているフライデーを示した。

「ほう。さすがは調査官、いいクリーチャを従えている」

フライデーを褒《ほ》められて、わたしは少し嬉しかった。

モロー博士の住む屋敷は、鬱蒼《うっそう》とした森林に囲まれていた。木の陰から今にも虎が飛び出してきそうな、そんな雰囲気だった。

これから訪ねる人物——モロー博士については、フライデーの蓄積した情報に頼るまでもなく、わたし自身が記憶していた。彼の名がロンドンを席巻したのは、ほんの一年ほど前だからだ。

モロー博士は、卓出した生理学者として名声を博していた。だが彼の行っていた残酷極まりない実験を、助手として潜《もぐ》り込んだジャーナリストによって暴き出され、大騒ぎとなった。皮をはがれた上に身体の一部を切断された犬が、博士の家から逃げ出したこともあったという。その後、彼は国外追放になったと聞いていたが、こんなところに流れ着いていたのだ。

応対に出たのは、助手をしているらしき若い英国人男性——屍者ではなく生きていた——で、モロー博士に会いたい旨《むね》を伝えると、一旦奥へ戻ったが、すぐに再び現われて「どうぞお入り下さい」と言った。

この屋敷も、ロイロット博士のところと同じく獣臭がした。応接間で我々を迎えたのは、五十歳ぐらいの男性だった。モロー博士その人である。

挨拶をした後、用向きを尋ねられたので「村人を襲った虎について調べている者です。あの虎について、何かご存じではありませんか」と質問した。

モロー博士は、躊躇《ためら》いもなく「知っている」と答えた。

彼があまりにも呆気《あっけ》なく認めたので、肩透かしをくらった感すらあった。モロー博士は続けた。

「あの虎は、私がロイロット博士から買ったものだ」

「実験材料として？」

そう問うたわたしを、モロー博士はじろりと睨《にら》んだ。

「知っているならば質問することもなかろう」

「あなたがロンドンで動物実験を行っていたことは、知っています。ですから、あの虎にも実験を行っただろうことは容易に想像できます。ですが、詳細な内容までは判らない。あの虎に、実際に何をしたのか」

「だが、私を訪ねてきたということは、私が何をしたかは知らずとも、その〝結果〟は知っているのではないかな」

わたしは横目でちらりとバーナビーを見た。彼は何も言わない。……仕方ない、わたしが言おう。

「あの虎は、死んでいます。なのに動いている。――クリーチャです」

「その通りだ。その認識で間違いない。そしてそれを実現したのは、何を隠そう、この私だ」

　モロー博士は、誇らしげに胸を張った。それを見て、この人物は科学馬鹿だ、と確信した。こういう人間は、科学のためならば何でもやるから、始末に負えない。ある意味、例えばロイロット博士の方が、かえって御しやすい。モロー博士のような人間は、対処を誤ると面倒なことになる。わたしは遠回しに喋ることはせず、単刀直入に尋ねることにした。

「では、人を襲わせたのもあなたですか」

　モロー博士の顔が、こわばった。

「……それに関しては、私がやったわけではない」

「あなたがやったのではなくても、虎を野に放ったのならば同じことでしょう」

「いや。私の意図するところではなかった。虎は勝手に逃げ出したのだ」

「では、人的被害に関してはあなたにそのつもりはなかったということにしておきましょう。ですが、ひとつ根本的な疑問があります。――動物のクリーチャ化に成功した者は、まだ誰もいないはずです。そもそも、不可能だとも考えられていますよね。それなのにあなたは、成功したと？」

わたしの言葉で、モロー博士はまた誇らしげな顔に戻った。

「普通ならば、できない。だが、私は不可能を可能にするため、並々ならぬ苦心と工夫をしたのだ」

「工夫、とは？」

「こちらへ来たまえ。成果を見せてやろう」

モロー博士は立ち上がり、部屋を出ると、廊下を奥へ進んだ。何かの罠《わな》かもしれない、と思ったが、バーナビーはさっさと博士の後を追っている。わたしも行くしかない。フライデーもわたしについてくる。

古い屋敷の廊下を歩くにつれ、獣臭が強くなってくる。人間のものではない、甲高《かんだか》い咆哮《ほうこう》が聞こえてくる。突き当りのドアで、モロー博士は鍵穴に鍵を突っ込み、がちゃりと回す。

「ここだ。辺りのものに、不用意に触れないように」

触れと言われても、こちらから願い下げだった。猟犬、猿、キツネなど、様々な動物の入った檻《おり》が、並んでいたのだ。それらの動物が檻の中で叫び、ぐるぐると動き回っている。

モロー博士は、そんな檻のひとつの前で立ち止まり、我々へと振り返った。

「これを見たまえ」

そこにいたのは、白い毛の猿だった。

「ハヌマンラングールだ。さっきひときわ大きな声で鳴いていたのは、こいつだ」

モロー博士はそう言うと、猿に話しかけた。「……さあ、どうした」

その次のモロー博士の行動は予想外だった。近くの机から紙と鉛筆を取ると、ハヌマンラングールの檻の中に入れたのだ。だが、もっと予想外の出来事が待っていた。ハヌマンラングールは鉛筆を摑《つか》むと、紙を床《ゆか》に置いて、文字を書き始めたのだ。やがて鉛筆を置き、ハヌマンラングールは紙をこちらに示した。

そこには「HUNGRY（腹が減った）」と書かれているではないか。

それをちらりと見たモロー博士は、ベストのポケットから懐中時計を取り出し、蓋を開いて時間を確認する。

「おお、確かにお前の食事の時間は過ぎていた。すまなかった、この客人たちが来ていたものでな」

モロー博士は部屋の隅へ行くと、呼び鈴の紐《ひも》を何回も引いた。先ほどの助手が、ばたばたとやってきた。両手で、果実を盛った籠《かご》を運んできた。

籠を受け取ったモロー博士は、果実をひとつ選ぶと、ハヌマンラングールの檻へと差し出した。ハヌマンラングールは檻の隙間から手を出して果実を受け取るや、それにかぶりついた。あっという間に食べ終わり、両手を舐《な》めていたかと思うと、再び鉛筆を持って、紙に字を書いた。

今度は「THANKS（ありがとう）」と書いてあった。

猿が言葉を書いて食事を要求し、食べ物が与えられるとその礼を言葉で伝えるとは。なんということか。

バーナビーが言った。「この猿は、やりとりができるように訓練されているのかね？」

モロー博士は、さも軽蔑《けいべつ》するように鼻を鳴らした。

「馬鹿め、そんなサーカスまがいのことをするために、私が苦労して研究をしているわけがなかろう。このハヌマンラングールには、私が文字を教えたわけではない。なぜならば、最初から文字を知っているからだ」

「それはどういう意味だ」とバーナビーが問うた。

「いいか、このハヌマンラングールは、ただの猿ではない。正確には、猿と人間のハイブリッドなのだ。このハヌマンラングールの脳は、半分は人間なのだ。私が、移植したのだ」

あまりの奇想天外さに、わたしは言葉が出なかった。

「そんなことができるはずがない！」バーナビーは怒鳴った。「試してみれば、簡単に分かることだ。すぐに、ぼろが出る」

バーナビーは檻に身を屈め、中のハヌマンラングールに向かって言った。

「おい、お猿さん。俺が何に見えるか、教えてくれ」

おそらくバーナビーは「MAN（男）」とか「HUMAN（人間）」といった答えを期待していたのだろう。いや、答えられないことを期待していたと言うべきか。

だが、ハヌマンラングールがすぐに書いてみせた単語は、こうだった。

——「STUPID（間抜け）」。

こんな張り詰めた状況ながら、わたしは思わず噴き出してしまった。

「なあバーナビー、そのミスター・ハヌマンラングールは、言葉も分かるし判断力もあるようだぞ」とわたしは言った。

バーナビーは、頭から湯気を出さんばかりに真っ赤になっている。

「くそっ。こんな答えだったら、予《あらかじ》め仕込んでおけるぞ。これでは証明にならん」

「じゃあ、今度はわたしがやろう」

わたしがバーナビーに代わって、檻に向かって話しかけた。

「ミスター・ハヌマンラングール、こちらは何に見えるか、教えてもらえるかな？」

ハヌマンラングールは、わたしの質問にもすぐに答えてくれた。彼は一語書いて、こちらに見せた。

——「DEAD（屍者）」。

わたしは息をのんだ。正解だ。わたしは「こちら」と言いながら、フライデーを指し示したのだ。このハヌマンラングールは知性があるだけでなく、生者と屍者という概念を持っているのだ。

これにはバーナビーも、ハヌマンラングールを改めてまじまじと見つめた。

「では本物、なのか」

「だから最初からそう言っておろう」と、モロー博士。得意げで、かつ我々を見下すような口調だった。「真っ当な理性の持ち主ならば、とうに事実を認めているところだが」

「しかし」とバーナビーが悔《くや》しげに食い下がった。「百歩譲ってあんたが人間と動物を合成する実験に成功したとして、だ。それと動物のクリーチャ化とどう関係が……あっ」

バーナビーが真相に達したらしき瞬間、ほぼ同時にわたしも真実を悟《さと》り、声をあげた。

「動物はクリーチャにできなくても、人間と動物のハイブリッドならば、クリーチャ化が可能だということか！」

「うむ。……ようやく正しい筋道に達したようだな」モロー博士は頷いた。

モロー博士は今度は、机からナッツの入ったボウルを取った。ナッツをひとつ摘《つ》まみ、檻の中へ放る。ハヌマンラングールは器用にそれをキャッチし、かりかりとかじる。食後のデザートだ。

「私はロイロット博士から購入した虎に、人間の脳を移植した」モロー博士は続けた。「脳を完全に入れ替えてしまうと虎の肉体を動かすことが難しくなってしまうから、虎の脳を半分は残し、人間の脳の半分をそこへ移植して合成した。人間の脳は、最近まで私の助手を務めていた李徴《リーヂー》という中国人の男のものを用いた。リーヂーは、常々『虎になりたい』と言っていた、奇妙な男でな。その願いをかなえるために、志願して私の手伝いをしていたのだ。実を言うと彼はずっと内臓を患《わずら》っており、寿命が長くないことを自覚していたのだ。万全の準備を整え、手術を行い——移植は見事成功した。リーヂーは、見事に人間の意志を持った虎と化したのだ」

彼は、ナッツを食べ終えたハヌマンラングールへと、もうひとつ放った。

「私は既に、人間の脳を移植した動物をクリーチャ化する準備を万端整えていた。そんな折に、虎のリーヂーが急死してしまった。どうやら、腫瘍《しゆよう》が脳の内部にまで回っていたらしい。そこで私は、猿での実験を飛ばして、虎のリーヂーでクリーチャ化する処置を行ったのだ」

この部分に関しては怪しいものだ、とわたしは思った。このモロー博士という人物なら、虎を屍者化するために自然死を待ったりせず、自らの手で命を奪うのではなかろうか。倫理上の問題を誤魔化すため、このような話をでっちあげたのではないか、と。

だが、今はそれを追及している場合ではない。問題は、過程よりも結果だ。

「それで、その半人半虎の屍者が、どうして好き勝手に暴れまわっているんですか？」

「実を言うと、好き勝手、なわけではない。……私のミスには違いないのだが」

「何をどうミスしたというのですか」

「虎のリーチーのクリーチャ化に成功した私は、屋外実験を行っていた。命令を与え、指示通りの動作をさせる実験だ。前進、停止、跳躍、などなど。そしていよいより具体的な命令を与えたところで、事故は起こった。……そもそも、肉食獣のクリーチャ化、というのは確固たる目的があった。兵器としての利用だ。普通の屍者を、兵隊として用いるのと同じことだ。詳細を明かすことはできないが、この実験にはとある筋がスポンサーとして付いている。動物のクリーチャを軍事利用したい方面だ」

わたしは眉《まゆ》をしかめる。話がきな臭くなってきた。

「……分かってきました」とわたしは言った。「攻撃、ですね」

「そうだ」モロー博士は頷いた。「生きたヤギを灌木《かんぼく》に繋《つな》いでおいて、それに対する襲撃命令を出した。実験そのものは成功し、屍虎リーチーは見事にヤギを引き裂き、殺害した。だが、後がいけなかった。襲撃後の停止・帰還命令が、なぜか働かなかったのだ。リーヂーは、そのまま走り去ってしまった」

「ふむ」バーナビーが唸《うな》った。「つまり、攻撃命令が続いたままになっている、ということだな」

「その通り。だから、動物であろうと人間であろうと、遭遇した相手には誰かれ構わず襲い掛かるのだ」

「どうすれば、止められますか」

モロー博士は、肩をすくめた。

「屍者だから当然、共通停止コードを脳に入力すれば止まるがね。逃げている虎に入力できるものなら、とうにやっている」

あの虎がなぜ人を襲うのかは、判った。だが対処方法は、不明のままだ。わたしとバーナビーは宿への帰路、さんざん意見を戦わせたが、これはという名案は思い浮かばなかった。

我々が帰り着いたところで、やはり宿に帰ってきたばかりらしいモラン大佐に遭遇した。わたしは彼の姿を眺めてから、声をかけた。

「名ハンターとして知られるモラン大佐のことだから、常に虎を追いかけて、機会を窺《うかが》っているのかと思いましたが、違ったようですね」

モラン大佐はわたしを振り返り、目を細めた。

「どうしてそうだと言える？」

「大佐の服装ですよ。ズボンの膝が泥で汚れていなければ、ブーツもぴかぴかだ。上着にも、葉っぱの切れ端ひとつついていない。虎を追って野山を駆け回っていたなら、もっと汚れているはずだ」

「ほう、なかなかいい観察眼をしている。それなら、優秀なハンターになれるぞ」

「いえ、わたしは医者ですから。命を奪うのではなく、命を助けるのが仕事です」

「勿体《もったい》ないな。……では、ハンターの極意をひとつ教えてやろう。狩りというものは、ただ闇雲《やみくも》に獲物を追いかけても、成功しない。獲物のことをよく知り、頭を使って対策を練らなければ、撃ち取ることはできぬものだ」

「それでは、モラン大佐は何をしてらしたんです？」

「折角の観察眼も、もう一歩だったな。ズボンの皺《しわ》と、服にはねている泥から、俺が馬車を飛ばしてきたことを推理すべきだ。俺は馬車で街まで行って、狩りのための準備をしてきたのだ。その成果は、明日届けられることになっている。それが届いたら、俺の狩りの開始だ」

わたしはモラン大佐の表情を読もうと努めた。……どうやら、本気らしい。こちらも腹をくくらねばならないようだ。

「モラン大佐。我々も目的は同じです。ここはひとつ、共同戦線を張りませんか。我々は今日、あの虎に関する情報を入手してきました。それを提供します。実際の狩りは、是非とも大佐にお願いします。その際には、我々もお手伝いしますので」

わたしの横で「勝手に『我々』と言うな」という視線を送ってくるバーナビーがいたが、それは無視した。

モラン大佐は、わたしを見つめた。競走馬の競売で、馬を値踏みする廏舎主《きゆうしやぬし》のような目だ。

「何はともあれ、その〝情報〟とやらを聞かせてもらおうか」

いずれにしても、彼には知っておいてもらいたいことだ。宿の食堂に場所を移して、わたしは今日の調査の経緯を順に話した。ロイロット博士のこと、モロー博士のこと、ミスター・ハヌマンラングールのこと、そして屍虎リーヂーのこと……。

黙って聞いていたモラン大佐は、大きく頷いた。

「俺は推測に基づいて手配をしてきたのだが、それで間違いなかったことが確認できた。礼を言う。後は〝手伝い〟の件だが……射撃に自信はあるのか」

「あります」

「ならば、手伝ってもらおう。……言っておくが、失敗すれば死ぬぞ。いいのか」

「失敗しないようにしますよ」

「いい心構えだ」モラン大佐が、口元を歪めた。どうやら、笑ったらしい。「現場では全て俺の指示通りに行動してもらうぞ。分かったな」

「了解です、大佐」

「では、まずはその腕前を見せてもらうことにしようか」

そう言うとモラン大佐は立ち上がり、宿屋の裏へと回った。わたしたちも、それに従った。

モラン大佐は宿でもらってきた空き瓶を、柵の杭《くい》の上に置いた。そこから離れたところで、持ち歩いていたライフルをわたしに手渡した。バーナビーとフライデーは見学だ。

「弾《たま》は込めてある。あれが的だ」

わたしは頷き、慎重に狙いを定めて、引き金を引いた。一発でガラス瓶は砕け散った。

「口先だけではないようだな」とモラン大佐。「では、次は動いている標的だ。俺が『撃て』と言ったら、撃つんだ」

モラン大佐は、空き瓶を空に向かって放り投げた。瓶が放物線を描いて飛び、落下してくる途中で「撃て」と大佐が言った。

わたしは彼が「撃て」と言い終わる前に、引き金を引いていた。ガラス瓶は空中で砕け、ばらばらになって地面に降り注いだ。

「ほう、これも一発とは」とモラン大佐。「これは本当に、当てにできそうだ。……よし、明日、街から荷物が届いたら決行だ」

翌日。幸いにもモラン大佐宛の荷物は遅滞なく配達され、〝屍虎狩り〟は予定通り実行される運びとなった。

話し合いの結果、わたしだけではなくバーナビーにも手伝ってもらうことになった。彼の役目はというと〝おとり〟である。

「虎をおびき寄せるヤギの代わりか？　いい気分はせんな」バーナビーはぼやいた。

「だが、重要な役割だ」とわたしは言った。「そこがうまくいかなければ、計画全体が駄目になる」

宿屋の食堂に集合した後、我々は出発した。目指すは、前日虎が出没した界隈である。途中、モラン大佐はいきなり屈み込んだり、両手を突いて地面に顔を近付けたりしていた。虎の足跡その他から、その行動を分析していたのだ。

「明け方に雨が降ったので地面が柔らかいのがありがたい。だが、糞《ふん》がないのが痛いな」とモラン大佐は立ち上がりながら言った。「糞があればそれが新しくて湯気が出ているか、干からびているかでいつそこを通ったか判断しやすい」

糞に着目するのは、ハンティングの基本らしい。だが、屍者は糞をしない。糞をするのは、生者である証《あかし》だ。

しかしモラン大佐は、糞なしでも痕跡や目撃証言から、屍虎リーヂーがどのように行動するかを読んでいた。

やがてモラン大佐は足を止めた。

「この辺りでよかろう。我々はこちらの岩の後ろに。おとりは向こうの月桂樹のところに。長丁場になるかもしれんから、陰に入るように。さもないと、日射病になるぞ」

バーナビーは月桂樹の木陰、根の上に腰を下ろし、幹によりかかった。

「やれやれ」とバーナビー。「酒でもあればまだ我慢できるのだが、そうもいくまい」

バーナビーは水筒を開け、口をつけた。中身は酒ではなく、脱水症状対策の水である。バーナビーは酒を入れろと主張したが、いざという時に酔っ払っていたのでは困る。

そのまま待機は、一時間以上に及んだ。モラン大佐は、虎が現われた際に取るべき行動について、わたしに詳細な指示を与えた。わたしはそれを頭に叩《たた》き込む。フライデーがわたしの横で記録を取っていたが、いざという際にそれを確認している暇などないのは確実だ。

一旦激しい雨が降ったが、幸いにもすぐに止んだ。湿度が更に上がる。バーナビーは手持ち無沙汰《ぶさた》なのか、水筒の水ばかり飲んでいた。その効果はてきめんだった。

「……ちと失礼する」

そう言うとバーナビーは、近くの叢《くさむら》の中へと入っていった。尿意を催し、我慢しきれなくなったのは、明らかだった。案の定、草に水をやる時のような音が聞こえ、それに続いてバーナビーは「うふぅ」と声を洩らした。

そのバーナビーが、がさがさと叢を鳴らして、慌てて出てきた。コブラにでも出くわして、嚙まれそうになったのかと思ったのだが——それどころではなかった。バーナビーを追って、叢から虎が飛び出してきたのだ。屍の虎、リーギーだ。

わたしは急いで銃を構え、引き金を引いた。

「まだだ。早い！」とモラン大佐が叫んだ。

「わかってます！」とわたしは答え、撃鉄を上げた。

銃弾は虎の肩に当たった……はず。虎が衝撃でびくりとしたから。だが、平然とそのまま走り続ける。クリーチャであるがゆえに。虎がこちらへと目標を変えた。それが目的だったのだ。バーナビーを助けるために。

心の準備をする余裕もなく、いきなり正面からの対決となってしまった。だが不慮の事態にも対応できなければ、軍人として無能だ。

虎はバーナビーに追いついたが、軽く跳躍して彼の頭上を飛び越え、そのままこちらへと向かって駆けてきた。

虎がすぐそこまで達したところで、モラン大佐が叫んだ。

「今だ！」

わたしはそれを聞くと同時に、引き金を引いた。虎の額《ひたい》に、狙いを定めて。

命中した、と思う。

だが虎はまだ走る。

わたしがモラン大佐から受けていた指示は、ここまでだ。

「お前が役目を果たしてくれれば、後は俺が引き受ける」と言っていた。

しかしこの状況で、どう引き受けて始末をつけてくれるというのか。

わたしの隣で、モラン大佐がライフルを構えるのが見えた。

至近距離での轟音を覚悟して、わたしは身構えた。

それなのに、次の瞬間に聞こえたのは、勢い良く空気の抜けるような音だった。

一瞬、いかなる事態が起こっているのか分からなかった。だがすぐに悟った。

モラン大佐が構えていて、発射したのは——空気銃だったのだ。

わたしは絶望した。死を覚悟した。虎、それもクリーチャと化した奴を相手に、空気銃ごときで何ができるというのか。

案にたがわず、虎はわたしの目の前まで達した。顎を大きく開いて牙を剝《む》き出しにし、鋭い爪の生えた前肢を長く伸ばして。

激しい衝撃。

——死を覚悟したわたしだったが、気がつくとまだ生きていた。倒れて、空を見上げていた。

身を起こし、すぐ横を見て、ぎょっとした。そこに、虎が倒れていたのだ。顎を開き、前肢を伸ばした姿勢のままで。

「ぎりぎりだったな」という声とともに、モラン大佐が銃を抱えて歩み寄ってきた。

虎は横にいるのに、身体に何かが乗っている重さを感じる。見下ろすと、フライデーだった。……わたしを助けようと、体当たりしてくれたのか？

フライデーを下ろし、身を起こしつつわたしは尋ねた。

「一体、何が起こったんだ？」

モラン大佐は、銃で虎を突いた。虎はゆらり、と動いたが、同じ姿勢のままだった。

「虎を停止させた」

バーナビーが息を切らしながら、我々のところまでやってきた。

「無事だったか！」と、バーナビーが叫んだ。「虎に飛びかかられたから、一巻の終わりかと思ったぞ」

「無事だよ、なんとかね」

わたしはそう言って、立ち上がった。無事とは言ったものの、身体の前面も背面もかなり痛んだ。特に血が出ているような様子はなかったが。

「虎が跳躍した瞬間に、停止命令が機能したのだ」とモラン大佐。「だから空中で、虎は固まった。しかし勢いは保たれていたので、フライデーとワトソン博士に激突し、二人を跳ね飛ばした。二人は要するに、虎にタックルされ、地面に叩きつけられたのだ」

胸も背中も痛いわけが、これで分かった。とはいえ、まだ疑問はあった。わたしの代わりに、バーナビーがそれを質問してくれた。

「停止命令って、どういうことだ？　あんたはいつ、そんなことをやったんだ？」

モラン大佐は、得意げな、だが迫力満点のぞっとするような笑みを浮かべた。

「言っただろう、獲物のことをよく知り、頭を使って対策を練らなければ、撃ち取ることはできぬものだ、と。俺は屍者の停止命令を〝撃ち込んだ〟のだ」

「命令を撃ち込んだだと？」とバーナビーが呆《あき》れ声で言った。「全く意味不明だ。口からでまかせもいいかげんにしろ」

「まあ待て」とわたしはバーナビーに言った。「実際に虎は動かなくなったんだ。でまかせと言っては失礼だろう。……とはいえ、確かにまだ分からないところはある。教えて頂けますか、モラン大佐」

「ここまで手伝いをしてもらったのだから、教えてやらぬわけにはいくまいな。俺はこの虎が死んでいることに気付き、クリーチャの機能を停止させるには、脳に直接停止コードを入力するしかない、と考えた。そこで、街まで足を運んで、以前から付き合いのある武器屋に、特殊な弾丸を作ってもらってきたのだ。――共通停止コードを刻み込んだ、弾丸だ」

あまりにも予想外な話に、わたしは言葉を失った。バーナビーも同様のようだった。とはいえ、確かにそれならばやりようによっては成功する可能性があるかもしれない。やりようによっては、だが。

モラン大佐は続けた。「だが、この弾丸には重大な欠点がある。普通の銃から火薬で発射しては、弾丸がひしゃげるのでコードもつぶれてしまい、停止命令が機能しなくなる。そこで俺は、これを使ったのだ」

彼は、手にしていた銃を持ち上げてみせた。

「……空気銃だ。圧搾空気で銃弾を発射するものだが、特別に製造させたもので、十分な殺傷能力がある。とはいえ、それは人間相手の話だ。虎が相手、しかも脳に撃ちこむには頭蓋骨《ずがいこつ》を貫通させねばならない。頭蓋骨を貫通させたとしても、ここでも弾丸がひしゃげては駄目だ。そこでお主の出番となったわけだ、ワトソン博士。お主が普通の銃で虎の額を撃ち、穴を穿《うが》つ。後は俺がその穴へ例の特殊弾丸を撃ち込めば、回転する弾丸と脳味噌《のうみそ》との摩擦で信号が発され、コードがそのままで脳まで達する。そして停止命令が機能し、虎は凍りついた。――そういうことだ」

ようやく、大佐の言っている意味を頭が理解し始めた。モラン大佐は、わたしの弾痕と全く同じ位置に撃ったというのか？　なんという射撃の腕前。そしてなんという自信。

「手伝いをしてもらったのは助かった。当初、俺は全てひとりでやるつもりだったのだ。銃を二丁持ち、普通のライフルを撃った直後に空気銃に持ち替え、更に撃つ。だがそれだと、成功しても第二弾を撃つと同時にこちらが殺されている可能性が高かった。指示通りに撃ってくれて礼を言うぞ、博士」

この人物は敵に回したくないものだ――わたしはそう思った。

屍虎を退治して、ようやく我々はボンベイへ向かった。それ以降の日本、アメリカ、そしてロンドンでの出来事については、フライデーの記した別な記録の通りである。

後日、ロンドンでの事件が片付いた後、〈ウォルシンガム機関〉にMを訪ねた際のこと（わたしがまだ彼の弟と同居を始める以前である）。ふと思い出して「屍虎」の一件も報告しつつ、こちらからも質問をしてみた。

案の定、モロー博士に資金を提供していたのはMたちだった。〈ウォルシンガム機関〉は人間と動物の合成、及びそのクリーチャ化に関する研究に多大なる興味を抱いていたのだ。

「合成自体が不安定でな」とMは教えてくれた。「人獣を生み出すことは可能だが、人間としての意志を平均して保ち続けるのが、困難なのだ。下手をすると、獣に戻ってしまう。それゆえ、クリーチャ化しても制御が難しい。君たちが倒した屍虎リーチーが、いい例だ。――この研究はこれ以上は進めず、凍結することに決定した」

わたしはひとつ、心の奥底に抱いている疑惑があった。Mに直接訊《き》きたかったのだが、彼のことだから知らぬ存ぜぬではぐらかされたことだろう。

そんな折、たまたまセバスチャン・モラン大佐も英国に戻っていることを耳にした。そこで、代わりに彼を訪ねてみることにした。

日が暮れて、街頭のガス燈が点されていた。その光が、霧の中でぼうっと浮かび上がっていた。わたしは車道に近付き、二輪辻馬車《つじばしゃ》を呼び止めた。住所、そして「〈英印クラブ〉へ」と行き先を告げた。わたしが乗り込むや、御者が馬に一鞭《ひとむち》くれて、がらがらと走り出す。わたしは座席に身を預けた。

途中、ライシアム劇場の前を通った。照明が赤々と点《とも》り、着飾った人々が巨大な柱の間に吸い込まれていく。こういう光景を眺めると、「ああ、自分は故国に、都会にいるのだな」と実感する。

〈英印クラブ〉のまん前につけてもらったわたしは、運賃を支払い、舗道に降りた。

モラン大佐のカード好きは相変わらずで、インド帰りの英国人が集まる〈英印クラブ〉をはじめ、〈タンカヴィル・クラブ〉や〈バガテル・カードクラブ〉に出入りしては、カード賭博を繰り返しているという。わたしも〈英印クラブ〉に入る資格を持っており、クラブ会員である知人から入会を勧められていたので、見学に来たという名目で入れてもらうことができた。

モラン大佐は、カードのテーブルでポーカーに興じている真っ最中だった。わたしが歩み寄ると顔を上げ、目でわたしを制した。そして軽く顎を動かして、部屋の一角にあるテーブルを示した。「そこで待っていろ」ということだ。わたしはそのテーブル前の椅子《いす》に腰を下ろした。

上着のポケットからシガーケースを取り出し、紙巻タバコに火を点《つ》けた。煙をくゆらせながら、モラン大佐のプレイする様子を眺める。

インドの宿屋での勝負とは、いささか様相が異なっていた。インドではグルになって荒っぽいイカサマをする二人組がいたので、モラン大佐のプレイもそれなりに大胆だった。しかしここでは、手だれのプレイヤーたちが相手ゆえか、冷静沈着極まりなかった。何かイカサマをしている様子はうかがえない。

屍虎と闘っていた時とは、振舞いが全く違っていた。とはいえ、これも彼なりの〝狩り〟には違いなかったのだろう。じわじわと敵を追い詰め、ひとり、またひとりと仕留めていく。

やがてモラン大佐が勝ったところで、彼は言った。

「客が来たのでな。俺はここまでにさせて頂く」

モラン大佐は清算を済ませ、立ち上がった。彼の代わりにゲームに参加する者はすぐにテーブルについて、新たなプレイが始まった。

大佐はわたしの向かいに座ると、葉巻を取り出して火を点けた。わたしの紙巻タバコよりも強い香りが、辺りに漂う。

「久しぶりだな、ワトソン博士。博士が来てくれたおかげで、勝っているのに抜けることができた。礼を言うぞ」

「ご無沙汰です、モラン大佐」

二人でしばらく煙をくゆらせた後に、わたしは用件に入った。

「実は、インドの屍虎狩りの一件で、ひとつ疑問に思っていることがありましてね。

当事者であるモラン大佐にうかがおうと、今日はお訪ねしました」

「ほう。なんだ」

「死せる虎が暴走し、人を襲うというその場所そのタイミングに、〝屍者狩り大佐〟モランたるあなたがたまたま居合わせた――というのは、果たして偶然のことだったのでしょうか。よくよく考えると、あまりにも都合がよすぎるのではありませんか」

モラン大佐は、無言でぎろりとわたしを睨み、葉巻の煙を大きく吐き出した。

わたしは続けた。「最初は、あなたがモロー博士と通じていたのでは、と疑いました。インドの宿屋でやったカードの、現地人二人のように。ですが、もしかしたらモロー博士の実験で事故が起こるのを見越した人物が、あなたが丁度あの場所にいるよう軍務を与えるべく、陰で全て操っていたのではないか、と思うようになりました。そして、その人物とは、〈ウォルシンガム機関〉のMではないのか、と」

モラン大佐が、にやりと笑みを浮かべた。小さな子どもだったら泣き出すような、迫力のある笑い方で。

無言だったが、その笑みが全てを語っていた。

Mによれば、モロー博士のインドにおける研究成果も、リーギーに関する記録も、抹消されるという。但《ただ》しモロー博士が、今度は動物が逃げ出しようのない洋上の島で研究を続けていたことは、後に明らかになった。これも結局は、Mの差配だったのだろう。

わたしはフライデーに、この件の記録は別扱いとするように命じた。いまここに記している文章は、事件よりも遥かに後年、わたしが記憶を振り絞って自ら執筆しているものである。よって細部で間違っている可能性があることを、注記しておきたい。この文書は、ブリキ製文書箱に封印し、チャリング・クロスにあるコックス銀行の金庫室に保管しておくものとする。

TSUHARA Yasumi

津原泰水

# エリス、聞えるか？

時は明治二一年（一八八八年）、ところは東京。主人公はドイツから帰国したばかりの森林太郎（のちの森鷗外）。題名のとおり「舞姫」がからみ、切ないラブストーリー（プラスアルファ）が語られる。本編の次に来る山田正紀「石に漱《すす》ぎて滅びなば」が漱石ネタなので、まるで示し合わせて書かれた姉妹編みたいですが、まったくの偶然です。

津原泰水（つはら・やすみ）は、一九六四年、広島県広島市生まれ。青山学院大学国際政治経済学部卒（同大学推理小説研究会で北原尚彦の後輩にあたる）。八九年に出た津原やすみ名義のデビュー作『星からきたボーイフレンド』にはじまる少女向けSFラブコメ〈あたしのエイリアン〉シリーズが大ヒットし、全二十四冊のロングランに。九七年、津原泰水名義の第一作『妖都』を発表。以後の長編に、『ペニス』『少年トレチア』『アクアポリスQ』、『ブラバン』など。短編集に、『蘆屋家の崩壊』『綺譚集』『ピカルディの薔薇』など。〇九年にはSFマガジン連載をまとめた長編『バレエ・メカニック』を出して、「ベストSF2009」国内編3位にランクインし、SF読者にも支持を広げた。

〝くだん〟をモチーフにした『NOVA2』初出の改変歴史SF短編「五色の舟」は、SFマガジン700号で実施されたオールタイムベストSF投票の国内短編部門1位を獲得し、大きな話題となる。同作を収録した短編集『11 eleven』は一一年の第2回 Twitter 文学賞を受賞（国内編1位）。短編の名手としての評価がここに来てようやく浸透してきた感がある。また、同作をマンガ化した近藤ようこ『五色の舟』は二〇一四年の第18回文化庁メディア芸術祭マンガ部門大賞を受賞している。

東京裁判所　明治廿一《にじゆういち》年（ヌ）一六一九号　速記録より

鬼怒川《きぬがわ》裁判長：改めて被告に伺《うかが》いますが、観客を騒乱へと導く意図は露《つゆ》ほども無かったと。

神田《かんだ》被告：幾度も申し上げましたとおり、そもそも一介の音楽指揮者にそのような影響力は無いのでございます。私も楽団も、ただ東郷《とうごう》先生のシンフォニーを、懸命に、譜面どおりに演奏していただけなのでございます。少々熱が入りすぎていた感は否《いな》めませんが、きわめて実直に演奏しておりました。

鬼怒川裁判長：ただそれだけのことで、騒乱が起きたと。

神田被告：はい、私も大いに驚きました。第四楽章の途中からでございます。

鬼怒川裁判長：手元の資料によれば、会場の紳士淑女の多数が、乱……乱交にまで及んだとある。聴衆に向かってそういった行為を煽《あお》るような発言をなさったのでは？
神田被告：異変が起きたのは演奏中でございます。指揮者というのはお客さまに背を向けております。異常事態に気付きましたのは、楽団員の一部が悶絶《もんぜつ》しはじめたからでございます。
鬼怒川裁判長：それはつまり、楽団員たちが演奏しながら——。
神田被告：鬼のような形相《ぎようそう》で譜面を睨《にら》みつけている者もおりましたし、小娘のごとく、ああん、と叫ぶ者もおりました。
鬼怒川裁判長：それでいて貴方《あなた》自身は異常事態に見舞われなかったと、これまでの貴殿の証言を重ね合わせるに、そういう話となるのだが。
神田被告：……正直なところを申し上げねばなりませんか。
鬼怒川裁判長：ここは法廷である。真実のみを述べてください。
神田被告：しかし記録に残りますよね。
鬼怒川裁判長：残ります。速記されている。
（数分にわたる沈黙。被告、ハンケチで顔を拭《ぬぐ》いながら）
神田被告：私の肉体も、耐えがたいほどの異常事態に見舞われておりました……ああん、のほうです。懸命に歯を食いしばっておりました。それでも客席の乱行の数々に背を向け、場の秩序を保たんとしていた者が、なぜ逮捕されねばならなかったのか、私には理解できませんのでございます。私は、その……衣服を濡らしながら必死に指揮を続けたのです。
青山《あおやま》弁護士：裁判長、発言をお許しください。（と挙手）
鬼怒川裁判長：どうぞ。
青山弁護士：新たな証拠の提出をご許可願います。
鬼怒川裁判長：目録に記載されていない物件かね？
青山弁護士：いちおう予備項目として目録に載せておりますが、提出する心算《つもり》はなかった品です。
鬼怒川裁判長：宜《よろ》しい。認めましょうぞ。
青山弁護士：伊藤《いとう》くん、二十三号を裁判長のお席へ。
（伊藤助手、紙包みを裁判長鬼怒川の机へ。裁判長、それを開く）
鬼怒川裁判長：わ、なんだこりゃ。猿股《さるまた》じゃないか。
青山弁護士：股間《こかん》、裏側をよくご覧ください。今は乾いておりますが、特定の液体が固着した痕跡《こんせき》がございますね。
鬼怒川裁判長：ああ……つまりこれは、その。
青山弁護士：被告神田氏が指揮中、期せずし男性としての絶頂に達してしまったという証拠です。当夜の観客席には、神田氏とは旧知の医学博士、森林太郎《もりりんたろう》先生もおられました。これはさすがに異常事態と感じられ、伝染病の可能性にも鑑《かんが》みて、みずからの猿股を保管なさると同時に、神田指揮者の猿股もお預かりになったのです。なんでしたら森先生ご自身の猿股も用意してありますが。
鬼怒川裁判長：ごほん……いや、もう結構。ちょっとこれ、誰か片付けてくれたまえ。とどのつまり、騒乱は起きたがそれを煽った者はいなかった、偶発的な出来事であったというのが、被告とその弁護人の主張であるわけですね？
青山弁護士：煽った存在はあると、私は考えます。
鬼怒川裁判長：何者ですか。
青山弁護士：東郷辰之助《とうごうたつのすけ》氏——すなわち屍者《ししゃ》によって作曲された、音楽そのものです。
鬼怒川裁判長：音楽が紳士淑女を乱行に導いたと？　君はそんな事が可能であると本気で？
青山弁護士：無論。かつて仏蘭西《フランス》国では、たった一壜《ひとびん》の香水によって広場の全員が乱交に及びました。独逸《ドイツ》人による公式の記録です。香りにはそれが可能で、音楽には不可能であるという貴殿の論拠を、むしろ伺いたいところです。
帰国したてということもあり、当件とは無関係、証人としての喚問が予定されていなかった森林太郎は、そのころ作曲家東郷辰之助の自宅へと赴《おもむ》いていた。弟子の寺西《てらにし》という青年が玄関に出てきた。背が高く、いわゆる狐目《きつねめ》の面相だが、笑顔は人懐《ひとなつ》こい。会うのは演奏会を含めて二度めである。「これは、森先生」

「東郷くんには、会えるのですか」

「ああ、はい……難しくはございません。ただしお問い掛けには、これといって反応なさらないかと」

「しかし、その状態で交響曲の作曲を貫徹なさったのでしょう」

「眼は、動きます」と青年は奇妙な返事をした。

東郷辰之助は資産家の次男で、若い頃からオルガンとマンドリンの演奏に長《た》け、本格的な作曲術はベルリンの音楽大学で学んだ。軍医としての研修でライプツィヒ、ドレスデン、ミュンヘンを経て、ベルリンに逗留《とうりゅう》していた林太郎の下宿を、不意に訪問してきた日本人が彼である。母国語恋しさに、ただお互いに日本人であるというだけで訪ねてきたかと思いきや、然《さ》にあらず、自分は津和野《つわの》の庄屋の息子であると云《い》う。貴方は藩医たる森さんのご令息でしょうと云う。同郷人だった。

「母からの手紙で、林太郎さんのご出世ぶりやら、同じ独逸にいらっしゃることを知りました。陸軍省に問い合わせて、こちらのご住所をお教えいただきました」

そう快活に語る笑顔を見つめるうち、子供のころ共に蜻蛉《とんぼ》を追いかけて遊んだ記憶が蘇《よみがえ》ってきた。その夜は日本語というよりも故郷の訛《なま》りが懐《なつ》かしく、酒場に繰り出して浴びるように麦酒《ビール》を飲んだ。東郷は、帰国したら本格的なオーケストラを組織するのだ、すでに母国の人々と密に連絡を取り合い手筈《てはず》を整えている、と息巻いた。

「林太郎さん、私はこのベルリンに来て一流の楽団の演奏をたんと聴いて、確信しました。人を最も絶望から遠ざけるのは音楽なんじゃ。そう思われませんかの」

一方の林太郎に、これといった大望は無い。神童と呼ばれ漢語は無論のこと蘭語《らんご》も読みこなし、のちに仏語独語も通訳できるまでに習得したが、医者の子は医者、藩医の子は軍医、尊い仕事とは任じているものの、世に新風を吹き込まんとする東郷に似た気概は、一向に持てずにいた。

目下、唯一、この夢が叶《かな》えばと念じているのは、恋しいエリスとの結婚である。しかし日本語を一字も解さぬ白い嫁を日本に連れ帰るのは無理筋であり、軍からは不良留学生との手痛い叱咤《しった》を受ける。出世の途《みち》は閉ざされる。かといって軍に請願して欧州に留《とど》まれば、「喋《しゃべ》れる猿」としての差別を受け続ける。

せめて噂《うわさ》の霊素注入術を会得《えとく》できたなら、軍から優遇されて多少の事には目を瞑《つぶ》ってもらえるのではないかという期待があったが、そのつてが辿《たど》れない――。

草履《ぞうり》を脱ぎながら林太郎は寺西青年に訊《き》いた。「誰が、抜けてしまった霊素を注入したのですか」

死とは何か？　単に「離魂」であると英国の学者たちは看破した。では代わりの魂を注入すれば、肉体は長らえるとした。そのために魂の本質も解析し続けてきた。留学経験から学んだことだが、欧州人は極度に死を畏《おそ》れる。死ねば必ず極楽浄土《ごくらくじょうど》へと行ける、仏になれると信じている日本人とは、まったく死生観が異なる。彼らは「最後の審判」が怖い。地獄が怖い。だからその瞬間を遠ざけることに血道をあげる。実際にそれを遠ざけんが業《わざ》を、科学者たちが実現してしまったことは天晴《あっぱ》れと云えよう。彼らの新技術により屍者が「生きる」時代が訪れた。しかし代用の心を注入されてしまった彼らの、本来の、親から授かった生得の魂はいずこへ？

さて寺西いわく、「浅草でひっそりと開業している、斐坂《いさか》なる堕胎医の仕事です。設備一式を持っていました。専用の電池も。娼婦を何人も蘇らせたとのことです」

「すなわちそれは、もぐりの施術ではないですか」

「留学経験があり、かのヘルシング教授から直接学んだという触込《ふれこ》みで」

「堕胎医風情《ふぜい》が？　蘇った娼婦は、誰か見たのですか」

「楽団員の一人が確認に参りました。まったく口をきかない以外は、生身の女とそう変わらなかったとか」

「生身の女が屍《しかばね》を演じていたのかもしれない。なんとも危険な真似《まね》を、東郷くんに」

「時間が無かったのです。仮に森先生がその技術と設備をお持ちなら、とうぜん真っ先にお呼びしました。『吾《われ》、生ける屍《かばね》と化してでも第三は貫徹せむ』との遺言を読んで、楽団員一同、血眼《ちまなこ》になって注入術を有する医者を探しました。不全な施術だったかもしれませんが、少なくとも先生は腐り果てることのない屍となられました。眼は、動きます。今、お茶をお淹《い》れします。散らかっておりますが、ごゆるりと」

「いや、先に東郷くんに会いたい」

「畏《かしこ》まりました」

東郷の〈遺体〉は二階の居室にあった。窓際《まどぎわ》の安楽椅子《いす》に身を沈め、白い花を付けた鉢植えに囲まれていた。

「変わった花だ。よく咲いていますね」

「コスモスという南米原産の花です。お好きだったのです。最近は入手しやすくなりました」

「我々の会話は、彼に聞えているのですか」

「ちゃんと反応なさいますよ——眼だけで」

返答の真意を測りかねつつ、医師としての興味から、「食事や排泄《はいせつ》は？」

「斐坂医師によれば、生ける屍に食事はまったく不要とのことでしたが、私の目にも万全な施術だったとは思えません。ですから念のため三日に一度、別の医者を呼んで栄養注射を打ってもらっています。先生にはまだまだ『生きて』いただかねばなりませんから。ただそのせいか、ときどきお漏らしをなさいますので、私たちがおしめをお取り換えしています」

「では、衰えた生者と変わらないことになる」

「一度、息絶えられたことを除けば、そうなりますね。血の癌《クレブス》でした。東郷先生、森先生がおいでです」寺西は安楽椅子に近付き、ぱんぱんと開手《ひらて》を打ちはじめた。そういう儀礼があるのかと思いきや、近付いてみると小蝿《こばえ》を叩《たた》いているのである。「『生きて』おられるとはいえ死臭はあるようで、蝿が集まって仕方がありません。お蔭で蝿叩きの名人になりました。こつは、躊躇《ちゅうちょ》しないことです。見たら、即座に叩く。屍を大切にせんがため殺生を重ねるというのも、可笑《おか》しな話ですが」

東郷は、生前の部屋着であったらしい久留米絣《くるめがすり》に身を包んでいた。半眼である。すっかり蒼《あお》ざめてしまった顔の上を一匹の小蝿が走っていたが、それはさすがに寺西も叩けずにいる。狂人も重病人も遺体も見慣れている林太郎にして、彼の風情に対しては独特な心境に陥《おちい》った。自分が施術したわけでもないのに強い背徳感を覚える。そんな屍者を平然と介護している青年が、むしろ異形の存在に感じられてきた。

「……東郷くん、森だ。君の交響曲を聴かせていただいたよ」

眼球が、微《かす》かに動いた。

林太郎はおっかなびっくり、「分かるのか？　聞えているのか？」

「少々、お待ちください」寺西は部屋の一角へと足を向け、額縁に入った硝子《ガラス》板を抱えて戻ってきた。「これを使えば対話ができます」

硝子には「可」の字「否」の字、「ハニホヘトイロハ」およびそれらに半音記号が付いたもの、そして様々な音符と休符が、茶色い仮漆《ワニス》で記されていた。

「これを抱えて、反対側から視線を読むのです。『次はなんの音に致しましょう』などと問い掛けながら。そうしてほぼ一小節ずつ、私が譜面に書き起こすのです。それをご覧いただき、また可否を問うのです」

「彼の視線が、君には読めると」

「かなりの精度で読めているとの確信があります。〈第三〉が立派に完成したのがその証左です」

交響曲〈第一〉と〈第二〉は留学中の習作、より技巧を駆使した〈第三〉の完成は東郷の宿願であったと伝え聞いている。

「しかし……その話を聞くと、実質的な作曲者は君のように思えてくるのだが」

「〈第三〉は東郷先生の作品ですよ。騒乱が起きたそうですね」

「私もその場に居たが、目を被《おお》わんばかりの——」

「青山という弁護士から聞き取りをされました。私はこう答えました。生身の人間に、さように魔的な音楽を創造できるとお思いですか、と」

「君は――」と林太郎は云い淀《よど》んだ。この目の前の青年こそ、万全なる霊素注入が成功した屍ではないかと発想したのである。彼は東郷の後を追い、斐坂なるもぐりの医師はむしろ彼の再生に力を入れ……しかし、いま彼に問い掛けたところで詮《せん》ない。

「これからも、そうやって東郷くんの作曲を補佐していくおつもりか」

「先生次第ですよ。尋ねてみましょう」と寺西は硝子板を構えた。「先生、例の行進曲は最後までお作りになりますか」

「行進曲とは？」

「〈第三〉を半ばまで作曲なさった頃、陸軍省から依頼があったんです。軍隊のための音楽とはすなわち人殺しの音楽であると、先生は乗り気ではおられなかった風でしたが……あ、可だそうです」

森先生、森先生、という戸外からの叫びが聞えた。少年の声である。「こちらにおいでですか。築地の精養軒から参りました」

東京裁判所　明治廿一年（ヌ）一七八〇号　速記録より

神田被告：私の指揮ぶりが派手であったことは否《いな》めません。しかし東郷先生の歿《ぼっ》後《ご》最初の新曲でございます。愛弟子《まなでし》たる寺西様からのご指名です。興奮するなというのが無理なお話であって。
鬼怒川裁判長：貴方は興奮していたのですか。
神田被告：や……していたか、していなかったといえば、興奮しておりました。
鬼怒川裁判長：その、性的に？
神田被告：はい、はい、はい、はい。性的にも興奮しておりましたよ。しかしいったい、それは罪過なのでしょうか。
鬼怒川裁判長：兵士たちを煽るような言動は？
神田被告：ですから、指揮者というのは聴衆に——今回の場合は兵隊さんたちに——背を向けておるのです。私に見えるのは楽譜と軍楽隊の皆さんだけなのです。
鬼怒川裁判長：軍楽隊の諸君の様《さま》は如何《いか》ようでしたか。
神田被告：前回〈第三〉を振らせていただいたときと同じです。ああん、うっふん、でございます。
鬼怒川裁判長：なぜ君はいちいち、そういう異常な場に居合わせるのだ？
神田被告：ですからご指名だったのです。こちらこそ問いたい。なんでまた同じ裁判長なんですか。
鬼怒川裁判長：私だって、好きでこういう案件を担当しているわけじゃない。兵士たちの異常に気付かれたのはどの段階でですか。
神田被告：私自身が、ううん、あっはん、に達した段階です。
鬼怒川裁判長：先程は、ああん、うっふんと仰有《おつしや》いましたが。
神田被告：そう訂正いたします。まさか軍人さんたちも……と指揮中にもかかわらず後ろを振り返りました。
鬼怒川裁判長：すると、すでに、その、兵士たちが行進そっちのけで、乱……乱交に及んでいたと。
青山弁護士：（挙手して）裁判長、発言をお許しください。
鬼怒川裁判長：どうぞ。それにしても、また君か。
青山弁護士：神田氏からのご指名です。さて、練兵場に於《お》ける本件の一部始終を、陣内十三《じんないじゆうざ》という老いた軍属が目撃しております。七十代の高齢ゆえ、軍人たちや軍楽隊のごとき興奮には至れなかった……至らなかったそうですが、その証言によれば、最も人気があったのは鬼軍曹として部下たちから恐れられていた――（黒塗り）氏であったと。
鬼怒川裁判長：……それは、この裁判に必要な情報ですか。
青山弁護士：不可欠とは申せませんが、なんとなく雰囲気が伝わりますかと。
鬼怒川裁判長：で、彼は、その――（黒塗り）

青山弁護士：それはもう――（黒塗り）だったそうです。
鬼怒川裁判長：部下たちからそんな、そういう体験はそんなに――（黒塗り）
青山弁護士：なんでしょうね。日頃暴力を振るっていた部下たちが、次から次へと――（黒塗り）
鬼怒川裁判長：――（黒塗り）
青山弁護士：――（黒塗り）
鬼怒川裁判長：と……とりあえず被告と弁護人は着席してください。ええと、どうすればいいんだ……参考人の寺西宗一郎《そういちろう》くん、ご起立を。
（寺西参考人、起立）
鬼怒川裁判長：この度の騒乱を招いた行進曲の、責任者は貴方という認識で宜《よろ》しいですか。
寺西参考人：いいえ、責任者たる作曲者は東郷先生です。私はあくまでそれを譜面に起こすための助手に過ぎません。
鬼怒川裁判長：そうか、そういう事になるのか。くだんの行進曲の題名は……はて。
寺西参考人：決まっておりません。先生にはお尋ねしようがありません。
鬼怒川裁判長：ではたんに〈行進曲〉ということで。その作曲意図を知りたいのですが。
寺西参考人：私には分かりかねます。あくまで東郷先生の作品です。
鬼怒川裁判長：意図を、東郷氏に尋ねることは可能ですか。
寺西参考人：こちらで設問を用意し、問うことは可能です。眼の動きによって、可否を示されます。
青山弁護士：それでは誘導尋問となりますね。
鬼怒川裁判長：青山くん、不規則発言です。
青山弁護士：では記録から削除してください。ただし取り急ぎ申し上げたい。裁判長、いささか混乱しておられませんか？　屍者に何を問うと仰有《おっしゃ》るのですか。屍者の弁は法廷証拠となるのですか。それが新時代の法の精神だとでも仰有るのなら、神田氏ではなく東郷氏を、騒乱の罪で極刑にでも処されれば宜しい。ただし氏は、すでに亡くなっています。

〈行進曲〉にまつわる公判から遡《さかのぼ》ること一月《ひとつき》前、すなわち林太郎が東郷邸を訪問した残暑へと話を戻そう。林太郎は使いの馬車に乗り込み、精養軒に向かった。海外からの要人と国内の富裕層のためのレストランだが、ホテルも兼ねている。
「ビゲルトという西洋のご婦人がお泊まりです」と丁稚《でっち》は云った。

林太郎はしばし絶句した。「……なぜ、私を呼びにきた。その方が私を呼んでいるのかね」

「一言も発されません。船中でもずっと睡《ねむ》っておられたそうです。ただご自分のお名前らしきものと先生のお名前とが書きつけられた紙を、固く握っておいでで、支配人がその文字を読めました」丁稚は懐《ふところ》から、くしゃくしゃになった西洋紙を取り出した。

「こちらです」

独特な癖字《くせじ》に見覚えがあった。ベルリンで世話になった秘書官相沢《あいざわ》の筆跡に相違ない。紹介文の最後に、「軍医リンタロウ・モリ氏の許《もと》へとお連れください」とあった。

「お荷物はなく、宿賃を持っていらっしゃるとも思えませんので、とりあえず先生のお宅に伺いました。すると護国寺に行かれているとのことで、こちらへと伺いました」

「どうして、その方を精養軒に泊めたのだ」

「船員の手違いでございます。独逸国からの視察のご一行を横浜へとお迎えに参りましたところ、この病人もそちらの客ではないかと、預けられてしまったのです」

精養軒の奥の一室に、エリスは坐《すわ》っていた。窓際の椅子にぐったりと身を沈めたその風情は、最前対面したばかりの東郷辰之助を彷彿《ほうふつ》させた。

のち林太郎は鷗外《おうがい》名義の『舞姫《まいひめ》』に於いて、ベルリンでのエリスとの別れをこう記している。「余が病は全く癒えぬ。エリスが生ける屍《かばね》を抱きて千行《ちすじ》の涙を濺《そそ》ぎしは幾度ぞ。大臣に随ひて帰東の途に上ぼりしときは、相沢と議《はか》りてエリスが母に微《かす》かなる生計《たつき》を営むに足るほどの資本を与へ、あはれなる狂女の胎内に遺し、子の生れむをりの事をも頼みおきぬ」

「しばらく、ふたりにさせてほしい」と林太郎は丁稚に云った。

丁稚は部屋を去った。林太郎は身じろぎもせぬエリスと対座した。記憶のなかの彼女より、遥《はる》かに痩《や》せ細っていた。

「なぜ死んだ」

彼女の金髪は丁寧に編み整えられ、真白な肌との対比も鮮やかな緑色のドレスを着せられていた。母親がそうしてやったのだろう。幾度となく、林太郎は詮なく彼女に問い掛けた。そうするうちに気付いた。

眼は動く。僅《わず》かながら揺らぐ。

林太郎は部屋を出て店の者を呼んだ。そして頼んだ。「また護国寺の東郷邸へ行って、寺西という青年を連れてきてくれ。それから……私に葡萄酒《ぶどうしゅ》を」

エリスを見つめ、運ばれてきた酒を舐《な》めながら寺西を待った。ひたすら碧眼《へきがん》の微妙な動きを観察していた。寺西が到着した。

「ああ」と、彼は即座に彼女の状態を悟《さと》った。「恐らくもぐりの所業ですね。大切な方ですか」

林太郎は小さく頷《うなず》いた。「眼は動く。例の硝子板《ガラス》があれば対話できるだろうか」

「先生のご訓練次第です。東郷先生の眼を読めるまでに、私は三月《みつき》かかりました」

「私の声は、彼女に聞えていると思われるか」

寺西はエリスの顔を覗《のぞ》きこんだ。「いま一度、なにか話しかけてみてください」

林太郎は独逸語で、「エリス、聞えるか？」

寺西は顔を上げて振り返り、「聞えていらっしゃるかと存じます」

林太郎は泪《なみだ》を堪《こら》えるために唇を噛《か》んだ。それから微笑して、「動かぬ、口もきかぬ嫁との暮しは、どういったものだろうね」

「お小言《こごと》を聞かずに済みますよ。そのぶん淋《さび》しいですけど」

林太郎は生ける屍を自宅へと連れ帰った。出入りの大工に下絵を渡してアルファベットを並べた縁付きの硝子を用意させ、寺西の読眼術を習得すべく、教官業務の多忙を縫って足繁《あししげ》く東郷邸へと通った。しかし、習得しきれなかった。

〈行進曲〉にまつわる公判には、当然のごとく陸軍省の面々が立ち会っていた。その一人が、ではエジソン式蓄音機で敵陣にて音楽を再生することにより、相手を攪乱《かくらん》できるのではないかと思い付き、東郷邸に新兵器としての舞踏曲を依頼してきたのである。

ちょうど邸《やしき》を訪問していた楽団員の一人が、やり取りの一部始終を目撃した。依頼と称しての、それは是非なき命令であった。寺西は険しい表情で相手の弁を聞いていたが、やがて東郷の机の抽斗《ひきだし》を開け護身用のデリンジャー銃を取り出し、「作らせてみろ」と大笑しながら自らの頭を撃《う》ち抜いた。

遺体は、軍によって回収されたという。彼への霊素注入が成功したか否かは、林太郎の聞き及ぶところではない。

指南役を失い我流と化した読眼術で、林太郎は連夜、エリスの碧眼と対《むか》い続けた。あるとき「帰る」とそれを読んだ。

「では故郷へ帰そう」と林太郎は泣いた。

YAMADA Masaki

山田正紀

# 石に漱《すす》ぎて滅びなば

時は一九〇二年、ところはロンドン。登場人物は、英文学を学ぶために留学中の夏目金之助、のちの夏目漱石。『ロンドン日記』の記述の些《さ》細《さい》な齟《そ》齬《ご》を手がかりに、著者は驚愕《きょうがく》の〝真実〟を妄想してみせる。まさか、〝漱石〟がそんな意味だったとは……。著者はこの設定を使って（『屍者の帝国』と直接関係のない）長編を書く構想もあるとか。《NOVA》掲載の「バットランド」「雲のなかの悪魔」の書籍化も期待したい。

山田正紀（やまだ・まさき）は一九五〇年、愛知県名古屋市生まれ。明治大学政治経済学部卒。七四年、SFマガジンに一挙掲載された長編『神狩り』で華麗なデビューを飾って以来、SF作家歴は四十年を超える。そんな大ベテランに、はるか後輩の作家が考えた設定で新作をと依頼するのも失礼な話だが、あえてお願いしたのは理由がある。

『屍者の帝国』を構想するにあたって伊藤計劃が直接参照したかどうかはわからないが、フィクションの登場人物と歴史上の人物をミックスして十九世紀を描くSFの重要な先行作として、山田正紀『エイダ』（一九九四年）を欠かすことはできない。「1990年代SFベスト30」1位に輝く『エイダ』は、メアリ・シェリーと『フランケンシュタイン』をナビゲーターに、驚天動地の〝想像力ドライヴ〟で物語空間を疾駆する。登場人物は、ドイルにホームズ、チャールズ・バベッジ、エイダ・バイロン……と、円城版『屍者の帝国』の出演キャラも多数。ギブスン＆スターリングの『ディファレンス・エンジン』を参照元のひとつにしている点も共通する。『エイダ』の遠い子孫とも言うべき『屍者の帝国』の設定から、山田正紀はどんな小説を紡《つむ》ぎ出したか、刮目《かつもく》してお読みください。

夏目漱石《なつめそうせき》の日記には当人の思い違いとか記憶違いによる誤りが多いとされる。が、いわゆる『ロンドン日記』にはそれだけでは説明しきれない奇妙な記述が見うけられる。明治三十四年（一九〇一）一月二十六日にこう記されている。

——女皇ノ遺骸、市内ヲ通過ス

正確には、ヴィクトリア女王の葬儀は二月二日の土曜日に執り行われた。漱石は宿の主人と一緒にそれを見物に行っている。現に、一週間あとの二月二日の日記にはそのことが正確に記述されているのだ。

漱石は一週間日付をまちがえたのであろうか。だとしたら、わずかに一行だけのことであり、どうして一月二十六日の記述を消さなかったのか。なぜ訂正せずに、わざとのようにそれを残したのであろうか。

それについてはこういう説がある——などというと、いかにももっともらしいが、数多い漱石研究者のなかでも、この説を支持する者はほぼ皆無といっていい。それというのも、あまりに突拍子もない説だからであって……奇説、いや、いっそ妖説といってもいいかもしれない。

『ロンドン日記』は明治三十四年（一九〇一）十一月十三日をもってして終わっている。帰国一年以上もまえのことである。それ以降、漱石がロンドンでどんな暮らしを送っていたのか、帰国後、エッセイに書いた「自転車日記」を除いて、ほとんど何もわかっていない。

それというのも、ロンドン留学の後半の一年間は、ついには「夏目狂せり」と本国に打電されるほど、精神が不安定な状態にあったからだと推測される。日記どころではなかったのかもしれない。

しかし、そんな不安定な精神状態にあっても、一年先のこの日――つまり明治三十五年一月二十六日に起こったことを、どうしても記憶にとどめておきたかったのではないか、そのための覚え書きを――あたかも一年まえのことのようにとしてでも――日記に残す必要があったのではないか。

なぜ、そんな不自然なことをしなければならなかったのだろう？　思うに、それが実際に起こったことなのか、それとも狂気がつむぎだした妄想にすぎなかったのか、彼自身にもそのことの判断がつかなかったからではないか。

もちろん、先にも記したように、これ自体が一種の妄想とでもいうべき奇説であり、漱石自身、臨終にいたるまで、この奇妙な記述に何も言及しなかったのだから、後世のわれわれは何ひとつ、それについて知るべき手段がないのであるが。――

1

「初め米を洗いおき、牛肉――鶏肉《とりにく》でも可なり――タマネギ、ニンジン、馬鈴薯《ばれいしよ》を四角にあたかもサイの目のごとく細かく切り、別に、フライパンに牛脂《ヘット》を敷きて、『カレイ粉』を入れ、前に切りおきし肉、野菜をすこしく煎りて入れ――馬鈴薯はニンジン、タマネギのほとんど煮えたるときに入れるべし――弱火にかけ、煮込みおき、先の米を『スープ』にて炊きこれを皿に盛り、前の煮込みしものに味をつけ、飯に掛けて供卓する――」

その声がいったりきたりするのは声の主が店と厨房《ちゆうぼう》とを何度も往復しているからだ。明るく、若々しい声だ。

その声以上に人々を陽気な気分に誘うのは店のなかにたちこめるカレーの香りだ。

まずは湯気のたつ大きな鍋《なべ》を運んできてそれをカウンターに音をたてて置いた。すぐに厨房にとって返し、またべつの鍋を運んでくる。これには炊いた米が入っているらしい。それもまたカウンターに置いた。

少ないランプの明かり、それにストーブの火あかりのなか――ぼんやり浮かびあがる陰気なパブに、その二つの鍋だけがわずかに活気をもたらしているかのように見えた。

「どうだ、おいしそうだろ。貴国ではたんにカレーと呼んでいるが、わが国ではこれをカレーライスと呼ぶことにしたい。ぼくはこれを諸君にご馳走《ちそう》したい、と思う――この店の主人は厨房使用料として何と十シリングも要求した。むろん、それとは別途に、材料費、薪代《まきだい》まで徴収するのだから、じつに強欲きわまりない話ではある。だから、これは非常に高価なカレーライスということになる」

カレーライス、と二度いいなおしたのは、日本人としては、米《ライス》としらみ《ライス》の単語の違いに敏感にならざるをえなかったからだろう。文法に誤りはないが、発音に多少難があり、流暢《りゅうちょう》に英語をあやつるという印象はない。明らかに短期間のうちに猛勉強で会得した英語だ。すこしこみいった会話になると苦労するのではないか。

「ぼくは橋爪竜之助《はしづめりゅうのすけ》という。日本人だ――とこんなふうに自己紹介するのも、諸君が、名前もわからず、素性も知れない、得体の知れない東洋人に食べ物をふるまわれるのを好ましくは思わないだろう、と考えるからだ。少なくともぼくだったらそうだ。けれども、ぼくはけっして怪しい者ではない。三年まえの明治三十二年、といってもわからないか。一八九九年五月に、日本・東京・築地の『海軍主計官練習所』なるところを卒業した。『海軍主計官練習所』は海軍省経理局長の旗下にある。つまり、ぼくは日本海軍の主計に所属し、割烹《かっぽう》を担当してる。平たくいえば炊事番だ。いや、これでも一応は少尉なんだけどね」

二十代のなかばにも達してはいないだろう。日本人にはめずらしいほどの長身で、その目が明るく澄んでいる。じつにさっぱりとした男っぽい顔だちだ。——上着を脱いで、大きなエプロンを着け、カウンターの内側に立っている。ご飯をよそった皿をカウンターに並べ、それらにカレースープを端から手際《てぎわ》よくかけている。湯気がたって見るからに美味《うま》そうだ。

「ぼくの同郷の大先輩に高木《たかぎ》兼寛《かねひろ》という医学博士がいらっしゃる。海軍医総監。——ぼくが尊敬してやまない偉い人だ。その人から軍の食事の献立の改良に当たるように命ぜられた。そのための研究にと貴国への留学を命ぜられた。——正直、これにはほとほと困惑させられた。子供のころから、多少、剣術はやってきたつもりだが、割烹術の心得など皆無だからだ。けれども高木博士には公私ともに大変にお世話になっている。博士からの依頼とあらば何はともあれ馳《は》せさんじなければならない義理がある——」

パブの店のなかはガタガタと椅子《いす》を引く音などで騒がしい。椅子を引いて立ちあがる音、フロアを歩く音、ドアを開ける音、誰かの笑う声……が、そんな騒音はものともせずに、橋爪竜之助と名乗った若者は言葉をつづけている。

「なにしろ日本軍には海軍といわず陸軍といわず脚気《かっけ》が蔓延《まんえん》してる。諸君ら、英国人には脚気という病気はあまりなじみがないかもしれないけど——これがじつに怖い病気で。死にいたることもめずらしくはない。したがって軍の食事を改良することは焦眉《しょうび》の急であってだね。これ以上、天子様からおあずかりした大切な兵を脚気なんかで失うわけにはいかないから。それで海軍でカレーライスを出してはどうか、と考えたわけで。諸君に試食をお願いできないものか、と——あれ?」

竜之助はようやく話を終えてパブのなかを見わたし……けげんそうな顔になった。

さっきまでほぼ満員だった店内には、一人、カウンターに突っ伏して眠り込んでいる酔っぱらいを除いて、もう誰も残っていない。

ロンドンでも最下層の貧民層のそのさらに場末のパブだ。見るだに気の滅入《めい》るような店だ。汚いし、臭いし、暗い。床《ゆか》はさながらゴミ溜めのようだ。テーブルと椅子の間をドブネズミとかゴキブリがわが物顔で好き勝手に這《は》っている。

「おかしいな、みんなどこに消えちゃったんだろ?」

竜之助が呆然《ぼうぜん》とつぶやくのに、厨房から出てきた、禿頭《はげあたま》、太鼓腹《たいこばら》の主人が、決まってらあな、逃げちゃったんだよ、という。

「逃げた? なぜに」

「あんたのカレーがとてつもなくマズいからだよ。ここらの連中は、それが食べ物だったら、ドブに落ちたパンでも奪いあって食べるんだが、それでもあんたのカレーだけは勘弁して欲しいそうだ。とても人間の食い物じゃねえってよ。あんたが炊事兵じゃ日本海軍も気の毒に——なあ、おい、あんた、おれが十シリング取るのを強欲だっていうが、なんたって店の客が一人もいなくなっちまうんだからな。それだって安いぐらいだぜ」

さすがに竜之助は苦笑したが、臆する様子は見せずに、

「そこの眠ってる紳士はどうだろ。その御仁ならぼくのカレーライスを食べてくれるんじゃないだろうか。見たとこ、へべれけに酔っぱらってるようだし」

「やめてくれ。こんな酔っぱらいにあんたのカレーを持たしてみな。あちこちにカレーを撒《ま》き散らしてあとの掃除が大変だ。そういうことならもう一シリングべつにもらうことになるぜ」

「やあ、いくら何でも十一シリングはべらぼうすぎる。それにしても——あちこちにカレーを撒き散らして、か」

竜之助は苦笑しつつも、さも深刻そうな顔になり、腕を組むと、

「こいつは気がつかなかった。それもまた課題の一つということになりそうだな。戦艦は揺れる——そのたびに床にカレーを撒き散らされたんじゃ話にならない」

## 2

ドアが開いて……。

流れ込んでくる夜霧のなかに三人の人影が立った。

いずれも異様な人たちだ。

一人は見るからに娼婦だが、それだから異様というのではない。この界隈《かいわい》では娼婦などめずらしくはないからだ。若くはないが、ここでは若い娼婦のほうがめずらしい。

彼女を異様というのは——

全身、枝のように痩《や》せ、その肌が透きとおるように——というか凍るように——青白いからだった。色素が欠乏しているのではないか、と思わせるほどに、唇の色が褪《あ》せ、目の色が薄い。大きな花束を持っている。その花がすべて枯れているのだ。そのこともあって、なにか棺《ひつぎ》に横たわるべき死人が歩いているかのような印象を受ける。

彼女自身、異様というほかはないが、彼女が連れているのが、見たところ十歳前後の少年というのもまた尋常ではない。つい最近まで子供が酒を飲む姿はめずらしくはなかったが、数年まえに法律が変わり、子供がパブに足を踏み入れるのは全面的に禁止になったからだ。

見るからにはしっこそうな少年だ。クルクルとよく動く目をしていた。利口そう——というより、その年齢には似つかわしくない、どこかシニカルな目をしていた。もう一人は紳士であって——そのかぎりではべつに異様でも何でもないが——それが小柄で、顔にアバタのあとがめだつ東洋人なのだ。たぶん日本人だろう。人品骨柄いやしからぬ人物ではあるが、その様子がどこか異様なのだ。もしかしたら自分がどこにいて、何をしているのかもわかっていないのではないか。放心しきっている。なにか茫《ぼう》とした表情で虚空に視線をさまよわせていた。

「どうしたんだ、ミス・エレナ、遅かったじゃないか。間にあわないんじゃないかって心配したよ」

竜之助はフロックコートを着、山高帽子をかぶり、杖《つえ》を取り、カウンターから出てきながら、そういった。そして子供を見て眉《まゆ》をひそめる。

「その子は何だ？　本職の軽業師を連れてくるんじゃなかったのか。その約束だぞ」

「彼は当分、動けそうにない。病気よ、血を吐いたわ」

エレナ、と呼ばれた女性がそう答えた。その声はかすれて生気がない。吐息が白く凍った。まるで臨終を間近にひかえてベッドに横たわっているかのように。——

「そうだったのか。だけど、それは困ったな。今回のことには、どうしたって身の軽い人間が必要なんだけどな」

「この子が——チャーリーがいるわ」

エレナは自分の横にいた子供をまえに押し出すようにした。——その子はどこまで事情がわかっているのか、帽子のひさしに指をかけて、ひどく大人びた様子で頭を下げた。

「この子はヒポドローム劇場でやってるパントマイムで猫役をやっている。とても身が軽いのよ」

「パントマイム……」

竜之助にはそれがどんなものだかわからなかったのだろう。けげんそうな顔をした。それも無理はない。ロンドンに渡って半年たらずではろくに劇場めぐりなどする余裕はなかったろうからだ。——ここでいうパントマイムとは、童話や昔話に材をとった子供用のおとぎ話のことであって、沈黙のうちに演じられる黙劇のことではない。が——。

「仕方がない。よしとしようか。子供を使うのは好ましくはないが、いまはもう他を当たっている時間はない」

竜之助は思い切りがいい。パントマイムが何なのかもわからぬままにエレナのいうことを了承した。もう一人の紳士のほうにあごをしゃくって、

「それでそちらの紳士は？　それもまた連れてくるといった御仁とは別人のようだが

——そのお人はきみの客じゃないだろう」

「わたしの客は——なにか今夜のことは剣呑《けんのん》だと気づいたようだわ。あんなに今晩わたしのところに来ると約束したのに、怖《お》じ気《け》をふるったらしく、とうとう現れなかった。男って当てにならない。それで、この人を代理によこした。といっても、二人はべつに親しいというわけではなくて、ちょっとした知りあい程度らしいけど——言葉巧みにいいくるめて何とはなしにここに来るのを了承させたということらしい。わたしもこの人とは今夜が初対面で——何を尋ねても、名前を教えてくれるぐらいで、あまりはかばかしく返事をしてくれないんで、よく事情がわからないんだけど、この人の名前は……」

「夏目金之助《きんのすけ》さん……ご尊名はかねてより——」

と竜之助はいった。

「英語の勉強でこちらに留学なさってる。淫売買《じごく》いなどなさる人じゃない。ロンドンの日本人たちの間ではしごくまじめな人で通っている。たしかに、ぼくの通訳をしてくれるには、その人品といい、英語力といい、夏目さんほどうってつけの人はいないんだが……」

そこで竜之助が言葉を濁したのは——たぶん日本人社会の間で、夏目狂したり、という噂《うわさ》がひろがっているのを彼もまた耳にしたからだろうが——さすがにそれを口に出していうのははばかられたらしい。

「英文学……」

それまで一言もしゃべらなかった金之助がボソリといった。その放心したような表情にはあいかわらず変わりがない。

「え？」

「わたしは英語の勉強のためにロンドンに来たのではない。英文学を研究するために——ひいては文学そのものを理解するためにロンドンにやって参りました」

と金之助はそう宣言した。そのときだけは昂然と胸を張っていたが、すぐに顔をしかめると、腹に手を当て、痛い、と不安げにつぶやいた。

「大丈夫ですか」竜之助が訊いた。「どこかお加減でも悪いのですか」

「いや——お気になさらないでください。わたしは生来、胃が丈夫ではないので……それより今夜のことはお国のために働くのだとそううかがいました。そうなのですか」

「はい、たしかに。——ただ、ぼくはロンドンに渡って、まだ半年たらずにしかなりません。それでもどうにか日常会話ぐらいはこなせるのですが……ちょっとこみいった話になると怪しくなってしまう。それで英語の達者な方を通訳にお願いできないかと……ただ、多少、危険がともなう可能性があり、無理にはお願いできないのですが」

「危険？　いや、どうか、そんなことはお気になさらないでください。このように貧弱な体こそしてますが、わたしも一個の日本男児のつもりでいますので」

金之助は鼻のまわりにしわを寄せるようにしてしぶく笑った。その表情からはとても「夏目狂したり」といわれるような狂気の色はうかがえない。英知の輝きがあった。

「わたしの英語がお国の役にたつのでしたら――そのための留学でもあるのですから――喜んで協力させていただきましょう」

「ありがとうございます。それではそろそろ参りましょうか」

丁重に頭を下げ、先にたって入り口に向かおうとした竜之助のまえに、あの大兵肥《だいひょうひ》満《まん》の主人が立ちはだかった。手に大きな包丁を持っている。

「あれだけの皿を洗わされるおれの身にもなってみろ。あと十シリング置いてけ」

主人は大声でわめいた。包丁を頭上に振りかざした。

竜之助の杖から銀光がほとばしった。包丁の柄《え》に走る。トン、と音がして、包丁の先が床に突き刺さった。主人の手には柄だけが残された。

それを呆然と見つめる主人に、

「十シリングは高い。五シリングにまけておけ」

仕込みを杖におさめながら竜之助は静かにいった。

# 3

どこもかしこも霧だらけだ。

一面、広い通りを包み込むように深々とたちこめている。この町の往来は泥と汚物にまみれている。地獄の底の塵捨《ごみす》て場《ば》のように——。それがいまは深い霧に閉ざされ、ある種の幻想美さえかもし出しているのだ。じつに蠱惑《こわく》的とさえいっていい。

町つづきに窓の明かりはほとんど見えない。ただガス灯の明かりだけが、霧のなかにぼんやり滲《にじ》んで、往来の両側に律儀なまでに一直線に遠ざかっている。

深夜だ。——この大都会にあってもさすがに人の気配は絶えている。痩せた野良犬だけが何匹かエサを求めて徘徊《はいかい》していた。

そのうちの一匹がつと顔をあげると足を急がせた。

その行く手、ガス灯の明かりの下に——うつ伏せに倒れている女の姿があった。

スカートが白い花びらのように路面にひろがっていた。体の下に押しつぶされるように花束が落ちていた。

犬は女のにおいを嗅《か》いだ。女はピクリとも動かない。喉《のど》の底で威嚇《いかく》するように唸《うな》った。それでも女は動かない。ついに牙《きば》を剥《む》いた。ガス灯の明かりに冴《さ》えざえときらめいた。それでもなお女は動こうとはしないのだ。くわっ、と口をひらいた。女の腕にかぶりつこうとして――。

ふとその顔をあげたのだ。なにか不安そうな面持ちで深い霧を見つめた。唸った。が、今度のその唸り声には、どこか虚勢じみた弱々しい響きが感じられた。それがすぐにキャン、キャン、という悲鳴に変わった。霧のなかに逃げ込んでいった。

一瞬、二瞬、間があって……。

往来の、遠く、茫漠《ぼうばく》とひろがる霧のなかに、鈍い光が二灯、あぶり出されるように滲み出てきた。カッ、カッ、カッ……という馬蹄《ばてい》の響きが路面を刻んで陰鬱《いんうつ》に響きわたる。たなびく霧を船の舳先《へさき》のように切り裂いて箱型の巨大な影が浮かびあがった。

二灯を揺らしながら近づいてきた。

乗り合い馬車《ホース・バス》だろうか。いや、この夜中に乗り合い馬車が走っているわけがない。それにその影は乗り合い馬車よりはるかに大きい。馬の数も二頭ではなしに四頭だし、御者《ぎょしゃ》も一人ではなしに二人だ。車体が真っ黒に塗られているのも異様だ。四頭の馬さえ夜のように黒いのだ。

鉄鋲《てつびょう》を打った鉄《くろがね》、それに白金、黄金で車体いたるところ装飾されているのがなおさら異様だ。黄色い骸骨《がいこつ》の紋章――。

どこか霧のなかから誰かが低くこうつぶやくのが聞こえた。

「白金に黄金に柩寒《ひつぎ》からず」

馬車は濃霧のなかを走る……

二人の御者の左肩が何か真っ黒いもので膨《ふく》れあがっている。それがうごめいたかと見るや——パッと飛びたった。霧のなか黒い水泡を曳《ひ》くように旋回《せんかい》した。クワア！としゃがれた鳴き声をあげた。これはカラスだ。しかし異様なまでに大きい。馬車にさきがけるように前方に飛んだ。

どこに？　うつ伏せに伏している女のもとに——。二羽のカラスは女の体のうえに降りたった。ひとしきり髪の毛をついばみ、体を突いて、またクワア、と鳴きながら、飛びたって、御者の肩に戻っていった。

「カラスのご注進、ご注進——死人《しびと》だよ。とれたて、いきのいい行き倒れだよ——」

御者の一人が大声で歌うようにそういい頭上に鞭《むち》をふるった。ピシッ、という鋭い音が霧に響いた。——長い、じつに途方もなく長い鞭だ。それが腕のように自在にのびて何メートルも先に伏している女の体を鮮やかに返した。御者の笑い声が霧を震わせた。

と、走っている馬車から一人の男が飛びおりたのだった。とてつもない巨漢だ。首切り役人のような黒い頭巾をかぶっている。腰に大きな手斧《ておの》を下げている。車の前方を走った。その男の肩にも一羽のカラスがとまっていた。男が走るにつれ、空に舞いあがると、クワァ、と鳴いた。

女の体を肩にかつぎあげると、まるで洗濯物の袋でもあつかうように軽々と馬車の屋根に向けて放りあげた。怪力だ。すると――。

もう一人の御者のふところからピュッと銀光がのびたのだ。槍《やり》のようだ。宙にある女の体をその穂に巧みに載せてそのまま屋根にドサリと積んだのだ。これもまた見事な槍術《そうじゅつ》の冴えだった。

女の下で何人もの体が弾《はず》むように撥《は》ねあがった。いずれも死体のようだ。この馬車は屋根に何体もの、いや、十体以上もの死骸《しがい》を積みあげているらしい。

――これは不吉な霊柩車《れいきゅうしゃ》！

霊柩車が通過する。カラスがあとを追う、黒頭巾男はその巨体に似つかわしくない敏捷《びんしょう》さでサッと馬車のなかに戻っていった。ガラガラ、と鉄輪の響きも恐ろしげに、濃霧のなかを走り去っていく。かすかに聞こえたのは――あれはカラスの鳴き声か。

二分、三分、四分……一時《いっとき》乱れた濃霧が、また徐々にたちこめていった。ガス灯の明かりのなか、深々とうなだれるように、低く、路面を這う。まるで豆スープが器に注がれるように。

五分、六分……霧のなかに二頭だての馬車が現れた。これはさっきの霊柩車と異なり、いかにも軽快なこしらえだ。車輪の響きもリズミカルに軽い。御者はあのチャーリーという少年だ。「よし、行け」という声が馬車のなかから聞こえた。少年は鞭をふるった。馬車は走り出した。

馬車のなかから少年に声をかけたのは竜之助だ。——そして向かいあわせに同乗する夏目金之助にこういう。

「ミス・エレナは体温が常人より低い。死人のふりをするのが得意なのです。娼婦を求める男たちのなかにはまれに死体と性交するのがなにより好きという悪食の者がいるそうです。彼女はそうした男たちを専門にあつかう娼婦なのです。いや、じつにもって、あきれいった話ではありますがね」

「……」

金之助は総毛立ったような異様な表情でそれを聞いている。もしかしたら自分の正気を疑っているのかもしれない。ただでさえ過敏で、いまにも壊れかかっている金之助の神経には、これはあまりにも奇怪にすぎ、異常でありすぎたかもしれない。

「あの霊柩車は、一晩中、ああしてロンドンの貧民街を巡回して、行き倒れ、のたれ死にしたばかりの死体を回収してまわっているらしい。それで彼女に死体のふりをしてもらったわけなんですよ——いや、思いのほか、うまくいきました。あとはあの馬車のあとをつければいい」

「どうして彼らはこんな夜中に死体の回収なんかしてるのですか。そもそも彼らは何者なのですか。いや、ほんとうにこんなことがわが国のためになるのでしょうか。なによりーーこんなに離れて、あの霊柩車のあとを支障なくつけることができるのですか」

「大丈夫ですよ」

竜之助の声はあくまでも屈託がない。最後の質問にだけ答えたのは、ほかの質問はわからないのか。さもなければわかっていても答えたくなかったからだろう。

「そのためにミス・エレナには花束を持ってもらったのですよ。彼女には花びらを街路に残してもらう手筈になっています。われわれはただその花びらのあとをつければそれでいいのです」

4

のちに漱石は『倫敦塔《ロンドンとう》』にこう書く。

「……余はどの路を通って「塔」に着したか又如何《いか》なる町を横ぎって吾家《わがや》に帰ったか未だに判然しないーー（中略）ーー前はと問われると困る、後《あと》はと尋ねられても返答し得ぬ。只《ただ》前を忘れ後を失《しっ》したる中間が会釈もなく明るい。あたかも闇を裂《さ》く稲妻の眉に落《おっ》ると見えて消えたる心地《ここち》がする。倫敦塔は宿世《すくせ》の夢の焼点の様だ。」

まさに――。

エレナ嬢が路上に落とした花びらをどこまでも延々とたどって……ついに花びらもつきるかと思われたそのときにとうとう「塔」にたどり着いたのだった。

「あの馬車はこの『塔』のなかに入っていったよ――」

最後の最後になって馬車から逃げ出したのだというエレナがどこからともなく現れていった。

「これでわたしのお役目は終わりだね。消えさせてもらうよ」

「ああ、ありがとう。助かったよ」

竜之助がそう礼をいったときにはすでにエレナの姿は霧のなかに消えていた。

「ここはロンドン塔ですか」と金之助が呆然とした声で訊いた。

たしかにロンドン塔を連想させる。が、ロンドン塔ではない。そうであるはずがない。

それは――。

暗灰色に濁った河の向こう岸に――これもまたテームズ川ではないのだが――鐘楼《しょうろう》、丸塔、高楼など、幾多のやぐらを重層、林立させ、さらにおびただしい像を象嵌《ぞうがん》させ、幾多のガーゴイルを載せ、巨大な城砦をそびえさせているのだった……。

「ぼくも話に聞いたことがあるだけなんですが……」

と竜之助がいう。

「どこかに『二十世紀城《トウエンテイー・センチユリー・キヤツスル》』と呼ばれる城があるとか……」

「『二十世紀城』……」

あらためて金之助はその城砦を見た。

すでに跳ね橋は引きあげられている。高楼には見張りもいるだろう。さいわい、この濃霧にまぎれて行動すれば、姿を見とがめられる恐れは少ないだろうが……。それにしてもどうやってこの河を渡ればいいものか。

灰汁《あく》を流し込んだような河は、どんよりとうち沈んで見るからに深そうだ。さしわたしにしても、優に十間以上（二十メートルほど）はあるだろう。なまなかのことでは渡れそうにない。

が、さすがに竜之助だ。そこに抜かりはない。――あらかじめ馬車のなかに大きな洋弓を用意しておいた。

城のそこかしこ、扉とか、窓覆《まどおお》い、装飾の柱などには、見るからに分厚そうな板材が使われている。――その、できるだけ、こちら側と高低差のないところを狙って、矢を射かけ、河に綱を渡した。

あとは、あのチャーリーという少年が、子ネズミよろしく、スルスルと器用に綱を伝って、向こう側に渡っていった。連日、劇場で猫を演じているというだけあって、さすがに身が軽い。

チャーリーの姿は霧に隠されてすぐに見えなくなった。竜之助も、金之助も、あとは、じりじり焦燥感にさいなまれながらも、ただ待つほかはない。

そんなに待つ必要はなかった。すぐにチャーリーの姿は霧の向こうに現れた。

城の裾部には石垣が積みあげられ、そこにアーチ型の水門がある。水門は鉄柵で閉ざされている。水門のなか、鉄柵ごしに見える船着き場に、小舟がもやわれていた。

――それを使えば、河を渡るのはたやすいことであろうが、鉄柵に阻まれているのではどうすることもできない。

その鉄柵をどうして開けたらいいか？

鉄柵の両端に、二の腕のように太い、二本の鎖《くさり》が装着されている。水門のすぐ上に、大きな木製の歯車があり、どうやら二本の鎖はそれに噛《か》みあわされているようだ。城壁を仰ぎ見れば――。

その上端に、ひさしのような出っ張りが突きだしているのを見ることができる。歯車を中継し、二本の鉄鎖はその出っ張りに消えている。たぶん、そこに轆轤《ろくろ》・滑車のような装備があり、それで鉄鎖を操作するようになっているのにちがいない。

いかにチャーリーが身が軽いからといって、まさか、その切り立つ城壁を素手《すで》でよじ登ることはできないだろう。第一、この濃霧では、そうしようにも、手掛かりにすべき突起を探すのさえままならない。霧は、見張りの目を妨げてもくれるが、同時に、こちらの行動を阻害もする。まさに諸刃《もろは》の剣《つるぎ》なのだった。

が、案じるまでもないことだった。チャーリーは竜之助が考えていたよりもはるかに機敏で、頭がよかった。少年は、鉄鎖ではなしに、歯車のほうに狙いをさだめたのだ。歯車に飛びついた。全身を使って、それに這い上がるようにし、歯車を動かした。鉄柵は難なく開いた。少年は水門のなかに入り、舟を漕《こ》いで、こちら岸に戻ってきた。何でもないかのような顔をしていた。

「きみはこれでどこかで辻《つじ》馬車でも拾ってロンドンに戻ればいい。それで、今夜のことはすべて忘れるんだ」

金之助が見たところ、竜之助はチャーリーにずいぶんと過分な心付けをやったようだ。それだけ、チャーリーの働きに感謝するところが大きかったのだろう。

チャーリーは思いもかけない、過分なご褒美《ほうび》に有頂天になったようだ。金貨を両方のポケットに入れたために、ズボンがダブダブになった。ポケットが重いという思い入れで、チョコチョコとおどけた歩き方をしながら、霧のなかを立ち去っていった。

もちろん、いまの竜之助たちにそれを見て笑うだけの心のゆとりなどあろうはずはなかった。が――。

もし彼らが長生きし、チャーリー・チャップリンの映画『モダン・タイムス』を見る機会を得たら、そのおどけた歩き方、歯車とのこっけいなドタバタに、あのチャーリー少年の面影を認めたのではないか。たしかに、この時期、チャップリン少年は、ロンドンのヒポドローム劇場にて『シンデレラ』に出演しているのだから、このチャーリー少年があの偉大なる喜劇役者の少年時代の姿であったとしてもふしぎはない。しかし後になって、チャップリンは、この夜の冒険を一度として語ったことがないのだから、彼がチャーリー少年と同一人であったかどうか、それを確かめるすべはない。

それに——。

小舟で河を渡り、城に潜入したとたん、竜之助と、金之助の二人は、あの馬車の三人組に襲われたのだった。まったくもって、チャーリー少年が、後世、天才的な喜劇役者になるかどうか、などの話ではなかった。

暗いところでいきなり襲撃された。水門の奥、舟着き場に横着けし、まだ櫂《かい》から滴《しずく》が滴《したた》り終わらないうちのことだ。青い手斧の刃が闇を切り裂いて頭上に落ちてきた。その直前、闇にまぎれ、しかし、それよりさらに黒々と、三羽のカラスが舞っているのを視界の端に認めることがなかったら、頭蓋骨《ずがいこつ》まで両断されていたことだろう。とっさに金之助を突き飛ばし、刃の下をかいくぐりざま、仕込みを抜き払い、相手を胴《どう》薙《な》ぎにした。

そのときには前方の闇のなかから槍が突きだされるのを目にとらえている。ランタンの光に槍の穂がギラリと光った。下手《へた》に避けようものなら、水ゴケでヌルヌルとした石場に、足を滑らせることになったろう。迷わずに突進した。返す刀で槍の茎《なかご》を両断し、さらに走り抜け、相手を真っ向から唐竹割《からたけわり》にした。日本の槍と違い、西洋の槍は茎を切りやすい、という予備知識があった。そうでなければ、こんな無謀な戦法はとらなかったにちがいない。これで二人――。

ピュッ、という風を切る音が耳を打った。それが鞭の音だとはっきり認識したわけではなかった。そうと認識するまえに、体が勝手に動いて、切れた槍を拾い上げていた。クルクルと背後から首に鞭が巻きつくのと、槍の穂を後ろ、肩越しに投げるのとがほとんど同時だった。たしかな手ごたえがあった。穂は背後の襲撃者の胸に刺さったはずだ。その証拠に、首に巻きついた鞭は、そのまま力を失って、石畳《いしだたみ》に落ちていった。

身を反転させ、次の襲撃に備えたのは、剣術遣いとしてのいわば第二の本能のようなものだが、すでに相手を斃《たお》したことは完全に確信していた。それなのに――。

「何！」

三人の男たちはいずれも斃れてはいなかったのだ。斃れるどころか――。

一人は蘇芳《すおう》を浴びたように頭を真っ赤に染め、もう一人は胴からヌメった腸をはみ出させながら、最後の一人は胸に槍の穂を突き刺したままで、それでもなお竜之助に向かってじりじり歩を進めているのだ。

「おまえたちは……」

さすがに竜之助は恐怖に心が粟立つ思いにかられた。自分の刀術に絶対の自信を持っていただけに、それが通用しないとわかったときの恐怖、その衝撃は、何倍もの反動になって返ってきた。

「そうか」竜之助はうめいた。「おまえたちはとっくに死んでるんだな」

ガボッ、というような吐瀉《としゃ》音とともに、金之助が石畳に血を吐いた。ふらふらと膝《ひざ》をついた。茫乎《ぼうこ》とした視線を虚空《こくう》に向けながら口のなかでつぶやいた。

「血の海や　石に漱《すす》ぎて　滅びなば――」

俳句だろうか。にしても意味不明な句ではあるが。――ただでさえ金之助は胃を病んでいるのだ。切られても、突かれても、動きまわる無気味なものども
を目のあたりにし、その恐ろしさに一時的に精神に失調をきたし、そのために胃の潰瘍《かいよう》が潰れたとしてもふしぎはない。そのまま金之助は石畳に伏してしまった。もうピクリとも動かない。

「夏目さん――」

竜之助はあわてて彼のもとに駆け寄ろうとした。

と、そのとき——。

「その御仁は病気のようだ。ご心配なく。われわれのほうですぐにロンドンにお送りしますから——」

背後からそう声が聞こえてきたのだった。穏やかで、しかし、どこか怜悧《れいり》で、冷然とした響きを持つ声が。——

「われわれは味方同士じゃないですか。何もこんなふうにいがみあう必要はないのではないですか」

振り返った竜之助の目に、山高帽子をフロックコートの胸に当て、たたずんでいる男の姿が映った。五十代なかば、というところか。その姿は端然とし、典雅でさえあるのに、ふしぎなまでの威圧感をかもし出していた。

一目でその正体が知れた。この人物は名前だけがわかっていて、写真すら一枚も世に流布《るふ》していないのだが、それでも竜之助の世界ではきわめつけの有名人といっていいからだ。

「ミスター・ホームズ……マイクロフト・ホームズ……」

竜之助のその声には畏怖の響きが混じっていたかもしれない。この人物についての伝説はそれこそ数えきれないほどにある。

「わたしの名前をご存知ということは——ミスター橋爪はわが党派の方ということで

な情報将校《インテリジエント・オフイサー》しようなのだと理解させていただいてよろしいのでしょうか」

マイクロフトはそういうと、その肥《ふと》り肉《じし》の体からは想像もつかないほど優雅に一礼して見せた。

5

いきなり目が覚めた。夢をみたかもしれないが覚えていない。思い出そうとするつもりもない。それどころではない。

鉄格子の狭い窖《あなぐら》のような牢獄に押し込められていた。むろん鉄格子には鍵がかかっている。寝台すらない。床一面にワラが敷きつめられているのが寝具がわりだ。隅におまるが一つ。それだけが唯一の獄舎の設備といっていい。要するに人間あつかいされていない。

夢どころではない――といったのは目を覚ましたこの現実がすでに夢、それも途方もない悪夢であって、なにもことさら睡眠に夢を求める必要などないからだ。

それというのも鉄格子の外は広い廏舎のようになっていて、そこに屍者《ししゃ》たちが何十人となくひしめいているからだった。

ひどい悪臭だ。いや、いっそ腐臭といったほうがいいか。それとも屍臭《ししゅう》か。いたるところに蛆《うじ》の群れがうごめいていた。それに真っ黒に蠅《はえ》がたかっていた。いずれもあさましいとしかいいようのない亡者たちで、ただもう血と汚物と膿汁《のうじゅう》にまみれながら腐肉のようにうごめいている。——たぶん、そのなかば腐りかけているであろう脳髄には、理性の一片すら残されておらず、ただ闇黒の衝動と凶暴な怒りだけが盲目的に渦巻いているのにちがいない。

見るだにおぞましい、じつに吐き気をもよおさずにはおかない光景だった。幸いにも、というべきか、厩舎のなかはうす暗く、細部まで見てとれるだけの光量がない。厩舎はちょうど二階の高さ、その壁に沿ったぐるりに通路をめぐらし——おそらく屍者の手が届かないところという配慮からだろう——そこにだけ数えるほどのランタンが配されている。光は下階に届くほど豊富ではない。

立ちあがり、鉄格子に近づこうとして、壁に引き戻された。両手首を縄に縛られ、天井の梁《はり》から吊《つる》されているのだった。いつのまにこんなことをされたのか？　思い出し、情況を理解するのに、すこし時間がかかった。

あのあとマイクロフト・ホームズに別室に案内された。ワインをふるまわれながらすこし話をした。

警戒の必要は感じなかった。マイクロフトがいみじくもいったように日本と英国とは「味方同士」の関係にあるからだ。

英国は中国における自国の権益を保持し、南下するロシアを牽制するために、日本は朝鮮や中国における権益を維持するために、たがいにたがいを必要とした。いま現在、まさにこのとき一九〇二年一月に、ダウニング街十二番で日英同盟が結ばれようとしていた。事実としてそれは軍事同盟に他ならなかった。

竜之助が知りたいのは「どうして英国情報部が定期的にロンドン貧民街から行き倒れの屍体を回収しているのか」というただその一点に尽きる。英国としてもあまり大っぴらにできることではないのだろう、と推測したから――そうでなければ情報部が秘密裡《り》に動いたりはしないだろう――ひそかに内偵したのであって、英国側から好意的に情報を提供してくれるのであれば、それにこしたことはない。

マイクロフトはそれを説明するのに「アジア的生産様式」という表現を使った。何でも、かのカール・マルクスがその著書で使った言葉で、資本主義に先行する階級社会の一例として挙げたものなのだという。マルクスがそれで何をいわんとしたのか諸説あるが、マイクロフトはそれをアジア社会に特有の歴史段階であり、欧州の奴《ど》隷《れい》制度や封建制とは似て非なるものと理解しているらしい。「アジア的生産様式」では屍者までもが資本として消費されるのだという。

「わが国は屍者を利用するのに『フランケンシュタイン・システム』を採っている

――これはいまのところ国家的機密ではあるが、各国列強の情報機関にはすでに周知のことではある。いうまでもないが、この『フランケンシュタイン・システム』にはそれなりの費用がともなう。つまり、あらかじめの投資が必要とされる。けれども貧民街での死者《ボディ》たちには『フランケンシュタイン・システム』を援用しなくても自然に屍者《デッド》となる者がいることがわかった。つまり、わが国において、最下層の貧民街はいまだ『アジア的生産様式』の段階にあるようなのだ。貧民街の死者を屍者として再利用できればこれがどれほど戦争に有益に働くことになるか説明するまでもないだろう。つまり、われわれはここでその研究をしているわけなのだよ」

竜之助がその説明に一点納得しきれないものを覚えたのはどうしてだろう？　なぜか妙な違和感を覚えた。アジア的生産様式、という言葉になにがなし違和感のようなものを覚えたからかもしれない。

「アジア的生産様式？　……待ってください。もしかして貴国は今度の同盟でひそかに日本に屍者の提供を期待しているのではないのですか。わが国そのものがいまだにアジア的生産様式の段階にあるとそう理解なさっているのではないのですか」

それにはマイクロフトは肯定も否定もしようとはしなかった。ただ穏やかな微笑を浮かべていんぎんにワインのおかわりを勧めただけだった。

いま思えば、まさに竜之助は英国が日英同盟にひそかに期待する最大の秘事をいみじくも言い当ててしまったのかもしれない。――つまり英国はこの同盟によって日本からほとんど無尽蔵に近い屍者の提供を期待したわけなのだろう。

竜之助にもうすこし英語力があれば慎重に言い回しを選ぶこともできたろう。が、肝心なとき、通訳を期待した金之助は、すでにその場にはいなかった。そのために竜之助の表現があまりに直截なものになりすぎたのだった。

それで竜之助は眠り薬を飲まされるはめになってしまったのだろう。あのおかわりのワインは飲むべきではなかったのだ。

――このあとマイクロフトはぼくをどうするつもりなのだろう？

が、考えるまでもなく、悩むまでもないことだった。――そのとき牢の鉄索が跳《は》ね橋のように鉄鎖に引きあげられて徐々に上がりはじめたからだ。屍者たちはそれに気づいてジリジリと牢に近づいてきた。飢えた口をひらき、うめき声をあげ、両手を鉤《かぎ》のように曲げながら。ポタポタと蛆が床に落ち、蠅が黒雲のように渦《うず》を巻いた。

牢が完全に開いたら竜之助は屍者たちにバラバラにされてしまうだろう。

――血の海や　石に漱ぎて　滅びなば。

あの金之助の意味不明な俳句が頭のなかをよぎった。おそらく金之助は自分が石畳に吐いた血塊を見て、おのれの死を覚悟したのにちがいない。しかし「石に漱ぎて……」という言葉は何を意味しているのだろう？

もちろん竜之助は金之助の雅号など知るよしもなかったし、ましてや将来の「漱石」という大作家の出現など予想しうるはずもなかった。それだから金之助の俳句をより直截に理解することとなった。

文字どおり、竜之助は石に漱いだのだ。口を開けて、何度も、何度も歯を石にたたきつけた。歯がヤスリのように尖《とが》るまで。――激痛が走る。しかし、すぐに口が痺《しび》れて、なにも感じないようになってしまう。血まみれになった口でロープに嚙みついた。ギリギリとロープに牙を食い込ませる。さすがにこのときには痛みが脳天まで走り抜けたが、どんな痛みであれ、屍者の食料にされるよりましだ。

竜之助が縄を嚙みちぎるのと、半分、開きかけた鉄格子から、ドッと屍者たちがなだれ込んでくるのとがほとんど同時だった。

いかにして屍者たちの間をすり抜け、牢の外に脱出したのか、竜之助もよく覚えてはいない。ただ身にそなわった剣術の身のこなしが、このときもほとんど無意識のこととして働いてくれたのにちがいない。

ただ一度、歯を剝いて襲いかかってきた屍者の顔に、両手首を縛った縄尻《なわじり》をたたきつけて撃退したのだけが記憶に残された。

こんな場合に変な話だが、縄に付着した血が意外に飛び散らなかったのが、妙に印象に残った。

マイクロフトは竜之助を情報将校だと見抜いたが、いわば擬装として、海軍主計に身を置いているのも事実であって、海軍医総監である高木兼寛から海軍の食事の改良を依頼されているのもほんとうのことだった。

だから、このとき、

——そうか。カレーに小麦粉を混ぜてやればいいのだ。それで十分に粘り気を与えてやれば、航海中でもカレーが皿から飛び散ることはないはずだ……。

ということを思いついたとしても何のふしぎもない。

じつにこのときこそが海軍カレーの誕生の瞬間なのだった。

厩舎に転げ出たとき——頭上から声が降ってきた。

「これにつかまって」

二階の廻廊《かいろう》に金之助がいた。ロープを投げてくれた。

竜之助はロープに飛びついた。懸命によじ登った。足にしがみつこうとする屍者たちの頭を何度も蹴《け》りつけた。どうにか廻廊までよじ登ることができた。

金之助が竜之助の顔を見て悲鳴をあげた。

「どうしたんですか。その口は」

「なに」竜之助は狼《おおかみ》のように牙を剥いて笑った。「石に漱いだだけのことですよ」

そして柱のランタンを取るとそれを下階の床にたたきつけた。石の床にはワラ屑《くず》が散乱している。それに引火した。燃え狂う炎のなかに屍者たちの悲鳴が錯綜《さくそう》した。

「さあ、この隙に逃げましょう」

竜之助は金之助をうながし自分も外に向かって走った。


……漱石が『ロンドン日記』に「女皇ノ遺骸、市内ヲ通過ス」と書いたのは、じつは一年さきの一九〇二年一月のこの出来事を記したのだと仮定すれば、まさに日英同盟が締結されようとするそのときのことを暗喩《あんゆ》したものと理解すべきかもしれない。

ちなみに漱石は日露戦争のあと、明治大学において講演し、

――われわれが平生犬や何かをとりあつかっているところを西洋人に見せては恥ずかしいくらいわれわれは惨酷である、とこう自分も思い、また西洋人もいうのです。しかしながら西洋人だってわれわれだって、人間としてそんなに異なったことはない。すこしまえにさかのぼってみますというと、ずいぶん猛烈な惨酷な娯楽をやって楽しんだものである。

とそうした意味のことを述べている。

SAKANAGA Yuichi

坂永雄一

# ジャングルの物語、その他の物語

冒頭は、労働力としての屍者が廃《すた》れかけている時代から過去をふりかえるスタイルだが（ロケット技術が現実の歴史よりも数十年進んでいるという設定は、高野史緒『カラマーゾフの妹』と共通）、小説の中心となる〝ジャングルの物語〟の舞台は、一九二五年のイングランド南部、アッシュダウンの森。ある有名な文学作品の誕生地として有名なこの森で、ビリー・ムーン少年の冒険の日々が瑞々《みずみず》しく描かれる。熊のバルー、黒豹のバギーラ、ベンガル虎のシーア・カーンなどのキャラクターは、キプリング『ジャングル・ブック』から（もっとも、作中世界には『ジャングル・ブック』や『少年キム』は存在しないという設定なので、それにちなんでビリー少年が命名したわけではないらしい）。

坂永雄一（さかなが・ゆういち）は兵庫県生まれ。京都大学在学中は、伴名練、船戸一人、皆月蒼葉らとともに第四期京都大学SF・幻想文学研究会（KUSFA）に所属。二〇一〇年、「さえずりの宇宙」で第1回創元SF短編賞大森望賞（選考委員特別賞）を受賞し（同じ回の山田正紀賞受賞作が宮内悠介「盤上の夜」）、それが『原色の想像力　創元SF短編賞アンソロジー』に掲載されて商業デビューを飾る。一一年、KUSFA現役・O員有志による同人誌版『伊藤計劃トリビュート』に「もしオクラホマ州の中年の電気技師が伊藤計劃の『ハーモニー』を読んだら　あるいは、忘れた翼」を寄稿。同会系の同人誌では、『艦隊これくしょんトリビュート』や、みずから編集したR・A・ラファティ・トリビュート集『つぎの岩』にも短編を書いているが、商業媒体掲載はたぶんこれが二作目。実力は本編が証明するとおりなので、今後の活躍に期待したい。

彼は魔法を使うとも言われているが、おまえは大丈夫だろう。丘に上がって、聞いてみろ。これが闇戦争《グレートゲーム》のはじまりだ。

——ラドヤード・キプリング『少年キム』

一

「最終戦争」から約半世紀が経《た》ち、いずれの国も「次の戦争」に備え続けている。その幕が切られたが最後、どこにも逃げ場がないことを理解しながらだ。戦争機関は自動的な攻撃と報復を繰り返し、すべての生者が灰に変わり、屍者《ししゃ》が塵《ちり》に変わるまでその攻撃を止めることはないだろう。現在、われわれの頭上に浮かぶ留保された死の総量は、生者と比率一対一に迫《や》りつつある。衛星軌道を首飾りのように連なって彩《いろど》る、各国の機関要塞《ようさい》。地上の鏡像のように月面を割拠する戦争機関たちと、その資源採掘工場群。火星と木星へ、長い道のりをたゆまず歩む合衆国の征服機関。

この空漠たる世紀において、前世紀の良きものすべてと同じく、屍者もまた時代遅れのものとなった。屍者はその形と名を失った。戦時中のロケット弾制御機構に屍者を用いる研究の成果として、霊素書き込みを受けた眼球・大脳皮質系と、数十グラムの筋肉だけにいわば抽象化された。入力刺激に対し、脊髄《せきずい》反射よりもなお早く、ただし大解析機関並みの演算を経て筋肉に信号を返す函数《かんすう》。思考する人間や歯車では不可能な即応性と精密性をもって安定翼と燃焼エンジンを調整し、ロケット弾を天国の門をくぐる駱駝《らくだ》のように正確な軌道へ導くための一つの回路だ。

その技術は戦後、ネクロウェアと呼ばれる一つの媒体として、電気、電信と同様に生活のなかの不可視の要素になった。私たちより後の世代は、生活用品に組み込まれたネクロウェア技術の恩恵を受けながら、屍者を屍者として目にすることはまずない。この二十世紀において、屍者が生き残る場所はあまりに数少ない。テレビスタジオ。舞台。遊園地。博物館の保存ケース。懐古趣味者の、倒錯者の遊技場。現代っ子は屍者を見ても、まず人間の仮装、さもなくば機械人形だと思うに違いない。人間のような脆《もろ》く非力な素材を、未加工のまま資源にするほど意味のないことはない。適材適所、機械と混ぜて使えばよいではないか？

それもまた、もっともだ。しかしいかなる天才をもってしても、後知恵のような先見で歴史を一足飛びに進ませることはできない。十九世紀末は屍者の黄金時代だった。政治家や軍人から資産家、市井《しせい》の一般市民まで、誰もが思いつくことすべてを屍者にさせようとした。売り子、使用人、荷役夫、掃除夫、兵士、書記。屍者は巨大な弾《はず》み車を回して工作機械を動かし、あるいは直接車を曳《ひ》き、あるいは歌劇を演じた。神のかたどった人の形のままで機能が足りないなら、改造が加えられた。感覚器官と四肢を増設し、足を把握可能な手に変え、ペンやランプから銃器、ポータブル解析機関までも屍肉のなかに埋め込んだ。風刺漫画家の戯《ざ》れ書きのような屍者が半分素人《しろうと》の発明家によって創造されては、擬似生命活動に無理がでて停止していった。

そのなかにあってモロー博士の作った「人狼《じんろう》」は極めて精妙なものだった。博士の業績をご存知だろうか？　人狼ばかり有名だが、彼の本来の研究対象は動物の比較生理学だ。形態学にも明るく、生体実験のため外科技術も優れていたが、無論、屍者工学はそれとは別のものだ。人間の遺体に対して、動物に似るように整形と移植を施し、動物の挙動を模した機動制御エンジンを書き入れ、すなわち自在に制御可能な動物と成すような奇術は畑違いというのが正しい。なぜ彼が政府筋のオーダーを受ける立場となり、改造屍者の研究に着手したのかは定かではない。好事家《こうずか》は博士の未発表の「生体実験」に不審な目を向けるが、確証はない。

とにかく、モロー博士は「人狼計画」の研究者となった。人間猿と人間犬の実験から始め、のちに「人狼」と呼ばれるようになる獣化屍者の製造法を、「人狼原理」として定式化した。軌道にのった一八八〇年代後半から「最終戦争」前夜までの実に三十年近く、彼が引退しても研究グループに引き継がれ、研究所は改造屍者を製造し続けた。

しかし、政府は何のために人狼を求めたのか？　人ならぬ兵士が求められたのは、特殊な任務、特殊な戦場だ。人狼たちは世界に放たれた。アフリカの熱帯草原《サバンナ》での追跡、インドの大叢林《ジャングル》での暗殺、東アジアの岩また岩が続く山地の地図を作り、ベーリング海峡の流氷漂う波を越えて指令文書を運ぶ。

つまり、それが闇戦争《グレートゲーム》だったのだ。

二

一九〇四年、季節は冬、時刻はおそらく午後七時くらい。ロンドンのナショナル・リベラル・クラブ。青年と紳士が食事をしている。

青年が大学を卒業し、ペンで身を立てると誓ってから早一年が過ぎ去った。心優しい父親が息子の将来のために積み立ててきた貯金は、作家修業の日々が過ぎた分だけ確実に目減りしていった。ホームズ氏他、著名人をネタにした笑い話をパンチ誌に送って何度か採用されたが、所詮《しょせん》はその程度。フリージャーナリストというにはお粗末で、デイリー・メール紙編集部に宛てた手紙の返事もすげないものだった。

彼は焦《あせ》り、そこでこの紳士……かのハーバート・ジョージ・ウェルズ氏にすがることにしたのだろう。なぜならウェルズ氏は父の友人であり、付け加えるならば彼のかつての教師でもあるからだ。きっとなんらかのチャンスを賜《たまわ》るはずだ。ウェルズ氏の任期はたった一年、教師として格別に優れていたわけでもないので、特別な思い出のようなものはないのだが。

「しかしアラン君が、私のように筆一本で食べていこうとしているとはね。ジョンが心配するのも仕方ないことですよ。とはいえ、教師を辞めて作家になった私にはどうこう言えることではありませんね」

「お恥ずかしいことです、ウェルズ先生」

ウェルズ氏は十数年前の教え子を穏やかに導いたことだろう。作家を志すならば、諦《あきら》めず書き続けるのだと励ましただろう。アランがおずおずと上げた出版社や作家を鋭く概括した。少し脱線し、進化生物学の奥深さをほのめかしもした。アランがピーター・パンの舞台を観て感動した、と言えば、気安く感想を戦わせた。籍を置くさまざまな社交クラブを数えあげ、それぞれの良し悪しを評した。

「父の期待に背《そむ》くのは後ろめたいことです。ですが、僕はどうしても作家になるつもりです。一遍のライトヴァースから、多才な俳優と精妙なる屍者に彩られた舞台まで、すべて魔法です。私はその一員になりたい。

「先生のおっしゃる通り、作家になるまで書いてやります。私は愉快なことをいくらでも書けるはずなんです。金を使い果たすことになって実家に戻されても、いや、実家にも戻れずに日雇いで糊《こ》口《こう》をしのぐことになってもです。諦めるものですか」

「その意気です。とはいえ、やむをえない仕事であってもちゃんと選ぶべきです。そうだ、先ほどのクラブの件ですがせっかくですし推薦しましょう」

「その、光栄です。作家クラブですか？」

「作家クラブは愉快ですが、まあ小説の話などはどこでもできます。少し目先を変えるのがいい。進化生物学のクラブとかどうですか。私の師が始めたものでしてね、勉強になることは間違いない。今から見に行ってもいい」

「確かにそうかもしれませんが、僕は作家になりたいので」

礼儀正しく指摘しようとしたアランを、酔ったウェルズ氏はあっけなく遮《さえぎ》った。

「ハクスリー先生の息子、現幹事のレナード氏は文芸雑誌の編集者でした。紹介しますよ。そうですとも、それこそ貴方《あなた》のチャンスになるかもしれない。スタビンズ医師は動物と言葉が通じるかのごとくで、まさに在野の動物学の泰斗《たいと》です。あとは、貴方も新聞を読むなら、モロー博士の驚異の被造物はご存知でしょう。そう、彼も昔からのメンバーなんです。刺激的ですよ」

若きアランは世間知らずで身の程知らずであったが、この予想外の成り行きを断固押しとどめることができるほど恥知らずではなかった。彼は逡巡《しゅんじゅん》したが、結局ただちょっと恐縮しているかのようにつぶやくにとどめた。

「ええ、結構ですが、やはりその、作家クラブは作家クラブで紹介していただきたいのですが」

「それはもちろんです、ですが別の機会にしましょう。早速あのクラブにご案内しますよ。教育を受けていて、真面目《まじめ》で、寡黙ならまず問題ないでしょう。それに、何か副業を紹介してあげてもいい」

そして二人はクラブを後にする。車はさらに排他的で、さらに奥まったクラブへ二人を運んで行ったことだろう。もしかすると、それはこんなふうに始まったのかもしれなかった。

一九二五年、季節は春、時刻は午後一時。ビリー・ムーン少年が、ポージングフォードの木立《こだち》を駆けていく。

本当のことを言うと、彼はもはやビリーではなく、それほどムーンでもない。もっと小さかったころに両親の気まぐれで生まれたニックネームだ。このジョークの落ちがさっぱり分からないビリー・ムーン少年は、ずっと止《や》めてほしいと思っている。

「ビリー・ムーン！　どこへ行くの？」

家を出る前、母親のダフネがそのニックネームで呼び止めた。

「アッシュダウンの森だよ、ママ。狼《おおかみ》の兄弟が僕を呼ぶんだ。それと、僕はビリー・ムーンじゃない」

「狼の兄弟ですって？　アッシュダウンにいるのは、野ウサギの親戚《しんせき》友人一同くらいだと思ってたけど」

「アッシュダウンの森には狼がいるし、熊も、豹《ひょう》もいる。あやしい大蛇に、やかましい猿、悪がしこい虎《とら》だっているよ。見つからないのは、みんな秘密調査員の訓練を受けていて、一般市民からは隠れているからさ」

「あらそう、それで、私たちはいつその友人一同に紹介していただけるんでしょうか？」

「秘密の調査員とその仇敵《きゅうてき》が、一般市民に正体を明かして挨拶《あいさつ》なんかするもんか。そんなのお話にならないよ」

「ビリー・ムーン！　狼の兄弟だって？　いつか、狼の兄弟とはもうケツベツした、僕は人間に戻るって言わなかったかい？」父親のブルー氏も新聞から顔を上げて言った。

「だから、僕らをケツベッするようしむけた、悪がしこい虎をとっちめに行くんだ。そのためには狼の兄弟と協力しないと。当たり前じゃない。それにパパ、僕はもうビリー・ムーンじゃない。何度言ったら分かってくれるのさ」

「大きくなっても、ずっとパパたちには小さなビリー・ムーンだよ」

「まったくもう、いやんなっちゃうなあ！」

ビリー・ムーンは木の枝を振り回し、木立のなかの川に投げ落とした。農園と森の境界に近い川だ。この橋を渡って炭焼小屋を過ぎたあたりで、ポージングフォードの森が終わり、薄暗いアッシュダウンの森が始まる。

とはいえ、アッシュダウンのブナの木と針葉樹がまじる森林も、それほど大きいわけではない。

外縁部は草原にエニシダ、ヒース、岩をばらまいた谷と丘。この荒れ地はそのまま近隣農家のリンゴ園だの養鶏所《ようけいじょ》だのにつながっている。ロンドンからもさほど遠くない田園地帯にあって、農地として開墾《かいこん》されず中心に居座ったまま、領主と土地管理の条例に守られていた。

アッシュダウンの森とその周囲の一帯――コッチフォード、ポージングフォード、ハートフォードの各農園地域は、風光明媚《めいび》というにはそっけなく、実際のところ何もなく、とにもかくにも静かで平穏なのは間違いのない土地だった。

ビリー・ムーンの一家は、この田園にしっくり落ち着いていた。

田園暮らしなど、都会の、それも上流階級育ちの奥方には退屈きわまりない場所だと思われるかもしれない。なんといってもアッシュダウン近隣地域の社交界は明けても暮れても天候と作付け、天候と収穫、あとはいつか悪くした膝《ひざ》のことばかりで、排他的で刺激に乏しく、母親のダフネが少しでも共感できる話題といえば、飼い猫と花壇の世話くらいのものだから。それでも彼女は、コッチフォード農園での週末を楽しんでいた。週末以外の庭の世話を任せてある、近隣住民のジョージ・タスカー氏と毎週の造園計画を話し合っては、今日はあちらにゼラニウムを植え、明日はこちらのヒエンソウを移し替える。

内気な父親のブルー氏も順応していた。というか、彼はロンドンにいるときとさほど変わらない様子だった。田園地域に別邸を持つことは彼の発案だったのだが。黙々と新聞を読み、クロック・ゴルフに打ち込む。散歩といって出かけては、そこいらを猛然と歩きまわった。

そして小学校に上がる前の少年には、最上の遊技場になった。

彼らが別邸とした屋敷は元は農家だったので、納屋《なや》と馬屋があった。ビリー・ムーンはそこを我が物とした。むかし乳母《うば》と買った日曜大工セットを少しずつ充実させ、いまや玩具《おもちゃ》ではないいっぱしの工房が出来上がっていた。

森には木の家《ツリーハウス》、いや家の木《ハウスツリー》があった。子どもが一人でしゃがみ込むのにちょうどいい広さのうろを抱えた老木だ。うろの底にはやわらかな木くずがたまって、まさに自然のはたご屋、隠者の庵《いおり》、盗賊のねぐらだ。子どもが二人入れるなら城塞《じょうさい》にも豪邸にもなっただろうが、一人が玩具を携えて入ればそれで満員になるようなせまさでは、森の書斎が関の山だった。

土手に隠れた川は、日差しの強い日には飛び込んで涼むのにちょうどいい深さだった。古びた木が流れの上にせり出していて、ビリー・ムーンはその木が、実はドラゴンであることをちゃんと知っていた。土手の上まで持ち上げられた、角《つの》の生えた鼻面《はなづら》。枝分かれして広がり、空を打つ翼。対岸へさしのべられた前足。その鱗《うろこ》に覆《おお》われた背中を登り、前足へ注意深く這《は》っていけば、橋のように川を渡ることができる。ドラゴン橋だ。ビリー・ムーンは四歳のときすでに、乳母に見守られながらであるが、それをやってのけていた。

アッシュダウンを一望できる丘は魔法をかけられた場所だった。その証拠に、そこに生えた樹は数えるたびに数を変えるのだ。一本一本、印をつけながら数えてもである。本当のことだ。そこに立てば、天と地のすべてを見晴らすことができた。

とはいえ、従妹《いとこ》のアンは夏季休暇にしか来ないし、来ても軍人ごっこ、秘密調査員ごっこに付き合ってくれるわけではない。森の地主であるド・ラ・ウォー伯爵《はくしゃく》の若殿は意外といいやつで本物の拳銃さえ撃《う》たせてくれるが、めったにやってこないし、いつもついてくる世話係は本当に口うるさい。

だが彼には、ありきたりな子ども一山を補って余りある、いや、比べるべくもない最高の友人たちがいた。

森には狼の一部隊がいる。熊が、豹が、虎が、大蛇がいる。みなビリー・ムーンが来るのを待っていた。

「さて、どこから攻めよう？　あのよこしまな虎、老いぼれのシーア・カーンをやっつけるにはどうしてやればいいだろう？」

扱いやすいのは森の教師にして熊のバルー、そして黒豹バギーラだが、二頭と僕で太刀《たち》打《う》ちできるだろうか？　シーア・カーンは間抜けなおいぼれだが、その爪《つめ》と四肢にみなぎる黄金の力をあなどっては、腐った林檎《りんご》のように砕かれてしまうだろう。何か戦略が必要だ。

「やあ、蛙男《モーグリ》、俺の生徒よ。何をしているんだね」

橋桁《はしげた》がきしみ、今にも崩れ落ちるかのような泣き声を上げる。黒い山のような巨体が森から現れ、橋をまんなかまで進んでくると、欄干《らんかん》にもたれたビリー・ムーンの隣に腰をおろした。

「何もしていないさ、バルー」

「ふむ、つまり、何もしていない、をしているというわけかね。それが何か俺は知らないが、人食い虎のシーア・カーンをやっつけるのに有効な手なんだろうか」

彼らと対峙《たいじ》するとき、ビリー・ムーンにはある種の魔法がはたらく。熱帯の大叢林《ジャングル》の空気の魔法だ。一呼吸のうちに、髪と眼がアジアの闇夜《やみよ》の黒に染まる。脳には獣《けもの》の掟《おきて》と知恵の輝きが叢林《そうりん》の蛍《ほたる》のように宿る。赤銅色《しゃくどういろ》の四肢と背骨が伸び、狼と同じ速さで駆け、枝から枝へ踊るように跳《と》ぶことができる力が満ちる。たった数年分だが見間違えようもなく年をとりさえする。インドの大叢林で育った野生児、熊と豹の被後見人、狼の指揮官、油断大敵の蛙男になる。

「バルー、あんたはその大きな手で、大叢林の掟と知恵を僕に文字通り叩《たた》き込んでくれた。だけど相変わらず言葉を扱うには不器用なんだよな。僕はただシーア・カーンのことを考えていたのさ。何かいい手はないかって」

「悪いが、俺には熊のやり方しかできないし、熊のやり方じゃシーア・カーン相手には少し足りない。俺は狼の奥の手も知っているが、それでもシーア・カーン相手には少し足りない。豹の奥の手も、蛇の奥の手だってそうだ」

蛙男は熊の手に小さなスキットルを渡した。蛙男が世話になっている英国の民族調査局の食堂から、バルーのためにちょろまかしてきた蜂蜜《はちみつ》だ。ひとなめ分にもならないが、この手土産《てみやげ》に熊は満足そうだった。

「それなら、僕は、叢林にいない獣の奥の手を使ってみることにしようと思う」

「それがいい。お前は人里で人の知恵を得、また人里の獣について学んできたはずだ」

バルーは木の枝を拾い、水面へ投げ落とした。

蛙男も枝を拾って投げ落とす。黙って考え込んでいると、枝が競い合うように橋をくぐって流れていくのが見えた。

下生えがゆらぐ。風がうなる声、岩が歯軋《はぎし》りしながら嘆く声が蛙男に囁《ささや》きかける。狼の兄弟たちがやってきたのだ。

「ああ、我が兄弟たちよ。僕は来た。追放の恨《うら》みを忘れて帰ってきたのは君たちのためだ。あの老いぼれ、よこしまなシーア・カーンを誅《ちゅう》し、僕の群れをやつから守るためだ」

蛙男とバルーは橋を揺らしながら立ち上がった。そして道を外れて下生えに踏み入ると、そこに待ち構えていた狼たちを引き連れ、丘と谷を越えて走りだす。

喉《のど》からほとばしるのは風が吠《ほ》える声、岩が嘆く声だ。森のなかの狩人《かりうど》を恐れおののかせる声だ。アッシュダウン中の幽霊たちが恐怖にかられて叫ぶ声だ。

呼び声に誘われて、藪《やぶ》や巣穴に潜んでいた狼たちも合流する。

だがこれはなんという狼たちだろう。どこもかしこもつぎはぎだらけ、縫《ぬ》い目だらけだ。肌の上に移植された毛皮はくすんでほこりっぽく、本物の獣の暗い輝きなどひとかけらも残っていない。その人工牙《じんこうきば》は拡張された口内で収まりが悪く、唇をちゃんと閉じることさえできない。ネウロイ人やエスキモーのまじない仮装のほうが、この狼を称する屍者たちの惨《みじ》めな有り様よりも、何倍か本物らしいとさえ言えるだろう。バルーもそうだ。その巨体は熊というよりは熊の剝製《はくせい》のほうが近く、歩きまわると余計に剝製か仮装じみて見える。熊の歩行の解析が間に合わず、二足歩行制御系の一部に人間の動きをそのまま使っているせいで、動きの随所に不気味なギャップができているのだ。

しかし、このいかがわしい人間狼たちが、ひとたび蛙男の指揮を得れば、それは本物よりも恐ろしい獣の群れ、月夜でも影を落とさない狩人の一団と化し、その風のような遠吠えはベンガルの叢林に潜もうとする秘密調査員たちの恐怖の的《まと》となったのだ。英領インド総督が配備した特殊化屍者兵士、総勢八頭の人狼フランケンシュタイン部隊だ。

彼らは丘の上で伏せ、戦場となるせまい谷の様子を見渡した。

「蛙男よ、われらがさとい兄弟よ。あのシーア・カーンをどう攻める？」

隣に伏せた人間狼の口から符号化された音が漏れる。蛙男にはその言葉が分かる。

「兄弟たちよ、僕にはすでに策がある。牛だ。シーア・カーンは力こそ強いが身軽ではない。やつが僕たちの駐屯地《ちゆうとんち》を目指すルートは限られている。鈍重でも構わない。牛のごとく不屈の歩兵隊をそのルートの両側から進める。やつには断崖《だんがい》を駆け登ることはできないし、せまる牛の足をかいくぐってその背後に抜けることもできない。僕たちには簡単な遊戯だがシーア・カーンには死の罠《わな》だ。

「さあ走れ、兄弟たち！　北から来た老いぼれ虎が、僕たちを蹴散《けち》らして踏みにじり、喉《のど》を食い破る前にこちらからやってやるんだ。駐屯地から徴収した屍者兵士を追い立てろ。爪《つめ》も牙もない汎用《はんよう》フランケンシュタインの歩兵でも、盾《たて》を構えて牛なみの早さで歩けるなら充分だ。谷の東の入り口から一部隊、西の出口からもう一部隊。これこそシーア・カーンの死の罠だ」

見下ろす谷底では、小川に運ばれるように黄色い炎が踊っている。

右へ左へふらつくそれは老虎シーア・カーンの黄金の毛皮だ。北方の大国から北部藩《はん》王国の一つを踏み台に、英領インドへ忍び寄ろうとする忌《い》まわしい種火《たねび》だ。昼の太陽の下でしかし一層まばゆく、シーア・カーンは唸《うな》り、よろめき、ぎらぎらと縞《しま》模様の毛皮全体で笑いながらやってくる。果たして獣が笑うだろうか？　獣の仮装をさせられた屍者が笑うだろうか？　やつもまたつぎはぎの屍者、英国から来た人狼の向こうを張って生み出された、ロシアの秘密兵器だ。その四肢は並の屍者三人分の太さがあり、うかつに近づけない大砲のような力の循環にまるで蜂《はち》の巣のように唸《うな》っている。

やつの糸を引くロシアの秘密調査員の笑いが、その毛皮のなかで乱反射している。誰が何と言おうと、その毛皮の輝きはシーア・カーンの笑いそのものだった。

丘の上で、蛙男は遠い金の光に、その笑いを見通して顔をしかめる。

「見くびっているな、シーア・カーンめ。お前が狩り出す側だと思っているのだろう。蛙男は、R17号は本当ならば今ごろ民族調査局に呼び戻しを受けて浮足立《うきあし》ち、人狼部隊の援護もなく道を歩いていると思っているのだろう。僕を仕留めてしまえば、代わって人狼部隊を指揮するのは歴戦の将校、しかし叢林の獣の掟を知らない、より与《くみ》し易《やす》い男だと思っているのだろう。だが僕はここにいる。通信網を走る機関のささやきを、符号化された人狼の声を読んだからだ。我が兄弟たちに、狼たちに助けを求められたからだ。

「さあ、追い立てろ、兄弟たち！　機関の吠え声で霊素に活を入れてやれ！　北から来た猟師どもを震え上がらせろ！　さあ、進め！　牛ども、進め！」

集められた屍者歩兵は谷の左右に隊列を組み、八頭の狼たちに追い立てられるがままに走りだす。彼らの思考プログラムは、結局のところ待機と突撃のルーチンと、周囲の兵士との距離を見て適切に保とうとするルーチンしかない。人狼部隊は近づき、離れ、そのルーチンを適切に刺激し、フィードバックを制御して組織化し、一つの生き物のように操縦する。

罠に気づいたシーア・カーンが吠える。

驚いたヒバリが舞い上がり、太陽に飛び込んで消える。

ゆらめく炎のシーア・カーンはその巨体に可能な限りの速さで跳躍する。びっこひきとは思えない速さ、つむじ風の身軽さで岩を駆け上がって挟撃を逃れようとする。しかしそこには黒い岩のような巨体が待ち構えている。飛び上がった老虎に、バルーが熊の流儀で一撃を見舞う。

笑う金色のシーア・カーンは地面で跳ねると反転し、しかし押し寄せる艶《つや》のない波に阻《はば》まれ、もう一度逆側へ駆けた先で黒い壁にぶつかって押し戻され、蛍のように旋回し乱舞する。隊列を組んだ屍者兵は、虎を弾き飛ばすたびにゆらぎこそすれ倒れない。時代錯誤な黒い盾と兜《かぶと》を纏《まと》うのは、対するのがライフル弾ではなく熕《いぶ》り狂った虎の振るう四肢、スパイクのような爪を並べた野獣の平手に一撃以上持ちこたえ、止まらぬ歩みで押しつぶすためだ。

やがて両手が組みあわされるように、罠が口を閉じるように、シーア・カーンは屍者の波の下に沈んだ。バルーが、狼の兄弟たちが、風のような、蒸気機関の吠え声のような快哉《かいさい》を叫んだ。太陽に消えたヒバリの鳴き声だけが、空のてっぺんから投げ落とされてきた。

雪辱を果たした蛙男は、歯車の軋《きし》りのような叫びを上げ、転がり落ちる滝のように岩肌を駆け降りていった。

三

一九一四年。フランス、ソンム。

独軍陣営のはるか後方より飛び来るロケット弾が、英国陸軍の設けた屍者工舎を粉砕する。英国から来た若き将校は、屍者歩兵隊を起動することもできないまま崩壊する工舎のなかで逃げ惑う。しかし仮に屍者が起動できたとして、たった千体の屍者が火山の誕生のごとき暴威に対して何ができるだろう？　屍者はアドイン書き込み用の電極桁《げた》に沿って整然と並んだメンテナンス状態のまま、銃を構えることもできず、麦の穂のように刈り倒されていく。

やがて報復ロケット弾が独軍の発射基地を目指し、荒れた空にさらなる穴を穿《うが》って飛んでいく。迎撃の矮ロケット群が網目のように散開する。雲が燃え上がり、煙と雷鳴が逆巻いて降り注いでくる。噴火ではない、竜巻ではない、暴風でも四大の闘争でもない。それは人の作った破壊兵器だ。

将校は――アランは燃え落ちる空の下、必死に崩壊した兵舎の間を駆けていく。かろうじて破壊を免れたわずかな屍者歩兵が、彼の撤退を助ける。

後方では、装甲車両が焼けただれたクレーターの縁《ふち》をゆっくりと越え、敵陣へ前進を開始する。

半世紀前、合衆国の南北戦争においてバービケインが改良したロケット弾。それを各国は秘密裏《り》に発展させ、いずれ来る最終戦争に向けて備蓄していたのだ。そして、一九一四年、ついにそれが解き放たれた。風切り音を後方へ置き去りにする速さで、高度一〇〇キロメートルに達する弾道を描き、地上のどこへでも飛び来る死の使い。その悪魔の鉄槌《てっつい》を前に、旧世紀の戦場を駆けた騎兵や歩兵はもはや用済みであることが明らかだった。

アラン・アレクサンダーは、戦場からウェルズ氏のクラブに報告を書き送った。モロー博士が残した予見通り、戦場にはもはや軍馬や塹壕《ざんごう》の出番はない。そして博士の獣もどき、殺戮《さつりく》に最適化された屍者と、その機動制御エンジン、製造理論である人狼原理もまた遠からず無用になるだろう。現代の戦場で必要となるのは、方程式に数値を供給するための観測手、そして超音速で飛行する金属と爆薬を目標に導くための制御工学的装置《サイバネティクス》だ。屍者兵士はすぐさま制御アドインの上書きを受け、装甲車両や偵察飛行機の乗員に転用された。一部はばらばらにされ、ロケット弾の部品になった。

アランは病気を装って「最終戦争」から帰還した。ウェルズ氏のクラブは続いていたが、戦前にクラブからの通信を携えて幾度となく訪問した、モロー博士の研究所は閉鎖されていた。引退したモロー博士は、結局、人狼以外の業績を残せずに亡《な》くなった。廃研究所地下には回収された限りの人狼部隊が封印されていた。霊素を抜かれ、不活性化保存ケースで仮初《かりそ》めの眠りについた熊人間。狼男。人間豹。屍者の舵取り《サイバネティクス》を乗せたロケットは欧州を中心に世界中を蹂躙《じゅうりん》したが、「戦争を終わらせる戦争」は同盟国側の降伏で幕を閉じた。人類は絶滅を免れた。

　そういえば、従軍中に書いた戯曲が当たり、アランは人々から新作戯曲を望まれるようになった。あのクラブの夜から十年近く待って、ようやく作家人生の鍵《かぎ》を手にしていた。ウェルズ氏に紹介されたちょっとした集まり、ちょっとした副業のことは忘れ、彼の妻と、彼の仕事に専念するべきだった。

　しかし、なぜか保存ケースのなかの人狼たちが気がかりだった。彼自身が若くして懐古趣味者になりかかっていたのかもしれない。己の青春時代を、希望に鼻を麻痺《まひ》させた一九〇〇年代をすでに惜《お》しみ、懐かしんでいたのかもしれない。あるいはロマンチストの彼は、生者に忠誠を尽くした死者たちを、ただの代替可能な技術、変換可能な資源と見なし、見捨てるのが忍びなかったのかもしれない。

　彼はウェルズ氏に手紙を書いた。

　各国はおおっぴらにロケットを打ち上げるようになった。軌道上に、月面に、屍者と機械による兵力が駐するようになった。

やがて彼は作家になった。劇作家として佳作を次々に発表した。推理小説の執筆に挑み、これも評判を呼んだ。収入が安定し、息子がものごころがつくころ、彼は廃研究所近くの農村に別邸を得た。

ふたたび一九二五年、また別の午後一時。ビリー・ムーン少年の体は食卓でライスプディングをつついているが、心は一足先に扉を開いて大きな前庭を抜け、ポージングフォードの木立を駆けていく。

「ビリー・ムーン! ちゃんと食べなさい。料理人《コック》のペンさんが作ってくれたんだから」

「僕がほしいのは血が滴《したた》るステーキだよ、ママ。風に乗って運ばれてくる狼の叫びが聞こえないのかい。あれは僕の狼の心をたぎらせるんだ。それと、僕はビリー・ムーンじゃない」

「狼の叫びですって? あれは病気の野犬か、病気の車だと思ってたけど」

「知らなかったの、ママ、あれはフランケンシュタインなんだ。秘密調査員のフランケンシュタインは特別製で、喉は犬の声で鳴いて、お腹《なか》は解析機関の声で鳴くんだ。だから似ているんだよ」

「ああ、分かった、あれはハナの家の耕耘機《こううんき》じゃないかな? 一マイルも離れているのによく聞こえるものね!」

「ビリー・ムーン! テレビ受像機の操作器(コントローラ)をどこにやったんだ? お前のポケットのふくらみが怪しいぞ」ブルー氏が言った。

「これは僕の護身用の懐中拳銃だよ、パパ。秘密調査員はどんなときも常に用心第一、丸腰で出歩いたりはしないんだ。操作器は、猫がネズミと間違えて通信線から噛《か》みきっちゃったんじゃないかな。それにパパ、僕の名前はね」

「あの、旦那《だんな》様、奥様、ぼっちゃんのベッドの下にこんなものが」

困り顔で食堂に現れたのは、ビリー・ムーン少年の乳母のアリスだ。血まみれのタオルとシャツを両手で捧げ持っている。

「ああもう、小鬼のビリー・ムーン、今度は何をやったんだ？」両親は揃《そろ》って声を上げた。

「ネズミをバラバラにしただけだよ。仕組みを知りたかったんだ。秘密調査員の訓練で、生き物の解きほぐし方と組み立て方を知っているべきだって」

「それと、金物屋を呼ばなくてはいけません。ぼっちゃんの部屋のドアノブと鍵がバラバラになってしまっていて」

「それも仕組みが知りたかったんだ。秘密調査員だからね」

「ビリー・ムーン！　まったくとんでもない悪漢だよ、お前は！　パパの書斎には入っていないだろうな？　頼むから銃やお酒を持ちだして遊んだりしないでくれよ。それと、解きほぐすのも組み立てるのも以後禁止、小学校に入るまで禁止とする。言いつけを破ったらナイフと工具は没収だ」

「そんなの横暴だよ、パパ。だってまだ勉強の途中なんだ。秘密調査員ならフランケンシュタインの解きほぐし方と組み立て方も知っておかなきゃいけないし、人間の仕組みだってまだなんだ。それともう一つ、僕はビリー・ムーンじゃない。まったくもう、いやんなっちゃうなあ！」

ビリー・ムーンは宣言すると、ライスプディングと両親を置き去りに家を飛び出ていった。

たどりついた谷底の岩影のなかで、ビリー・ムーン少年は死んだシーア・カーンを絨毯《じゅうたん》代わりにして寝そべり、太陽に消えたヒバリを探している。姿は見えず、鳴き声だけが降ってくる。

キンポウゲの茂みのなかに横たわっている、地面に降りてきた雨雲のような薄黒い体はバルーだ。狼の兄弟たちは岩の上で、またそこいらの草のなかで、バルーと同じく糸が切れた人形のように横たわり、思い思いにくつろいでいる。遠い木立では猿たちが枝を揺らしている。野ウサギが（おっと、これは本物の動物であって屍者ではない）おっかなびっくり遠巻きにしている。

さて、今日は何をやろう。秘密調査員ごっこは、まるで別人になるかのように刺激的だ。普通の遊びじゃ物足りない。そういえば一度、バルーや狼たちとクリケットをやってみようとしたことがあったっけ。

「あれは上手くいかなかったな。投手《ボウラー》になってボールを投げるか、打者《バッツマン》になって打ち返すか。そうさせるのが精一杯だった」

打者をさせられたなかでも特にバルーのスイングはおそまつで、誰に投げさせても空振りっぱなし。当たればでかいが、打っても走るでもなく、結局、ちっともクリケットらしくならなかった。あっちでつつき、こっちでなだめ、七転八倒の午後を過ごしたあげく、そういう遊びはいずれ入る小学校の友人、あるいは父親とすればいいと考えなおしたのだった。

バルーたちは屍者の兵士なのだから、探検し、戦い、秘密裏に調査するのだ。適切に囁き、唸り、吠えてやれば、その霊素はまるでこのエニシダとヒースの草原がインドの叢林であるかのように、その屍がつぎはぎの人間ではなく完全な獣であるかのように、屍者たちを駆けさせ、跳ねさせ、猛り狂わせてみせた。

人間豹バギーラは闇に溶ける黒い毛皮の暗殺者だ。つぎはぎの肢体を優雅に歩ませ、その猫科動物の足運びは樹上をゆく彼を誰にも気取らせない。彼もまた蛙男の後見人であり、そのときに残忍で、ときに穏やかな殺しの手口を、蛙男は自家薬籠《じかやくろう》のものとしていた。

人間驢馬《ろば》のジェシカはやっかいものだ。神経系の処置に異常が出ているのか、歩いている途中にふと立ち止まったかと思うと震えだし、そのまま倒れてしまうのだ。ビリー・ムーンは跨《また》がってみたが、村に一つだけの雑貨屋まで、菓子を買いに行く程度の散歩もできなかった。結局のところ、物資や砲を運ぶ駄獣については、驢馬や騾馬《らば》をそのまま使うのが一番手軽で、その上扱いやすいとさえ思われた。

小さなコチックは人狼のなかでも変わり種だ。流線型の体、鰭《ひれ》と化した手足、断熱油脂の塊であるその体は、他の人狼と違って熱帯の叢林では人間よりも役立たずだ。雪や氷のように白い人間海豹《あざらし》コチックは、ベーリング海の波をくぐってアラスカとカムチャッカを行き来するために作られたのだ。

哀《あわ》れな人間象カーラー・ナーグは、ビリー・ムーンも地下室の闇のなか、しかもガラス越しにちらりと見ただけだ。バルーやバギーラ、狼の兄弟たちは、やつを見たことがない。悪い夢のたぐいであって、本当はそんなやついないと思っている。だからそのままそっとしておいてやろう。モロー博士の創造のわざにも限界というものがあったのだ。

その一方で、人間蛇カアはまさに最高傑作、征服された不可能、白昼に現れた悪夢そのもの。木々を這い登り、地面を這い進み、獲物の前で鎌首《かまくび》をもたげるその動きを一目見たが最後、深層意識に潜《ひそ》んだ蛇への根源的恐怖が掻《か》き立てられ、誰もが平静ではいられない。博士の周到な解析は、カアをぶざまにもがくつぎはぎの怪物ではなく、奇術師の踊る左手、催眠術そのものに変えていた。人間はその踊りに油断ならない魔性を感じずにはいられない。まさしく毒蛇としか言いようのないものだった。そして当然、その口内には金属製の牙が仕込まれ、そこに試験管で合成された猛毒が注意深く満たされていた。

ビリー・ムーンは、彼らとさまざまな難題に挑み、征服してきた。冒険はおおむね愉快なものだった。それが人狼たちと一緒ならば、なおさらだ。

北極海に消えたという最初の屍者《ザ・ワン》を探しに、ピアリーの極地探検隊の一員に紛れ込んだ。ビリーは大胆にも地吹雪《じふぶき》のなかで遭難を装って隊を離れると、氷原を徒歩で三日歩き続け、あらかじめ待ち構えていた人狼部隊と合流した。狼の兄弟の曳《ひ》く橇《そり》に乗り、果てなき白夜の氷原を踏破した。ザ・ワンの足取りこそ摑《つか》めなかったものの、探索のさなか、バルーとともに密かにピアリーより先に北極点に到達した。

ネモと呼ばれたインド藩王国の元王太子の最期の地を探し、太平洋の無人島を探索もした。潜水服を着こんだビリーとバルーは、白海豹コチックに導かれ、火山噴火によって消滅した無人島の痕跡《こんせき》を発見。波の下、崩れかかった海底洞窟を注意深く潜《くぐ》り抜け、その奥深くでネモの棺《ひつぎ》となったノーチラスを見出した。

セイロンでは月ロケット弾の発射基地を設けるため、霊峰《れいほう》スリカンダから寺院の立《たち》退《の》き工作を行った。とはいえ金色の蝶《ちょう》を風にのせて寺院まで飛ばし、敬虔《けいけん》ゆえに迷信深い僧侶たちを二千年前の予言で脅すのは、冒険というにはいささか珍妙であった。間抜けのバルーは蝶集めを楽しんでいたが……。屍者ならぬ生きた人間が月まで行けるなどという眉唾《まゆつば》には騙《だま》されない。老スタビンズ医師の冒険譚《たん》はあくまでお伽話《とぎばなし》だ。月には草木も虫もいない。秘密調査員R17号とその人狼部隊が本国から来たロケット技師を支援するのは、あくまでそれが任務であるからだ。

「さあ、いい加減起き上がるんだ、R17号。地下室で、老いぼれシーア・カーンに霊素と栄養剤を注《つ》ぎ直して、しゃんとさせてやらないと」自分に話しかけながら、ビリー・ムーンは寝そべったまま、まぶた越しに太陽の眩《まぶ》しさを感じてあくびをした。びっこひきのシーア・カーンは本当にロシアの秘密兵器だ。鹵獲《ろかく》され、われわれの人狼と技術を比較するために、はるか本国まで運ばれてきたのだ。

「見事な指揮だったじゃないか、R17号」

草を踏む音もなく現れたのは、民族調査局の局長、キンバル・オハラ大佐だ。ビリー・ムーンは慌てて立ち上がり、敬礼する。魔法がはたらく。一呼吸で十年の歳月が吸い込まれ、四肢と背骨が伸び、風に揺れる長髪が勇ましい黒い短髪になり、そこにいるのは日焼けしたたくましい少年だ。オハラ大佐には及ばないが、彼もまた百戦錬磨の調査員らしい頬《ほお》をしている。

「何をおっしゃられているか分かりかねます、大佐。私はここで屍者の暴走事故に道を塞《ふさ》がれて困っていただけです。民族調査局の測量助手が、なぜ陸軍の屍者歩兵部隊を指揮するのですか？」

「お前の指揮ではなかったとしらばっくれるつもりか？」

「ご覧の通り、私はこの農民の服以外には何も身につけておりません。護身用の懐中拳銃一つだけです」

「機関言語暗号機《コンバイラ》もなしに屍者を指揮できるわけがない、と」

「大佐はその方法をご存知なのですか？」平静を装って大佐の目を真正面から覗《のぞ》き込むと、その美しい瞳《ひとみ》のなかでは笑みが躍っている。

「下手《へた》な言い逃れだが、実際のところ確かに俺はまだ証拠を握っていない。でもお前がやったということは分かっているよ。シーア・カーンが現れる前から見ていたのさ。お前は用心が足りないが、その技術は買ってやろう。パンチカードを読んで頭のなかで復号し、また暗号化できる人間は少なくない。特に秘密調査員なら、そういうたぐいの手品が大得意だ。

「だが屍者兵士の指揮コードを、咽喉《いんこう》と口だけを使って発声できるという話は聞いたことがない。お前はいつも凪のような、歯軋りのような音を立てるが、本当にそれができるのか？　それともただのトリックなのか？　お前のポケットのふくらみは何だ？」

「大佐、私の所持物は懐中拳銃一つだけと申し上げた通りです。そして、私の吠え声のことでしたら、これは持病の叢林性狼吼咳《そうりんせいろうこうぜき》というやつです。狼と熊の毛が呼吸器を刺激するもんで。軍医の診断書をお見せしても構いません」

「ならば一月《ひとつき》ほど叢林を離れて、空気のいい高地地方へ療養しに行くがいい。急げば、どこか藩王国の宮廷で、件《くだん》の虎使いと知り合えるかもしれないぞ」

オハラ大佐は、少年のころの彼が、師匠であるラマ僧と旅した山岳地域へ行けと言っているのだ。そこでこの虎の出処《でどころ》を詳しく探ってこいというわけだ。

いましも草原の向こうで地平を覆《おお》う雲が吹き払われ、山々の連なりが二連祭壇画のように開いていく。歓喜と恐れの風を受けて蛙男は眉をひそめた。中心たる聖峰カイラスに向けて狼たちが吠え声をあげる。バルーが寝返りをうつ。

「ビリー・ムーン！　いったい何をやっているんだ？」

父親ブルー氏の登場に、途端に天空は横滑りを起こす。足元の草地が、オハラ大佐とその命令が、遠く清澄なるチベットが、さかさまに覗いた望遠鏡のように窄《すぼ》まりながら逃げていく。

一呼吸で大叢林の空気が吐き出され、R17号の手足は短くなり、その顔はもうそれほど赤銅色でも百戦錬磨でもない。小さなビリー・ムーンだ。

「やあ、パパ。なんてことない、ただのごっこ遊びだよ」

「ごっこ遊びだって？　一体それのどこが遊びなんだ？」

「言ったでしょう、狼の兄弟と一緒に、出来損ないのシーア・カーンをやっつけたんだよ。バルーも手伝ってくれた。でもごっこなんだ、パパ、ロシアも民族調査局も駐屯地の屍者歩兵も、全部想像のごっこ遊びなんだって」

「ああ、それは分かっている。パパだって昔はパパのお兄さんとごっこ遊びをしたものさ。無人島に二人ぼっち、とかな」

「そうだよ、子どもがごっこ遊びで午後を過ごすなんて、何も珍しいことじゃないんだから。パパはもういい年なんだから放っておいてくれないかな」

「兵隊ごっこ、秘密の調査員ごっこは珍しいものじゃない。だけど本物のフランケンシュタインを、それも人狼原理の改造屍者兵士を玩具代わりにしているとなれば話は別だ。たった八頭生き残った狼男に、熊人間のルーパート。どちらも貴重な記念品なんだぞ、ビリー・ムーン！」

「ルーパートじゃないよ。こいつはバルーだ」

忠実なる人狼部隊たちは、いまや一体残らず相反する命令に立ちつくしていた。研究所地下にもどれ、とブルー氏が手元の指揮器で命ずる。カイラスに挑め、とビリー・ムーンが指揮する。保存ケースのなかで眠ってろ、とブルー氏が指揮する。闇戦争《グレートゲーム》を始めるんだ、とビリー・ムーンが指揮する。

ブルー氏はビリーが背後に隠した握りこぶしを開かせ、掌《てのひら》サイズの暗号機《コンパイラ》を取り出した。ブルー氏の持つスーツケース大の実用本位なそれに比べると、懐中拳銃のように見える装飾を施されているのが仰々《ぎょうぎょう》しい。子どもがごっこ遊びのためにテレビ操作器とオルゴールから自作したのだから、それも仕方のないことだろう。

「テレビの操作器を猫がちぎるなんて、おかしいと思っていたんだ。さあ左の握りこぶしも開くんだ。パパの部屋から鍵を盗んで行くなんて、まったく悪い子だな」

「盗んだんじゃない、粘土で型をとっただけさ」

「そもそも、どうやってお前にこいつらを起動できたんだ？　あそこの廃研究所にはそりゃいくらでもパンチカードがあるが、発電機の燃料はひとしずくだって残っていないのに」

「ハナのおじいちゃんの耕耘機から蓄電池を借りたんだ」

「お前の悪知恵ときたら、本物の秘密調査員はだしだよ。

「しかしバルーか、確かにちょっとエキゾチックな響きはあるが、こいつの部隊でのあだ名はルーパートだった。さもなきゃ、動物園で見たあの熊にちなんでウィニペグって付けたいところだ」

「だったら僕はビリー・ムーンじゃないし、パパだってブルーじゃない」

青い眼《ブルー》のアラン・アレクサンダー・ミルン氏は困った顔で息子を見た。自分や兄はこんな聞き分けのない小鬼、よこしまな蛙男だっただろうか。もしそうなら、かつて私だった小鬼は、今はどこにいるのだろう？　いや、そうじゃない。

「分かった、クリストファー。名前のことはパパが悪かった。謝るよ。でもこのすばらしい屍者たちは、いずれ古城や名馬、修道院の写本のように貴重なものになるんだ。だから、そっとしておいてやってくれ。代わりの玩具を買ってやるから。何がほしい？　クリケットのバットか？　自転車？　小学校に上がるまで弾《たま》を買わない、生き物を撃たないと約束するなら、拳銃だっていい」

ビリー・ムーン、もといクリストファーは少し考えて言った。

「その全部がいい。それと僕に、代わりの冒険をちょうだい」

アランは笑った。

「欲張りなやつめ！　まあいいさ。代わりの冒険か、そうだな、パパがクリストファーと熊の冒険のお話を書いてやろう。お前の冒険よりは大人しいけれど、愉快でついつい笑っちゃうようなやつをな」

「ナイフと銃弾、牙と鉤爪《かぎづめ》、血まみれの死体はでる？」

「大人しいやつだと言っただろう、殺人はなしだ」

「闇と嘘《うそ》、監獄と裏切りは？」

「さすがに夜闇はあるだろうが、後はなしだな」

「それじゃあ嵐、大脱出、追跡、漂流は？」

「嵐と大脱出と追跡と、それに漂流か。まあ、それくらいなら構わないだろう」

「仕方ないな。それで許してあげるよ、パパ」とクリストファーは言った。

そのとき不意にヒバリが草原から飛び上がった。

アランは罠の口が閉じようとしていることに気づいていただろうか。彼は気付けなかった。警告はなかった。ウェルズ氏とそのクラブのメンバーは先見の明のある人間揃いだったが、若造のアランにほのめかしもしなかった。

作家はその人生のうちに（あるいは人生のあとに）世に残る傑作をものすることを望むものだが、厄介なことに、生まれでた傑作が彼の人生に対して適当な大きさで留まるとは限らない。巣に収まらない雛《ひな》、木を引き裂く落雷のごとき到来、作者の人生の何もかもをその影に飲み込んでしまう創造がある。

今、太陽の穴から、不可視のヒバリの鳴き声と共に投げ落とされた天啓《てんけい》には、その不吉な輝きがあった。

# 四

一呼吸で三十年が過ぎ去り、魔法の午後は霧消する。

一九五六年、季節は冬、時刻は午後五時。薄汚いオーバーコートに身を包み、ひげを生やしたクリストファーは、泥まみれの雪を踏み、灰色の雲に空を塞《ふさ》がれたアッシュダウン・フォレストを歩いている。

作家アランが息子と動物たちの不思議な冒険を綴《つづ》った物語は、あの午後生まれ、そしてそれに収まらなかった。妻と息子のごっこ遊びの、息子と想像の友人のごっこ遊びのリメイク。アラン・アレクサンダー・ミルンはそれを原稿におこし、出版社に送り届けた。推理小説を期待していた編集者は困惑しただろうが、翌年、結局それは出版された。

誰もが知っているクリストファー・ロビンとあの熊の誕生だ。

私であって、私ではないクリストファーの誕生。

クリストファー・ロビンと熊の冒険は、父の思惑を超えて大ヒットになった。大西洋の向こう側で、欧州全域で、遠いアジアでも読者は生まれた。

やがて途方もなく大きな熊の影が、私たち家族の上に落ちた。

父はそのとき以来、最期まで「熊のウィニーの作者」から逃れられなかった。あの物語が戯《たわむ》れだったわけではない。あれが作家アランの技術と才を注がれた小説であることは疑いもなく、しかしただ本人の期待以上に大げさに、そして少し長くもてはやされすぎたのだ。熊の物語はアランの素朴なキャリアを稲妻のように打ち据え、打ち砕いた。父は演劇と小説を書き続けたが、出版社はみなクリストファー・ロビンと熊のウィニーの新作を期待し続け、読者もまた新作小説を読むときにはクリストファー・ロビンと熊のウィニーを引き合いに出すことを止めなかった。

そして私は、祝福と呪《のろ》いの半身に分かたれた。世界中に名を知られた永遠の少年である半身と、名前と名声を奪われた誰でもない男である半身。読者たちは私の実在を知っているのだろうか？　勇敢にして友情厚いクリストファー・ロビン、頭の足りない熊のウィニーことウィニペグ、そして獣の仲間たちは、ページの上のただの文字のつながりであると同時に、本当の少年と改造屍者兵士たちでもある。そして三十年後の今では、クリストファーはただの少年でさえなく、地方都市の本屋店主なのだ。

あの日の私は父のお話を楽しんだ。当時も今も、あれはよい暇つぶしだった、としか思っていない。あの午後、流れ去った魔法は元通りにはならなかったが、それでも私は相変わらずごっこ遊びにふけり、木工作やクリケットにも熱中した。しかし小学校では事情が違った。悪ガキどもはクリストファー・ロビンを引き合いに出せば、私がたやすく赤面することを見抜いた。辛《つら》い日々がやってきた。私はあのお話に困惑するようになった。

学生時代は、月面投機事業の破綻《はたん》が招いた、世界規模の連鎖的不景気のまっただなかにあった。ラジオは日々緊迫していく世界情勢を伝えた。頭上の死は降りてこないまま、その存在で私たちを圧倒した。合衆国では、月面戦争機関の反逆と地球侵略を描いたラジオドラマが現実のニュースと混同され、小規模ながらパニックを引き起こしたほどだ。私の専攻は屍者生理工学だったが、屍者は街から消えていった。もっとさり気ない不可視の資源へ溶けていった。就職の口はなかった。百貨店の仕入れ担当にしかなれず、それも早々に解雇された。

私の世界は不信の窓越しになった。丘の上に立って世界を見渡しても、祝福と魔法は過去のページの上のもの、永遠の少年のものであり、私からは隠されていた。私は望まれないときにやってきた、望まれない男だった。

一縷《いちる》の希望をかけてものした長編小説をすげなく突き返されたとき、いよいよもって私はクリストファー・ロビンとあの熊が、私の名前と名声を結果的に簒奪《さんだつ》することになった父が嫌いになった。この影を抜けださなくてはならない。その誓いと、私の結婚相手に関する諸々の事情の結果、私は両親と袂《たもと》を分かった。

アッシュダウン・フォレストを訪れるのも十年ぶりのことだ。父が死なない限り、私は森と両親から距離をおいたままだったろう。川、橋、木立、すべて記憶のままだが、そこから魔法は消え去ったままだった。どれも小さくなり、薄汚くなり、歳月の分以上に朽ちているようにさえ思える。これが心理的な効果なのかははっきりしない。村に一軒しかない雑貨屋が、ずうずうしくも「熊のウィニーの雑貨屋さん」を名乗っているせいだろうか。駐車場に行列する車のせいだろうか。日本から来たらしい観光客の一団のせいだろうか。

丘のてっぺん、ギルズ・ラップはかつて魔法をかけられた土地で、幼い私はここで人狼部隊の面々を騎士に叙した。多少の細部は違えど、父のお話にある通りだ。その物語は、いつまでもこの丘の上で遊ぶ少年と熊のまぼろしで幕を下ろす。それから三十年、丘の上に築かれた記念碑のまわりには、合衆国や日本からの観光客がたむろして写真を撮りあっている。

丘に上る前、私は森のなかの廃研究所の地下で友たちと再会した。合鍵ではなく父が遺《のこ》した鍵を使って、扉を開く。保存ケースの封印が破れ、ミイラか白骨と化していることを危惧《きぐ》していたが、懐中電灯の崩れた陰影に目を凝らした限りでは、私のかつての騎士たちは三十年を経てなお、まだその姿を保っているようだった。父が四年前に卒中で倒れてからは、母が思いついたときにしか清掃もメンテナンスも外注されていなかったのだろうが、奇跡的に無事だった。

いつのまにか私自身もまた、彼らはあの愛すべきふわふわの毛皮を身につけていると錯覚してしまっていた。現実の彼らは、昔と同様に、つぎ目だらけの毛皮をまとった、腐りかかったいびつな人狼だった。

かつて私は、彼らを勇ましくも恐ろしい生き物に空想した。父はそれを優しい生き物に描きかえた。電灯に照らされた彼らはその二重写しだった。熊のバルーの雷を蓄えた雲のような太鼓腹《たいこばら》は、テディベアの造作と言えまいか。驢馬のジェシカのうつむく姿はお話にあるままだ。びっこひきの虎シーア・カーンの毛皮の乱反射には、若々しく躍動する仔虎《ことら》が一匹隠れている。狼の兄弟たち。海豹。猿。蛇。我が後見人たる暗殺者の黒豹。光と視線を受けた一瞬に、地中の闇のなかで眠る獣たちに父の手による霊素が吹き込まれる。父はまぎれもなく本当の人狼部隊を知っていた。その想像力は正反対の方向を示していたかもしれないが、父もまた彼らの友だったのだ。

懐中電灯の明かりを頼りに、封印されたロッカーを開いてかつての私が残したがらくたをあらためた。厚紙を切ったパンチカードのつもり、見よう見まねの測量器具のつもり、調査員として書いた地図と報告書のつもり。いずれもぼろぼろに風化しかけていた。もう一つ、蜂蜜を詰めていたスキットルを拾い上げ、おっかなびっくりふたを開く。蜜もまた埃《ほこり》となって消えてしまっていたが、甘ったるくほのかに苦い蜂蜜の匂いがしたような気がする。

過去からの匂いを逃さない深い一呼吸で、魔法にかかる空想をする。三十年の時間を脱ぎ捨て、赤銅色の引き締まった手足をした熟練の秘密調査員になる空想をする。蜂蜜の匂いに呼び覚まされ、大叢林と獣たちは私の奥底でかすかに震えている。闇のなかで躍る色彩、遠吠えの残響、蜂蜜と濡れた腐葉土の匂い、感覚の渦が、この地下室に来たろうとしているはずだ。しかしそれはあくまで追憶でしかなかった。魔法ははたらかなかった。

大叢林の物語は遠く、私はまた別の物語にすっかりはまりこんでしまっていた。

私は止めていた息を吐き出した。階段の下、彼らのいない世界へ戻る前にカタコンべを振り返った。オーバーコートのポケットから、父のデスクにしまわれたままだった私の自作暗号機を取り出してみた。当然、弾倉を模したダイアルも、引き金を模した切り替えキーも錆《さ》びて動かなかった。

今、私は丘の上に立ち、天と地を見晴らす。スキットルを記念碑にかかげ、父と屍者に蜂蜜の匂いを捧げる。

創造は父を引き裂いたのみならず、その死後にまでも溢《あふ》れだし、季節外れの野火のようにアッシュダウンの森をなめつくしていく。だがいずれ私には、このすべてを苦痛なく受け止めることができるはずだ。私は私の人狼たちとは違い、また祝福された紙と文字の半身とも違い、腐敗していく肉のなかで生きている。私は、私の読者たちのなかにいながら誰にも気づかれない。私は父の創造よりも早く老いていき、死んでいき、その手から逃れる。

やすらかに眠れ、我が父。眠れ、我が友なる屍者たち。

そして我が祝福された紙と文字の半身。私はあれから三十年ばかり生き、少しばかりこすっからく、そしてたいそう恥知らずになった。私は私の新しい家族を、アッシュダウンを、友なる屍者たちを守るつもりだ。そのためなら、お前の名前と名声を盗み返し、利用してやるつもりでさえいる。

クリストファー・ロビンの友人たちのモデルとなった人狼部隊は、キャンペーンのかいあって出版社の資金援助を得ることができた。彼らは地下室から救い出され、大西洋の向こうの立派な屍者記念博物館に終《つい》の棲家《すみか》を得た。

例のお話の人気は衰えず、ディズニー万物賦活《アニメーション》社が、彼らお得意の模造少年と模造動物を使った映画化を目論《もくろ》んで権利交渉を続けているほどだ。例のお話を読んだ子ども、あるいはディズニー製の映画を見た子どもは、やがて学校の授業で博物館を訪れ、我が友たちを一瞥《いちべつ》して噴き出すだろう。本の挿絵《さしえ》に描かれた頼もしくも愛嬌ある動物たちと、かろうじて腐敗を免れている改造遺体の、天と地ほどの落差！　出来損ない《フリークス》、つぎはぎ細工《キマイラ》、控えめに言っても怪物《モンスター》、こんなものを大真面目に作って諜報《ちょうほう》戦争に使っていたなんて信じられない！

いやはや、私にしても信じられない。私が子どものとき、それはすでに過去の出来事だった。私の空想は、父に読み聞かされた冒険記や回想録、新聞記事を混ぜ合わせたものだった。そこには子どもの曲解や勘違い、空想ならではの誇張があったことだろう。しかし、人狼部隊の改造屍者兵士は、見世物小屋の下手な仮装でも剝製細工でもなく、ましてや荒唐無稽《こうとうむけい》な絵空事でもなく、本当に私と共にあったのだ。信じようと信じまいと。

きっといつか、死体が屍者となって歩きまわり、社会の労働力となっていたことすら疑いを持たれるようになるだろう。錬金術《れんきんじゅつ》が化学へ、催眠術が霊素学へ、からくりのチェス指し人形が解析機関学へ「昇華」されたように。始祖たるフランケンシュタインからモロー博士まで、屍者の歴史が霊素生理工学の前書きに押し込まれ、時代遅れの怪談に、やがてふざけた法螺話《ほらばなし》となってしまうだろう。そんな未来は遠くない。いや、すでにそうなっているかもしれない。

ゆえにわれわれは、この驚異を保存すべきだ。世界には、もはや魔法は残されてはいないのか？　妖精などはトリック写真でしかないと？　父が好きだった奇術師の言葉を借りるなら――妖精を信じるなら、みなさま、どうぞ拍手を下さい！

天才の時代、驚異と妙技の時代、生者と屍者がならびたった時代は確かにあった。

つかのまの魔法の時が。嘘ではない。巨人たちの遺産は確かにある。それはただ忘れられているだけで、封鎖された軍事研究所跡、伝統あるクラブの備品置き場、あるいは貴方の家の屋根裏部屋の、先祖代々のがらくたのなかに眠っているかもしれない。
クリストファー・ロビンと熊のウィニーの屍者保存基金は、貴方の援助と情報提供を歓迎している。

ふたりのいったさきがどこであろうと、またその途中にどんなことがおころうと、あの森の魔法の場所には、ひとりの少年とその子のクマが、いつまでもあそんでいることでしょう。

——アラン・アレクサンダー・ミルン『プー横丁にたった家』

参考文献

『ジャングルブック』R・キプリング、中村為治訳、岩波書店（岩波文庫）
『少年キム』R・キプリング、斎藤兆史訳、晶文社（晶文社オンデマンド選書）
『くまのプーさん』A・A・ミルン、石井桃子訳、岩波書店（岩波少年文庫）
『プー横丁にたった家』A・A・ミルン、石井桃子訳、岩波書店（岩波少年文庫）
『今からでは遅すぎる』A・A・ミルン、石井桃子訳、岩波書店
『クマのプーさんと魔法の森』C・ミルン、石井桃子訳、岩波書店
『モロー博士の島』H・G・ウェルズ、中村融訳、東京創元社（創元SF文庫）

MIYABE Miyuki

宮部みゆき

# 海《かい》神《じん》の裔《すえ》

本書のトリは、《NOVA》四度目の登板となる宮部みゆき。第二次大戦後の一九四六年に実施された民間人聴取の記録という体裁で、〝トムさん〟と呼ばれる屍者の物語が語られる。藤井太洋「従卒トム」ではじまったアンソロジーが、偶然にも、また別のトムさんの物語で幕を閉じることに。本書企画の依頼に際して、とくに時代的な制約はつけず、問い合わせのあった寄稿者には、はるか未来の話にしてくれてもかまわないと伝えてたんですが、蓋《ふた》を開けてみると、原典と同じ十九世紀末を背景にした作品が多く、本編は数少ない例外。隅々までネタが詰まり、著者の意外な一面が垣間見える。

ちなみに、宮部さんは、『虐殺器官』Jコレ版刊行直後にいちはやく読んでダ・ヴィンチ誌のインタビューで絶賛。その一節、「私には3回生まれ変わってもこんな凄いものは書けない」は、同書二刷の帯に引用されたのち、文庫版の帯にも、伊坂幸太郎、小島秀夫のコメントともに大きく使われて、非SF読者にも伊藤計劃の名を広く浸透させた。

宮部みゆき（みやべ・みゆき）は、一九六〇年、東京都江東区生まれ。八七年、第26回オール讀物推理小説新人賞受賞の「我らが隣人の犯罪」で作家デビュー。その後の活躍はご承知のとおり。2・26事件に取材した時間SF大作『蒲生邸事件』で第18回日本SF大賞を受賞。一〇年～一二年（31～33回）は、同賞選考委員もつとめた。また、米ハイカソルから一四年に出た日本SF／ファンタジー集、*PHANTASM JAPAN*には、伊藤計劃「From the Nothing, With Love」や西島伝法「皆勤の徒」とともに、宮部みゆき「チヨ子」英訳版が収録されている。

以下に引く民間人聴取記録は、「大日本帝国における拡散屍体《したい》の追跡調査報告・東日本編」から抜き出したものである。

この調査は、GHQの指示により、昭和二十年十月一日を以て解散された非軍事用屍者管理公社（通称・フランケンシュタイン公社）の事業整理作業の一環として、窃盗・逃亡・誤作動等の事由により同公社の管理を離れた拡散屍体（闇屍《やみし》体《たい》）の状況を把握し、可能な限り回収することを企図として行われたものである。調査活動には、同公社の社員より公職追放処分に該当する恐れのない者が選抜され、GHQ民生部門の臨時職員として雇用されてこれに当たった。

但《ただ》し、この記録にある屍者は、同公社が大正十二年十月に設立される以前の明治期に拡散した軍事用屍者（屍兵）の実験体であり、同調査の対象外である。この案件が前記報告書のなかに収められたのは、当該屍者の発見時の状況ならびに地域社会との関わりが特異なもので、我が国における屍者受容の在《あ》り方を考察する一素材として興味深い事例であった故《ゆえ》と思われる。

聴取記録者は被聴取者の肉声をほぼそのまま文章化し、方言のわかりにくい部分には標準語で説明を添えている。別途付与した註はすべて編集部による。

――「新民俗学時報」通巻第25号

特集〈御霊《ごりょう》と祖霊《それい》の国の屍者産業　その受容と変容〉

●聴取記録の概要

聴取日　昭和二十一年八月五日

聴取者　拡散屍体調査員　真木《まき》貴文《たかふみ》

聴取対象者　野崎《のざき》ぬい　当年七十八歳

聴取地　＊＊県小賀《こが》郡古浦《こうら》村

わだしが、わだしがおたずねの野崎ぬいでごぜえます。あなた様が、〈うもり様〉をお調べに東京からわざわざおいでになった先生様ですか。この暑いなかをご苦労なことですがぁ。

お宿はどちらにおとりで。ああ、三藤《さんとう》さんのお屋敷でごぜえますか。あっこは崖《がけ》の上だで、ちったぁ暑いのもしのがれん（しのぐことができる）かねえ。

何ですか今、東京で進駐軍が大けなお白洲《しらす》をしとられますがなあ。東條《とうじょう》さんやら、もっけな（立派な）お方がみんな引っ張られてぇ。うちの孫が、ばっちゃん、あれは「ひこくにん」いうんじゃ、戦争中はオレらの方がすぐ「ひこくみん」って憲兵さんにつかまるからびくびくしとったけンど、今はあン人《しい》らの方が「ひこくにん」なんじゃって、こないだも新聞みながら言うてました。

へえ、東京裁判いうんですか。わだしはこのとおりの婆《ばば》でぇ、耳も遠くなっとりますし、目の方もいけませんで、世間のことはもうよくわかりませんでな。がんじょしてくだせえ（失礼を許してください）。そのさいばんが何でごぜえますか。へ？　あ、そんだそんだ、その裁判とやらのために、やっぱり東京からお客さんが来たことがあってぇ、去年の暮れだったかねえ。そンときも三藤さんにお泊まりになったんですがぁ。あのお屋敷は広いっから。ご一新のころからの分限者ですからねえ。註①

へえ、そン人らは進駐軍の人でしたけども、県のお役人と駐在さんがついておいでで、戦争中に兵隊にいったこの村の者《もん》をおたずねになってきたんですがぁ。伊森太郎《いもりたろう》いう、村の診療所で助手をしとった若い人でぇ、戦争中には大陸にいてぇ、関東軍のお医者の先生の下についとったとかいう話でしたがぁ。註②へえ、家にはおっかさんと妹がおりますけども、伊森さんは村に戻ってきてねえからね。だからおっかさんも妹も、伊森さんが復員してくるのを待ってるんですがぁ。そこへ東京からそン人らが来て、何かねえ……しょうげん? へえ、そうそう、証言をしてくれっちゅうことだったかねえ。けども、肝心の本人がいねえんで、えらくがっかりなすってお帰りになったたってぇことです。へ? おや、そうなんですかぁ。あん人らが、うもり様がびっけ(とても)珍しい屍者《ししゃ》じゃあちゅうことを見つけなすったんで。三藤の大旦那さんからお聞きになってねえ。

へぇえ、そうでしたかぁ……。

船頭《ふながしら》(網元)の親方さんが西の磯《いそ》に祠《ほこら》ぁ建てて、うもり様をお祀《まつ》りしたのは、わだしがまだ十《とお》ばかりのころでしたで、何年前になンのかねえ……六十八年かぁ。わだしも婆になるわけだぁ。

そう、うもり様がこの村へ流れついたぁは、明治十一年[註③]ですがぁ。わだしら、あんとき生まれて初めて屍者っちゅうもんを見たんですよう。

あのころ村にいた者《もん》で、今も残っとるのンは、わだしと三藤の大旦那《おおだんな》さん、へえ、三藤允《みつる》さんだけですなあ。親方さんとこは、日露戦争のあとで倅《せがれ》さんの代で身上《しんしょう》持ち崩しちまって、びっけ遠くっから親戚筋の人が養子に入って後を継ぎなすったんでえ、何《なん》も知らねえがぁ。うもり様のお世話は、ずっと三藤さんでなすってきたんですよう。祠の入口に、先生様もご覧になったでしょうが、柵を立てて注連縄《しめなわ》を張って、三藤さんのお許しがねえ限り、誰も入れんようにしておいてねえ。

今の村の衆も、うもり様は古浦の守り神だでぇ、大事にお祀りせにゃならんと聞かされちゃあおっても、由来は知っちょらんからねえ。そういうわだしも、倅たちにも娘にも黙っとったけ。

……へえ、とくだん、言っちゃならんと思っとったわけじゃありませんがぁ……。

先生様は東京のお人だで、屍者が働いてるとこは、いろいろ見ておられますがぁ。そうでもねえ？　屍者はまず兵隊になるもんだけどぉ、どんな仕事をさせても丈夫で役に立つから、大けな町じゃあ、いっぱい働いとったんじゃねえんですか。註④

古浦村にもねえ、あれは今上陛下《きんじよう》が即位なすった年だったかねえ、親方さんが「水夫《かこ》にする」ちゅうって、屍者を三人ばかり連れてきてぇ。何でも、魚の卸《おろし》業者にだいぶお金を積んで、融通してもらったっちゅうことでね。そのころ、村から満州へ移民する者が増えてぇ、水夫が足りなくなってたんですがぁ。そんで親方さんも屍者を使おうと思いなすったんですけども、まるでいけませんでねえ。

どうしてかってぇ、屍者を船に乗っけてくと、魚が逃げっちまうんですがぁ。磯から沖へ、半日も漕《こ》がにゃ行かれねえような遠くまで、魚が散っちまって寄りつかねえんです。これじゃ何もならんちゅうて、親方さんもすっかり腹が煮えちまって、それっきり屍者が村に入《へえ》ってきたことはございません。あれっきりでございました。註⑤　終戦前に、神奈川の連隊で最後に召集された部隊が、二里ばかり先の浜で演習なすってたことがありますけども、その部隊の半分くらいが屍者だったって、親方さんがわざわざ見に行って、もっと遠くでやってもらわんと困るって怒っとりましたがぁ。

……へえ、そうなんですかぁ。屍者が荷運びをしとる、女中をしとる、鉄道の車掌をしとるってぇのは、内地じゃなくってぇ、満州の話だったんですねえ。註⑥

まあ、そんなんで、この村の衆にとっちゃ、屍者っちゅうのは魚が逃げちまうような験《げん》の悪《わり》いもんだったでねぇ。だからね、うもり様も昔は屍者だったんだぁって知れたら、村の衆が、とたんにうもり様をおろそかにすンじゃねえかって、わだしはそれが嫌だから、黙っとったんですがぁ。三藤の大旦那さん——允さんも同《おんな》じじゃねえがなあ。

んでも今度は、うもり様が屍者でごぜえますって、先生様がたにお知らせしたのは、その允さんなんですがぁねえ……。

進駐軍はおぞげえ（恐ろしい）もん。この国は無条件降伏したんだからぁ、もう屍者を持ってちゃいけんのでしょう。うもり様が屍者だってこと隠しといて、あとで知れて、誰かがつかまったりしたらぁ、いかんもんねえ。

わだしらには、神様だったんだけども。

明治十一年の八月の、あれ、ちょうど今日でごぜえますよ。五日でしたがぁ。わだしのおっど（父親）の月命日ですから、覚え違いじゃごぜえません。その日の朝に、浜の船着き場の方で騒ぎがごぜえましてな。小舟が流れ着いたってえ。

わだしも子供でしたから、野次馬でねぇ。弟といっしょに浜へ行ってみっと、そらまあきれいな赤と青に塗ってある立派な小舟でしたがぁ。あとでおそわったぁ、救命ボートちゅうもんだった。

そン小舟に、人が二人のってましたがぁ。一人は兵隊服を着た若い男の人でぇ、へえ、丸刈り頭の日本人でした。ンで、もう一人がもう見上げるような大男で、麻袋《あさぶくろ》をつぎはぎしたような粗末な服を着てぇ、身体《からだ》が汚れとってね。そんだけでもごじょした（驚いた）んだけども、頭の毛が刈り入れ時の麦の穂《ほ》ぉみてえな色でね。あと、目が青かったんですがぁ。夏の海の色だぁねえ。

その場は、子供はすぐ追っ払われちまったでぇ、何もわかりません。わだしが知っとるのは、あとで三藤の允さんから聞いたことばっかりでごぜえます。

允さんはわだしより六つ年上ですがぁ、あのころ十六におなりで、県の高等学校へ進んでおられました。それが、何が気に食わなかったんかねえ、あの年の五月に学校をよしちまって、村へ戻って来ておられたんですがぁ。そんでも、高等学校へ行けるくらいのお人ですから、十六でも物知りで、言葉もよおけ知っとったし、屍者のこともご存じでしたがぁ。

そんで、あのきれいな小舟の二人は逃亡兵でぇ、大男の目が青い方の人は屍者《しぃ》じゃって、教えてくだすったんですよう。

「あの兵隊服の人は軍人じゃなく、海軍の通詞《つうじ》なんじゃ。三浦港に停泊している英国《エゲレス》の軍艦から、あの屍者を連れ出して、もっと北へ逃げようと思っとらしたんだけども、沖の潮《しお》に押し戻されてぇ、古浦浜に来てしまったそうだぁ」

わだしはへんげえな（難しい）ことはよくわかりませんでしたけども、逃亡兵っちゅうのはただ事じゃありませんがぁ。すぐ憲兵さんにお知らせしねえと大変なことになる。だのに、船頭の親方さんも村長も、そのころの三藤の旦那さん――允さんのおっど様（お父様）ですけども、村の偉い人らが、兵隊服の通詞さんに、助けてくれろって泣いて拝まれて、手ぇつかねてしまってるいう話でしたぁ。

「あの屍者は、屍者化されてからもう十五年も経《た》ってるんだと。屍者はもともと、二十年ぐらいしか保《も》たねえんだけども、あの屍者はとりわけ難しい実験を何度もされてンでぇ、すっかり傷《いた》んじまって、よく保っても、せいぜいあと半年ぐらいだってぇ」

そンだから、爆弾にされるんだっていうんですがぁ。

「屍者の身体に残ってる脂《あぶら》が、爆薬になるんだよ。この国にゃ、まだそんな技術はねえっから、あれは英国と取引して輸入した特別な屍者なんじゃ。あの通詞さんが乗ってた軍艦には、同じように爆弾にされる古い屍者が、三十体ぐらい積んであったんだって」

通詞さんは泣き泣き、本当なら全員を逃がしてやりたかったんだけども――と言ったそうでぇ。

「そんなこと、一人じゃ無理だぁ。それにほかの屍者は口もきけねえし、通詞さんの言うこともわからねっけど、あの屍者だけは別でぇ、ゆっくり嚙《か》み砕いてやりゃあ、話ができるんだと。ンで、あれだけでも逃がそうって、二人で救命ボートに乗り込んだんだぁ」

そンでも、こんな村に流されてきちまったらどうしようもなかろうけども、

「それが通詞さんに言わせっとぉ、そうでもねえんだ。ここはこげな小さな漁村だでぇ、海軍の地図には載ってねえんだと。だからここに流れ着いたのはもっけの幸いで、追っ手にめっからねえように隠れてれば、何とかやり過ごせる」

だから通詞さんは、古浦村で匿《かくま》ってくれぇって頼んでる、いうんですがぁ。

「今ンとこ追っ手が来る様子はねえし、憲兵さんの目なら、何とかごまかせる。大の男が大泣きして頭ぁ地面にこすりつけてるのを、無下《むげ》にするのも後生が悪《わり》ぃし……」

いいいらっぽ（若造）の允さんは、そう言って、何だか偉そうに鼻先で笑いなすったが

あ。

「それより何より、みんな屍者を見るのは初めてだから、おそげえ（恐ろしい）んだろう。動いてはいるけど、ありゃもう死人《しびと》じゃあ。下手《へた》なことすっと祟《たた》られるかもしれねえって、村長なんか腰が引けてるでぇ」

そりゃ、がんもねえ（仕方がない）ですがぁ。わだしらみんな、屍者の兵隊さんはびっけ強《つえ》え、いっぺん死んでるから二度と死なねえ、こんな頼もしい兵隊さんはいねえって、話で聞いていただけでしたがぁねえ。

ましてや、その海の色の目をした大男の屍者は、異国人ですがぁ。わだしもおそげくて、何で允さんは平気なんだぁって不思議でねえ。訊《き》いてみたら、高等学校の授業でかんさつしたことがあるんだそうでした。ンで、屍者は口をきけねえし、生きてる人間と話なんかできねえはずだけども、通詞さんの言うことが本当なら、あの屍者はそのへんも特別なんかなあって、首をひねってたんですよう。

は？　わだしと允さんですか。へえ、先生様のおっしゃるとおりでごぜえますよ。あのころは「允さん」なんてとんでもねえ、「三藤さんの坊ちゃま」ですがぁ。わだしみたいな漁師の娘っことは身分が違《ちげ》えます。

わだしのおっが（母親）は三藤さんとこに女中奉公してまして、とりわけおっどが死んでからは、おっががその奉公でいただく賃金が命の綱でしたから、お屋敷の方々には頭が上がりませんがぁ。ンでも、あのころの三藤の旦那さんもおかみさんもお優しいお方で、うちのみんなの口が干上がってしまわねえように、何かと気ぃかけてくだすってました。允さんもまたちょっと変わった方でぇ、高等学校へ行ってしまうまでは、ちょくちょくお屋敷から漁師町へ遊びに来とらしたですし、わだしらにもよくしてくだすってねえ。

ありゃ、先生もきっきぃ(おかしな)ことお言いなさるねえ。允さんはただ、磯でつかまえる蟹《かに》やウミウシみてぇに、わだしらを珍しがってらしただけですがぁ。

えっとぉ、そんで……ああ、ですから、結局は通詞さんの頼みをきいてぇ、二人を匿《かくま》うことになったんですがぁ。西の磯に小さい道具小屋がありますろう、あっこに入れてね。親方さんが自分とこの若い衆に見張らせるっていうんで、屍者ってのは死人だべって、やたら嫌がってた村の女衆も、おとなしゅうなったんです。

そうやって、五日ばかり匿っとったですかねえ。憲兵さんが来ることもなくって、何もなかったですがぁ。通詞さんはときどき三藤さんとこへ行って、旦那さんと会ってたそうですがぁ、そりゃ、通詞さんが逃げてきた軍艦がどうなってるか、探ってたんだね。これもあとで、允さんが教えてくれました。旦那さんは、最初《はな》っから通詞さんに同情しとられてたそうですよう。

でぇ、六日目だか七日目だったかねえ、軍艦が通詞さんたちを探すのを諦《あきら》めたんか、三浦港からどっか行っちまったってぇ。やれコンならひと安心だってぇ、じゃあ、あとは通詞さんと屍者をこっそり村から逃がそうって算段になってぇ、けども今度は通詞さんの方が、この村の衆に何かお礼をしてぇって言い出したんですがぁ。それがねぇ、実は通詞さんの考えじゃなくてぇ、あの青い目の屍者の人がぁ、そう言ってるゆうんですがぁねえ。

西の磯のね、うもり様の祠があるところは、崖が上に、こう、ちょっと張り出してますがぁ。あれは昔はもっとこう、とかげの尻尾《しっぽ》みたいに長くなっとったんですよ。その長《なが》ぁく出っ張ってるところが、あの前の年の春先に、ちょうど西の磯のすぐ先の深みでキツネダイやヒメダイがいっぱい獲《と》れるころに、ぽっきり折れたようになって、海に崩《くず》れ落ちちまいましたがぁ。べつだん、地震《じぶる》いもなかったしぃ、雷《かみなり》が落ちたわけでもなかったんだけども、親方さんの話じゃ、ああいう岩肌のさざれてるところは脆《もろ》いっから、何かの拍子にいっぺんに大崩れしちまったんじゃねえかぁ、いうことでした。

崩れた岩は海に落っこちて、ちょうど、折れたところが波間に顔を出してね、そのせいで磯の流れが変わっちまいました。しょっちゅう渦《うず》を巻いてぇ、船を出すと引っ張り込まれて、何とか抜け出しても下の岩場に叩《たた》きっつけられちまう。危なくって、漁ができねえんですがぁ。だから西の磯の道具小屋も使ってなかったんですよう。

あと、その大崩れのときに、村の船が二つ巻き込まれましてぇ。へえ、うちのおっどもそのとき死んだんですがぁ。舟はバラバラになってぇ、亡骸《なきがら》の上がった者もおりますがぁ、うちのおっどは見つからねえまんまになっとりました。きっと、崩れ落ちた岩の下敷きになっちまったんだろうって。

通詞さんはぁ、お連れの屍者の人ならばぁ、あの崩れた岩をどかして、磯の流れを元に戻せるっていうんですがぁ。屍者はびっけ力持ちだしぃ、もともと息をしてねぇから溺《おぼ》れねえ。深いところに潜っても、身体が冷えて動きが鈍っちまうこともねえ。

親方さんも三藤の旦那さんも、魂消《たまげ》ちまってねぇ。屍者の人がなんでそんなこと言い出すのンか、わけがわからねえ。したら通詞さんが言うには、屍者の人は毎日、磯小屋に隠れとるだけで、何もすることがねえっからね。海を眺めとってぇ、ここはいっぱい魚が獲れそうなところなのにぃ、どうして漁船がいねえのかなあって考えて、あの岩があるから危ねえのかなって、思いついたんだってぇ。大崩れのことなんか知らなかったけんど、自分で考えて、そんなふうに見当をつけたんですがぁ。しかも、それが大当たりだったんだから、そりゃ親方さんや旦那さんが目ぇ白黒させるわけですがぁ。

親方さんは村の漁場のことならよく知ってますでぇ、いくら屍者にだってそげな危ねえことはでけんって、止めたんですよ。けども、屍者の人は大丈夫だっていうしぃ、通詞さんも、ねえ。

「どっちにしろ、もう長く保たねえ屍者のことだから、本人のしたいようにさせてやりたいんじゃねえのかなあ」

允さんはそう言ってましたがぁ。

それで結局、その日からもう五日かかりましたけどもねえ。屍者の人が海に潜って、最初は、渦巻いてる波の下がどんな様子になってるか調べるだけで手ぇ一杯だったようですがぁ、ちょっとずつ、ちょっとずつ岩をどかして、ほんとに、西の磯でまた漁ができるようにしてくれたんですがぁ。

へえ、そうです。さすがにみんなじゃなかったけども、うちのおっどの骨も、岩の下になってたのをめっけて、引き揚げてくれましたんですがぁ。頭の骨はそっくり残っててぇ、歯の抜け具合から、おっがこれはおっどの頭だって、見分けられたんでぇ。

村の衆は気味悪がって、最初のうちは遠巻きにしてましたけどもぉ、允さんがさいさい(しばしば)道具小屋まで出かけて見物しとるもんだからぁ、わだしもくっついてって、屍者の人が海に潜っちゃあ、そのたんびにちっとずつ岩を動かしたり、何か引き揚げてきてくれるのンを見てました。そうしてるうちに、村の衆もだんだん近寄ってくるようになったですがぁ。

へえ、通詞さんもいっしょに見てましたよ。そンで、允さんに言ってたんですがぁ。あの屍者の人も生きてたころには漁師だったんだぁ、英国《エゲレス》にも漁師はいるんだようって。

「屍者はみんな、彼みたいに力持ちなんですか」

允さんが訊《き》いたら、通詞さんは笑ってましたねえ。みんながみんなそうじゃねえけど、あの屍者の人はぁ、何かそういう、鬼みてえな力持ちになる細工をされててぇ――

へ？　ぷらぐ？　そういう細工なんでぇ。ぷらぐいん。註⑦　へえ～。

屍者の名前？　へえ、トムさんって、通詞さんは呼んどられましたよ。だから、みんなもそうお呼びするようになりましたぁ。

わだしらは、トムさんと話したことはねえです。けどもいっぺん、あん人が一人で磯に座ってるとき、小さい声で歌をうたってるのを聴いたことがあってねえ。へえ、言葉はわかんねえけども、あれは歌でした。調子っぱずれでおかしかったから、わだしがつい笑っちまったら、トムさんもこっち見て、すこぉし笑ったんだあ。允さんは、屍者は笑えねえって信じてくれなかったけども、ほんとに笑ったんですよう。わだしはこの目で見たもん。

屍者はもう死んでっから、痛いも痒《かゆ》いも感じねえそうですけども、壊れることはあるんだね。毎日通って見ているうちに、ちっとずつちっとずつ、トムさんの身体のいろんなところが壊れてってるのがわかりましたねえ。耳が片っぽとれたり、指が一本ずつ欠けてったり。

いちばん最後に、いちばん重たい、波間から顔を出している大けな岩がどかされたときには、ぞろっと揃《そろ》って見物してた村の衆、みんなで手ぇ打って喜んだもんですがぁ。

けども、トムさんがなかなか上がってこなくってね。しまいには通詞さんまで顔色が青くなってちまって。口元にラッパみたいに手ぇあてて、

「トム、トム」

一生懸命呼んでましたがぁ。

そしたら、沖の方にぽこっと、トムさんの頭が浮いてぇ。みんな小躍りしましたがぁ。

トムさんは、こう、のしみたいな泳ぎ方をして磯へ上がってきたんです。それもいつもよか、うんと暇《ひま》がかかってぇ。

何でかってことは、すぐわかりました。

右脚が、腿《もも》の上からそっくりもげちまってたんだぁ。だからもう、海から上がったら、立ち上がれなかったねえ。泳ぎつくまでに力を使い切っちまったみたいで、腕も

ほとんど動かせなくなっとってぇ。

村の男衆がよってたかってトムさんを抱えて、えっちらおっちら道具小屋に運んでぇ、それからとっぷり陽《ひ》がくれるまで、通詞さんと親方さんと、三藤の旦那さんと村長で、小屋のなかで何か相談しとられました。ンで、やっと旦那さんが出てきたと思ったら、ずうっと外で待ってた允さんに、こう言ったんでした。

トムさんはもう、屍者としても壊れっちまったから、この村に葬《ほうむ》るって。

どこに葬るにしてもぉ、あとから憲兵さんに知れたらいけません。だから、まず村の衆には、トムさんの亡骸《なきがら》は海に流したってことにして、きっと他所《よそ》には漏らしちゃならんぞって、内緒にしたんですがぁ。

ほんとなら、わだしなんかもそれっきり何も知らされねえはずだったんですけども、允さんにお願いしたんですよう。おっどの骨をめっけてくれた人だから、トムさんのお弔《とむら》いに行きてぇって。そしたら允さんが、

「ぬい一人だけなら、ええがぁ」

旦那さんにお頼みしてくだせえましてね。それでわだしは、その後のいきさつも知ってるわけですがぁ。

最初に言い出したのは、親方さんでぇ。

「トムさんは海の向こうから来て、古浦村の漁師の骨を拾ってくれた上に、磯の漁場を平《たい》らして（元に戻して）くれたんじゃあ。有《あ》り難《がて》え神様じゃで、丁重《ていちょう》にお祀りするのがいちばんええ」

わだし、最初はとんでもねえと思いましたよう。けども、じっくり考えたら、親方さんのいうとおりだって、得心がいってねえ。

へえ、うもり様は、〈海守様〉と書くんです。この村じゃ、昔っからそうお呼びして拝んできましたで。漁師を守ってくれる海神《うみがみ》様で、海の向こうからこられます。だから、トムさんはぴったりだったんですがぁ。

屍者は、動いてるうちは腐ったりしねえけども、動かなくなると普通の死人と同じで、どんどん腐って崩れっちまうそうですねえ。それじゃ困るから、トムさんは、三藤さんのお屋敷でこっそり血ぃ抜いてぇ、うんと乾かして、膠《にかわ》と漆《うるし》で塗り固めて、神像にしたんですがぁ。親方さんは若いころに、村の沖合で、一尋《ひとひろ》もあるまんぼうを釣ったことがあってぇ、そンとき剝製《はくせい》を作った要領でいいがぁってね。漆を塗ろういうのは、允さんのお考えでした。神像らしくなっからね。膠は、トムさんのもげちまった右脚の替わりに、義足をくっつけるのに使ったんですがぁ。

磯の祠は湿気《しけ》ってるからねえ。いくら工夫したって、そのうち腐っちまうんじゃねえかとわだしは心配でしたけども……へえ、そうですかぁ、先生様がご覧になったら、ほとんどそのまんまのお姿だったんですかぁ。やっぱりただの死人じゃなくて、もとが屍者だったからですかねえ。

通詞さんですか。あれっからどうなすったんだか、消息は知りません。その後は、村に来ることもなかったですがぁ。允さんはご存じかもしれんけども、どっちにしろもう亡くなってましょうねえ。

うもり様は、東京へ運ばれたら、どうなるんでしょ。トムさんに戻って、お国に帰れますか。

名前? トムさんの。さいですかぁ、そっちは屍者になってからの名前だったんだね。本当の名前は、もうわからねえのかあ。それじゃ生まれ育ったところも……。

でも、トムさんはもう、とっくに天国《ハライソ》へ行ってるんだよねえ。

ハライソですがぁ。先生様はご存じねえですか。

トムさんを弔うとき、わだしがお念仏を唱えようとしたら、通詞さんが、この人は拝んでる神様が違うからお念仏は要らねえって。けども、神様が違ったって、いいことをした人は極楽へ行く、トムさんたちが行く極楽はハライソいうんだぁ、教えてくれたんですよ。

あの人《しい》の目は、夏至の日のお天道様《てんとさま》が頭の真上にあるときのねえ、このあたりの海がいっちばん輝いてるときの、あの青い色でした。わだしにはずっと、ずうっと、神様でしたがぁ。

註①　極東軍事裁判（東京裁判）の開廷は昭和二十一年五月三日。

註②　その後の調査により、この伊森太郎という人物は関東軍防疫給水部、通称「石井部隊」の一員であったことが判明。現在まで復員しておらず、生死も不明である。

註③　明治十年（一八七七年）の西南戦争の際、明治政府の屍兵団が、政府軍に擬装した叛乱軍の田原坂《たばるざか》通過をまんまと許すという事態が発生した。政府の屍兵団が、錦の御旗《にしきのみはた》と呼ばれる識別旗を誤認したことにより生じた事故であったが、これを重く見た明治政府は、以来、すべての屍者を国有化、個人はもちろん自治体や法人結社による所有を全面的に禁止し、その流通拡散の防止に努めた。

註④　前記の禁止措置は、大正十二年九月一日に関東大震災が発生、帝都の復興作業に大量の労働力が必要となったため、同年十月布令の「屍体民間活用特殊措置法」によって大幅に緩和された。同年のフランケンシュタイン公社設立も、この法令に則ったものである。

註⑤　フランケンシュタイン公社管理下の屍者は、公社が政府から譲渡されたものを民間企業や自治体・諸団体に派遣する形で運用されたが、労働力として定着した派遣先は、九割以上が炭鉱や鉱山、地方の鉄道や道路敷設の基礎工事現場であった。主要都市での汎用労働は市民からの抵抗が強く試験段階で中止、運輸運送業や第一次産業の現場で長期間の運用に成功した事例も少ない。

註⑥　旧満州国の関東軍支配下では、独自の屍者製造と運用が常態化しており、その事実は満州移民を通して日本国内でも知られていた。但し、時の政府はこれをまったく問題視していない。事実上黙認し、満州を屍者の新たな民間活用の実験場にしていたと思われる。

註⑦　英国では当時、屍者の運動を制御するためにまず「汎用《はんよう》ケンブリッジ・エンジン」を書き込み、さらに職種別のプラグインを上書きするのが一般的な手法だった。古浦村の屍者は屍兵で実験体だったので、職種別ではなく能力増強系のプラグインを施されていたものと推察される。

ENJOE Toh

円城塔

特別インタビュー

# 『屍者の帝国』を完成させて

二〇〇九年三月二十日に三十四歳の若さで世を去ったSF作家、伊藤計劃さんの未完の絶筆を、盟友である作家の円城塔さんが書き継ぎ、完成させた。長編『屍者の帝国』は、伊藤さんが残した四百字詰め原稿用紙三十枚ほどの原稿をプロローグにして始まる。故人との共著になった本書に込めた思い、執筆の経緯などについて、円城さんに聞いた。

（聞き手：棚部秀行／構成：佐々木宏之 いずれも毎日新聞）

## ■同期の作家・伊藤計劃

――そもそもの出会いから伺《うかが》えますか。

**円城**　最初に会ったのはけっこう遅いはずです。二〇〇六年、小松左京賞に落ちても（ともに最終選考で落選）まだ会っていません。

**編集**　（河出書房新社・伊藤靖氏）ミクシィで円城さんが「僕は早川書房に原稿を送ったから、あなたもどうですか」と呼びかけたのは、その落選後ですね。

**円城**　実際に会うのは二〇〇七年五月。東京のＳＦセミナーで。塩澤（快浩）さん（早川書房、ＳＦマガジン編集長）と三人で、一時間ぐらい話しました。

**編集**　二〇〇七年七月、円城さんの「オブ・ザ・ベースボール」が芥川賞候補になって、早川書房一階のカフェ・クリスティで「待ち会」をやったときにも計劃さんがいらした。当時はお二人で書店イベントもやられていますね。

——計劃氏のデビュー作『虐殺器官』（二〇〇七年六月発行）にはどんな感想を。

**円城**　「頑張れ」と（笑）。「真正面で頑張ってもらえば、僕が楽できる」。変なことをやるときは、真正面に人がいないとつらいので。

——計劃氏と、そういう話を直接されていましたか。

**円城**　お互いあんまり言わなかった気はしますね。「ま、次を」「早く書け」みたいな（笑）。「こうなったらもうコンビで売っていこう」と僕は言ってて。（計劃氏が）頷《うなず》いたりはしてましたけど、どこまで本気だったのか。

——お二人の関係性はどういう感じのものでしたか。

**円城**　なかなか難しいんですよね。二人で飲みに行ったりしたことないですし。（作家としての）同期、という以上は実はあまりない。伊藤計劃はデビュー前からブログや『メタルギアソリッド』系では名のあるかたで、そちらの友達が多いのに、僕が「はーい友達でーす」みたいな、「伊藤計劃のことは全部分かってる」みたいな顔するのはあきらかにおかしい。

――気になる作家ではありましたか。

**円城**　「気になる」というより「気が楽になる」作家でした。日本のＳＦって特殊なんですよ。息苦しく思っていまして。そこを開けてくれる人として、こういう人が増えてくれたらいいのに、と思っていました。

日本のＳＦは質は高いと思うのですが、たとえば海外に広めたりするとき、ちょっと特殊というか、日本の文脈に頼っている気がします。「分かるよね」みたいなところで。人情断《ばなし》って、日本にしか通じないですからね。伊藤計劃みたいなのは少ないんですよ。理屈の通った話が書けて、ああした「突き放しかた」ができる人は珍しい。そんな作家が、たまたま同期にいてくれた。

――二〇一二年一月、「道化師の蝶」で芥川賞を受賞された円城さんは、その受賞記者会見で、次回作が『屍者の帝国』であることを初めて発表され、ファンの間で大きな話題となりました。

**円城**　本当は、もっとおとなしく出すつもりだったんですよ。伊藤計劃がすごく売れ出すのって没後に文庫になってからなんです。それまでは、ＳＦとしては売れるけど、何十万部も売れる作家ではなかった。『虐殺器官』でデビューして、翌年に『メタルギアソリッド』のノベライズと『ハーモニー』を出して、『屍者』に取り組んだところで具合が悪くなって。惜《お》しいタイミングだった。

でも、その段階では話が小さいですよね。僕が「続きを書きます」と言っても、SFコミュニティの、最大数万部ぐらいの出来事と考えていたんですが。『虐殺器官』が文庫化されると猛烈に売れ出して。「ん？　これは、やめてもいいのかな？」と。「伊藤計劃の名前を遺すという目的でいえば、自分（計劃氏）で達成してるのでは？」という気持ちにもなったんですが。やり始めてるので、やろうかな、と。「伊藤計劃の名前で商売している」と言われてもいいんですよ。死体を働かせる話なので、「そうだ」と言える。こぢんまりとしていた話が大きくなって、しかも大きくしたのは伊藤計劃自身なので。

## ■「全体の設計図」はなかった

――『屍者の帝国』が生まれた経緯は。

**編集**　『虐殺器官』を拝読して二〇〇七年の秋ごろに、計劃さんに書き下ろし長編を依頼しました。『メタルギア』のノベライズと早川書房からの長編二作目がすでに決まっていて、そのあとならば、と引き受けて頂きました。打ち合わせの席上ではSFからコメディまで、書いてみたい作品をいろいろ話してくださり、「これはSFではなくて伝奇ものですが」と切り出されたのが、メアリ・シェリー『フランケンシュタイン』の続編ものです。フランケンシュタインの怪物が十九世紀末まで生きのびていて、明治初期の日本に現われ、屍者の軍隊を引き連れて謎《なぞ》の戦士として活躍する、といったお話でした。聞くだけでわくわくして、それでいきましょう！　と。

二〇〇八年十月に「『屍者の帝国』プロット」と題されたA4用紙にして二枚程度の文書を頂き、その直後に「すでに試し書きをしています」と三十枚ほどの原稿を頂きました。

年が明けて、計劃さんはまた入院され、体調的に原稿は書けませんでしたが、病床でも『屍者』の作品世界を構築し続けていました。

そのころ、円城さんは足しげく入院中の計劃さんのもとに通われていました。

**円城**　そもそも伊藤計劃とは、お見舞いに行きながらの関係といいますか。最初に会ったころ、僕はまだ神田で勤めてたんですが、入院している病院がお茶ノ水でしたので、昼休みに行ったり。

**編集**　一度だけ円城さんと一緒にお見舞いに行ったことがありまして、帰り道に喫茶店で、「『屍者の帝国』は必ず読者に届ける、と計劃さんに約束しています。万一の場合には、仕上げの御協力をお願いできれば」などと話をしました。でもそのとき考えていたのは、校正ゲラの最終チェックの段階、あるいはせいぜい、作品の九割がたを書き上げていながら、完成までたどり着かなかった、といったケースでした。

結果的に遺されたのは「試し書き」のみで、さすがにこの続きを書くのは無理だろうと思いながらも「一応、御覧になりますか?」と円城さんにお尋ねすると、「一応、見せてください」と。それで、プロットと一緒にお見せしたところ、「これは、やるしかないですね」というまさかの御返事でした。

――どのようなお気持ちで、「やるしかない」と思われたのでしょうか。

**円城**　死者が動いてる話じゃなければ、やらなかったです。当人が死んじゃったので、「それは冗談的にも誰かやらなきゃだめだろう」と。SF業界の「人の悪さ」みたいな。業界ごとの冗談の特性ってありますよね。伊藤計劃自身もそういう成分があるわけですが。この「人の悪さ」はなんとかしなきゃ、そんだけ「人の悪い仕事」を受けるのは僕しかいなくない? と。「書き捨てていった」というなら話は別ですが、当人は書こうとしていたのは見て知っていますので。

――計劃氏にとって『屍者』は特別な作品だったのでしょうか。

**円城**　たまたまあのときに進めていた、普通の仕事なんですよ。伊藤計劃は受注タイプの作家ですから。受注して、納品する。

「大長編！」とか「最高傑作！」ではないにしても、冗談の中の雰囲気で、中編ぐらいのボリュームで、死者が動く話。それで、当人は死んでしまう。「ええっ、（自分が）動かさないといけないのでは」と（笑）。

僕のスタンスは、河出書房新社から「続きを書きませんか」という打診を受けて、この内容だったので受けた。自分から「書かせてくれ！」というものではないですし。伊藤計劃が他社の担当さんと話していた小説の構想は他にもあって、「核兵器を普通に打ち合っている世界」とか。でも、そっちをやるかと言ったら、やらないですよね。

――入院中、円城さんは計劃氏と『屍者』の話題はされたんですか。

**円城** ディテールで調べられることがあったら代わりに調べるよ、とか、そんな感じですね。こっちは自由に動き回れますので。ワトソンが日本で誰としゃべるのか問題があって、「大久保利通は英語をしゃべったのか？」とか訊《き》かれて調べてみるんですが、よく分からない。「最後のほうで、イスラエルを出そうと思ってるんです」とも言ってましたね。イスラエル、十九世紀当時はまだないですよね。建国するロジックを探さなくちゃならないんだけど、難しくて。そういった枝葉の事柄ばかりで、全体構成とかプロットの話はしませんでしたね。

――プロローグ部分のあとの、計劃氏の構想はどのようなものだったのですか。

**編集** プロットによれば、大英帝国の諜報員《ちょうほういん》ワトソンは、まず軍医としてアフガニスタン戦争に参加する。そして「自爆テロル」に関する謎《なぞ》を追い、戦場での負傷を装ってアフガンを離れ、「文明開化の日本」に行く。折しも日本では、不可解な事件が相次いでいた……。

話の筋としてはこの程度でして、ワトソンがアフガンで何をしたのか、日本で何をするのか、具体的なことは何も書かれていない。

**円城**　「フランケンシュタイン三原則」「フランケンシュタイン査察団」みたいな、実態の分からない思わせぶりな単語は書いてありましたね。それは使えそうだから、入れようと。

**編集**　結局プロットといっても、ストーリーの設計図ではないんです。社内の企画書に添付するサンプルとして書かれたものにすぎず、大半はプロローグで描かれているような世界観の説明です。計劃さん本人も、どんな話になるかは書き始めないと分からない、いまはこの世界の設定を練り込んでいる、と病床で言っていましたし。プロット自体は、「果たして女王陛下の諜報員ジョン・ワトソンの戦いの行方は！」みたいに終わっています。

**円城**　雰囲気、ですよね。「鹿児島の奥地に密かに建設された施設とは！」とかあって、どう見ても、『007は二度死ぬ』（笑）。「（小説で実際には）使うつもりないだろう、これ！」と（笑）。

## ■実際の執筆作業

――円城さんが執筆するにあたり、まずどこから取り掛かり始めたのですか。

**円城**　打診を頂いたのは亡くなってすぐで、考え始めるんですが、まず十九世紀末なんて知らないですよね。で、一年ぐらい資料の読み込みに費やしました。

――病床で求められた資料も反映していますか。

**円城**　そうですね。亡くなったあとに蔵書を見せて頂いたりしてお借りしたものもありますし。多少、資料の融通をする程度のつながりだったので。

結局、年代をどれだけ厳密にやるかなんですが、厳密にやると大久保利通はもう暗殺されていたり。「英語をしゃべる、しゃべらない、関係ないじゃん！」っていう(笑)。伊藤計劃が書くんであれば、歴史上の人物の没年や、田原坂《たばるざか》の戦いが起きた年などを史実とずらしたっていいんですよ。でも、僕だとどうしようもない。「なんでずらしてるんだ」って言われても、答えようがない。

僕が書き始めてみた最初は、川路利良が抜刀隊を率いてアフガンに派遣されるっていうのもやってみたんですけど、変えすぎなんですよね。論拠がない。アフガンで抜刀隊かあ、やりたいけど維持できない。改変の兼ね合い、ってあるんですよ。

**編集**　コナン・ドイルのシャーロック・ホームズものでは、ワトソンがアフガンに行くのが一八七八年で、ホームズと出会いベーカー街で同居を始めるのが一八八一年初頭。フィクションも「史実」と見なせば、ワトソンの冒険はこの期間に限定されることになる。もっとも、『屍者』のワトソンをホームズものとつなげる考えが計劃さんにあったかどうかは分かりませんが。それどころか、「主人公はワトソンにしないかもしれません」と言われたこともありました（笑）。

**円城**　「史実に準拠する」「ワトソンが主人公」「ワトソンは日本に行く」、これはもう動かさないことに決めました。でも、ワトソンが日本に行く必然性ってないんですね。

**編集**　どうやら計劃さんがもともと考えていた「フランケンシュタインもの」は、ヨーロッパ中心のお話だったようですね。あとから思うに、わたしが「『虐殺』は外国人の主人公が世界を飛びまわる話だから、今度は舞台を日本にしませんか」と提案したのを受けて、計劃さんは念頭にあった「フランケンシュタインもの」と、今後書いてみたく思っていた「明治維新の日本を舞台にした歴史もの」とをくっつけたのではないか、という気がします。

**円城**　どう日本に行かせようか、本人も悩んでいましたよ（笑）。絶対、物語をヨーロッパだけで展開させたほうが楽なんです。それにこの時期の日本は中途半端なんですよね。戊辰《ぼしん》戦争や西南戦争は終わっていますし、当時の日本を舞台にしたフィクシヨンのキャラクターもなかなかいない。

ただ、ワトソンの日本行きはかなり苦しまぎれではあるけど、舞台を広げることにもなったので、結果的にはよかったですね。

全体の枚数は『虐殺器官』と『ハーモニー』の間になると聞いていました。本人が超大作として構想していたわけではない。

あと一応、コナン・ドイルのホームズものに無理矢理でも戻そう、と。プロローグのワトソンは生意気な若者ですよね。これ、本当に一八八〇年に帰国して、ホームズものにつながるのか（笑）？　考えはしたんですけど。まあ、可能性を提示しておく、というところに重点を置いた感じですね。

作業目標はそれぐらいでした。文体と考えはどうしようもならないので、単語とかの雰囲気は受け継ぎつつ、あとは舞台設定をそろえれば、本人がいれば（計劃氏が『屍者』を書くための）参考資料として渡す、という感じはあります。

――「伊藤計劃らしさ」を意識しましたか。

**円城**　したところもあり、できないところもありました。ものすごくエモーショナルな文章を得意とするんです、伊藤計劃は。突き放していながらエモーショナル。僕はそれができなくて。できないことのほうが多いですよね。

伊藤計劃は視覚イメージにすごく優れてるし、文章の読みやすさも高い。本人が書けば全く違ったものになったのは間違いないです。大枠、最低限だけ押さえたという感じかなと。

――作品に占める計劃氏の割合はどれくらいなんですか。

**円城**　プロローグ部分は全体の五％ほどですが、内容面では、僕が絶対設定することのない話なので、ちょっと割合って分からないですね。自分だけの企画だったら、できなかったと思いますね。途中でやめたと思います。「動かさない」ものがバシっと決まっていたので、やれたというのはあります。自分だと絶対出てこない。基本的に、これはいいと思ったところは全部伊藤計劃と思っていただければ。

――計劃氏のプロローグは決定稿ではない「試し書き」だったということですが、手を入れたい衝動はありませんでしたか。

**円城**　「二十一グラム」（魂の重さ）を何とかして欲しかった。魂の重さなんて、減られると困るじゃないですか。ただ、「プロローグを改変しない」は作業の前提に据えたので、動かさない、と。動かすと際限なくなるんですよ。あれぐらい屍者がいてもほかの歴史が動かない社会って何？　とか、いろいろおかしいところはあるんですけどね（笑）。

――文体の違いは意識しましたか。

**円城**　最初はそのまま文体を続けて書こうとしたんですが、作業を始めてすぐに、これはさすがに無理だろうと。それで書記役としてフライデーを登場させて、語り手を切り替えることにしました。そのぐらいやらないと駄目でしたね。

でも、伊藤計劃の部分だけをプロローグとして、第一部以降とぶっつり分けたのは、かなり後になってからの選択です。あのプロローグはあきらかに中途半端なところで切れてますから、そこに直接つなげる形で書いた部分もあったんです。冒頭は『007』ですね。Mが出てきて、指令を受けて。ですから、ワトソンにフライデーを支給する人物としてQを出してみたり、その先を若干《じゃっかん》やってはみたんですが、やはり違いすぎました。

——十九世紀なのに、意外に現代に通じるテクノロジーを描写されています。

**円城**　解析機関以外は、なるべく、当時あるものを動かさないようにしました。海底ケーブルとか、なさそうなものは意外とある。もちろん潜水艦のノーチラスはまだないですが、これはジュール・ヴェルヌの『海底二万里』ですね。「当時書かれている小説の中のテクノロジー」と「実際にあったもの」を使う。それも、実はどこまでもできるんですよ。ノーチラスも迷ったんですけど、出しておこうかなと。そのへんがホラ話としての限界ですね。ノーチラスを出すといろんなバランスが崩れるんですよ。テクノロジーの水準が違いすぎる。

舞台が十九世紀ということで、楽な部分もありましたね。現代はテクノロジー的に息苦しいところがありますから。携帯電話とか指紋とか、ミステリーがやりにくい。当時はまだ、ウイルスとかＤＮＡも発見されていないし。現代が舞台で同じことをやろうとすると、かなり大変です。死者がどうして動くのか、をもっと真面目《まじめ》に考えないといけない。「十九世紀だし、いっか」と。「百年運用されてるんだから、まあいいのでは」と。

――キャラクターも、十九世紀末に活躍する人物が虚実入り乱れて登場しますね。

**円城**　一応、下敷きになっているのが漫画 *The League of Extraordinary Gentlemen* なんです。これにはネモ船長、ジキル博士とハイド氏、透明人間、切り裂きジャックなんかが出てきて。第二部は火星が出てくるんですよ。まあさすがに『屍者』では「火星は出せなくない？」と。でも『屍者』も基本的にはそれぐらいの緩さで発想されています。

僕が作業するにあたっては、まずハダリーは出そうと思いました。生死に関する対立軸が欲しかったんです。それから『カラマーゾフの兄弟』の第二部が、ちょうど一八七八年に設定されていることに気づきまして。

グラント将軍を見つけたことは、日本とのつながりの上でけっこう救われました。元アメリカ合衆国大統領で、退任後に世界一周をして、日本も訪問しているんです。これで必然的に、日本に行ったワトソンが第三部で日本を離れる構成ができることになりました。

■勝手に気持ちを代弁しない

――書き継ぐうえで、いちばん大事にしたことはなんでしょう。

円城　なんでしょうね。「大事にしすぎた感」は若干あって。抑えたって意識はないけど、もっと暴走してもよかったかなと。「勝手に歴史を動かさない」とか、大事にしたのはなんでしょうね。そういう意味では「ひとの家」みたいなところはあったのかも。あまり物を動かさない、という（笑）。「勝手に気持ちを代弁しない」ということは大事にしましたね。「おれは分かってる」という態度には出ないように、というのは心がけました。

――「伊藤計劃ならどう考えた」という自問自答はされませんでしたか。

円城　しなかったですね。没後から完成まで、時間がかかったのもありますし。「記憶のなかの伊藤計劃」って何だかもう分からないものなので。人格でもないし。「こう聞いたらどう答えただろう」という問答はしないようにしました。僕の中で想像している伊藤計劃って、何だか分からない。僕の願望によって作られたものなのでしょうね。どっちかっていうと本物からは遠い。そこの対話はしないようにしました。

自分の記憶、思い出とからめてやってしまうと、冗談じゃなくなるんですよ。なぜか「冗談の構図」になってしまった状態から、急に「魂の叫び」とかに行くと困るので。

——これまでの円城作品に比べるとエンタメ色が強い。

**円城**　強くしようとは意識しました。（計劃氏は）最初が『虐殺』だったので、「SFっぽい軍事小説の書き手」という見られかたをしがちでした。近未来軍事サスペンスを書きませんか、みたいな依頼が多かったんですね。でもいろんなことをできるし、やりたいし、問わない。「『現代の韓国・日本・中国の軍事ものを書け』って言われても困る」って言ってましたね（笑）。SFに命をかけるっていう人でもないんです。軍事ものやSFは伊藤計劃のほんの一面にすぎない。

だから『屍者の帝国』ではいろんな方法に広げて、三部構成のうち、それぞれの部によってジャンルを変えようと思ったんです。第一部はジョゼフ・コンラッド『闇の奥』を下敷きにした冒険もの、第二部はミステリー、第三部はモダンホラー、といった感じで。

第三部が急に軽くなるんですけど、あれは邪神ものなので……。チャールズ・ストロスが『残虐行為記録保管所』っていうSFを書いていて。ナチスが異次元空間に邪神召喚で秘密基地をつくって、イギリスの雇われスパイが「なんで公務員なのに俺たち戦ってるの？」っていう駄目なSFなんですけど。それを「すごくない？」って衝撃受けてるのが伊藤計劃と僕、っていう、もうすでに駄目なコンビで（笑）。そういう話はしていて、「ボンクラ広がり」なんですけど、それは拾っておくべきでは？っていうのが、第三部を書いているときに復活して、こういうことになりました。

――意識、脳、物語論、といった部分で、円城さんらしさを出されていますね。

**円城**　伊藤計劃自身もそっちは強かったですね。『虐殺』も『ハーモニー』も短編も、使えるネタは使ってしまっているので、よけられない。だいぶ考えたんですけど、全部よけてスパっと新案、みたいにはできなかった。どうしてもかぶってしまう。

タイトル自体、なんで屍者の「帝国」か？問題もありまして。一個の意思中心があり、多数の主体がマスとして動く、というのがベースとしてある。もう「生者」はいらない、「屍者」の全面的支配、といいますか。

かろうじて僕が付け加えられたのは「登場人物のクオリア、って何？」という部分ですね。ほぼそれだけ。クオリア、大好きなんです。伊藤計劃はそんなに好きじゃなかったですけど。「小説の登場人物の実感」って何？「死者の実感」って何？自分の実感と、面と向かっている人の実感はわりと分かりますが、「記録にしか残っていない人の実感」って何だろう、と。伊藤計劃が遺したのとまったく同じものを書いても仕方ないですから。

## ■追悼でなく「悪ふざけの続き」

――書き終えて、ホッとされましたか？　それとも重荷が下りた感じですか？

**円城**　正直、分からなくなってるんです。デビューして五年なんですよ。そのうち三年以上かけてるので。第一部を書き上げて全部捨てるとか、第二部を半分まで書いて捨てるとかしましたけど……。

――「やめようか」と一度思って、やめられなかったのは？

**円城**　なんでしょうね。もったいなかった。

**編集**　二〇一〇年の秋ごろ、第二部の途中で「崩壊しました。これは最早《もはや》、断念ということになるかと思うのですが、如何《いかが》でしょう」と連絡があり、「ここまで書いたのにもったいない」と言ったら、円城さんは、「いま書いてるのを全部捨てても惜しくないです」と。

**円城**　そのころはそうでしたね。僕の身辺も激しく変わりまして。結婚するとか、大阪に転居するとか。（『屍者』執筆を）見失うのは確かなんですよ、一回。なんでやろうと思ったのか……。いろいろ言われるだろうと思ってはいたんですが、無理矢理な形でも（計劃氏の）名前を出しておかないと、という気持ちはありました。こういう機会ででも出しておかないと、ひとの忘却は予想以上に早い、という気分になったのが大きい。

――三年四カ月の執筆期間は、円城さんとしては長い。

**円城**　とっても長いです。当初は三回忌を目標に出そうと考えていたんですが、延びてしまいましたね。ずっと『屍者』の執筆については公表していませんでしたから、「最近は書いていない」などと言われたりもしまして。生きているひとは待ってくれないんだなと（笑）。これ（『屍者』執筆）だけやっていると暮らしていけない。もともと、数万部売れると「売れてるね」の世界なので、長編に一年かけるとか、本来、飢え死にする状態なわけですよ（笑）。書く困難より、生活のもろもろが表に出て。芥川賞を頂いて、あそこで公表したことで、むしろみんな待ってくれるようになりました。どうせ『屍者』があるから今は他のものは書けないだろう、と。

――芥川賞受賞の記憶が新しいうちに、という気持ちは？

**円城**　芥川賞とは、かなり相性悪いですよね（笑）。「なぞなぞ」に近い。「なんでそれ（芥川賞）がついてるの」って、理解としては阻害しているんじゃないのかと。『屍者の帝国』は、重くて堅いものにも見えますが、「ライトノベル？」とか言われても「まあそうだ」みたいなものですから。楽しければいいじゃん、という話なんですね。

亡くなってから三年が経《た》って、それ以上は難しい。「苦節十年、ついに完成しました」なんてなると、「お前は誰だ？　伊藤計劃の妻か？」みたいな話になる（笑）。ぎりぎり受け入れられる期間まで延ばしてしまったな、という感じはします。

――計劃氏が「小説は言葉の力でなんとかできる」という言葉を遺しています。

**円城**　社会は、とか、世界は、とかは無理ですけど。小説ぐらいは、小説だからこそ。それが一番強く印象に残ってますね。『屍者の帝国』も本当は何も気にせず、小説だけを読んで頂きたいんです。でも、いろんなことが大きくなってしまった。

伊藤計劃本人は、深刻なキャラではなかったので。その意味でも、追悼というものではなく、「仕掛けた悪ふざけは続けたほうがいいんじゃないの？」ですね。

悪ふざけなんですよ。病室に見舞いに行くと、「いま、死体が動く話を書いてるんですよ」と嬉々として話す。かなり悪趣味だ（笑）。「それ面白いよ、やろうよ！」って言う人も、おかしい（笑）。悪ふざけ好きなんだなあ、じゃあ手伝うよ、ぐらいですよね。本来はちっちゃい話だったんです。

（二〇一二年八月二十九日、東京都千代田区にて）

初出：毎日新聞ニュースサイト
二〇一二年九月六日更新

# 編集後記

ふう。なんとかここまで漕《こ》ぎつけました。

というわけで、《NOVA+》第二弾、『屍者たちの帝国』をお届けする。SFを中心に新作を集める河出文庫の《NOVA 書き下ろし日本SFコレクション》シリーズは、過去十一冊、巻ごとにテーマを設けず、寄稿者のみなさんに自由に全力で書いていただいてたんですが、今回は初のテーマ・アンソロジー。それも、日本SFでは珍しいシェアード・ワールドもの（特定の世界設定を共有する作品群）ということで、従来の《NOVA》読者のみなさんは、ちょっととまどったかもしれない。

世界設定の大本は（共有される世界の出典は）、伊藤計劃による『屍者の帝国』プロローグ。伊藤計劃ファンの中には、作者の没後にこんなアンソロジーを出すこと自体どうなのかと疑問に思う人もいるだろうが、シェアード・ワールド的な作品群・方法論は計劃氏自身が好み、実践もしていたわけだし、『屍者の帝国』の長編版や映画版があるなら、アンソロジー版があってもいいのではないか。こういうかたちで Project Itoh の一端を担うとしたら、やっぱり《NOVA》でやるのが筋だよな……と考えた次第。

その理由をざっと説明すると、そもそも伊藤計劃版「屍者の帝国」は、《NOVA》シリーズの担当編集者でもある河出書房新社・伊藤靖の求めに応じて構想された長編の一部（または〝試し書き〟）だし、《NOVA》は（さらに遡《さかのぼ》れば、創元SF文庫の大森望・日下三蔵編《年刊日本SF傑作選》も）、二〇〇七年に円城塔と伊藤計劃が相次いでデビューしたからこそ実現した企画でもある（つまり、この二人がいてくれたら、日本SFのオリジナル・アンソロジーや年刊傑作選をシリーズで出せるんじゃないかと考えたわけです）。計劃氏に新作短編を寄稿していただくことは残念ながらかなわなかったが、氏の没後、二〇〇九年十二月に出た『NOVA1』の巻末には、伊藤計劃版「屍者の帝国」を特別収録した。同じ巻には、のちに「屍者の帝国」を書き継ぐことになる円城塔の「Beaver Weaver」も掲載されている。このときから——もしくは、そのもっと前から——本書へと至るレールが敷かれていたような気がしないでもない。

ふりかえってみると、僕が伊藤計劃の訃報に接したのは、二〇〇九年三月二十一日の夕方だった。前日の午後九時ごろ、入院先で亡くなったという。通夜と葬儀は近親者のみで行うが、今日ならお別れができると聞いて、とり急ぎ、出先の新宿から、千葉のご実家へと向かった。最寄り駅の前で待ってくれていた塩澤快浩SFマガジン編集長と円城塔氏に案内してもらい、計劃氏が大学卒業まで暮らしていたという家を訪ねた。死に顔と対面して、線香を上げたあと、短い時間だが、ご家族と話をすることができた。

「聡（計劃氏の本名）はこうして目をつぶってますけどね、いまも好きな小説を書いてるような気がするんですよ。まだまだ書きたいことはいっぱいあるはずだから。書いてると思いますよ、きっと」

息子の安らかな死に顔を見ながら、お父上がそんなふうに語ったのをよく覚えている。計劃氏が書きたいと願っていた小説のひとつが、言うまでもなく『屍者の帝国』だった。その長編を計劃氏にかわって完成させるつもりだという話を円城氏の口から初めて聞いたのは、その夜、千葉から東京にもどるガラ空きの電車の中でのことだったと思う。たしか、「こうなったら、やるしかないでしょう」みたいなニュアンスだった。目的は、〝伊藤計劃の名を語り継ぐこと、その忘却を阻止すること〟（円城塔、『屍者の帝国』文庫版あとがきより）。そのために、できることはなんでもしよう。口に出して確認したわけではないけれど、それがその場に居合わせた関係者たちの共通の思いだったし、僕にとっては、その夜が Project Itoh の出発点だった。その延長線上に円城版『屍者の帝国』があり、劇場アニメ「屍者の帝国」があり、本書『屍者たちの帝国』がある。

長編版『屍者の帝国』執筆の具体的な経緯については、本書の巻末に収録した円城塔インタビューで率直に語られている。これは、単行本刊行直後に毎日新聞のウェブサイトに掲載された記事を下敷きに、オリジナル版の筆記録を参照しつつ改稿したもの。なおインタビューの構成を務めた毎日新聞の佐々木宏之氏は、計劃氏の義弟（妹さんの御主人）にあたる。

このインタビュー（および『屍者の帝国』文庫版あとがき）にもあるとおり、『屍者の帝国』長編化プロジェクトはずっと伏せられていたが、二〇一二年一月、「道化師の蝶」が芥川賞を受賞したとき、その受賞会見の場で、次回作に関する質問を受けた円城塔は、伊藤計劃の遺作となった未完の長編『屍者の帝国』を引き継ぎ、完成させる予定であることをはじめて明らかにした。いわく、

「わたくしはデビューして今年で五年目になるんですけれど、ほぼ同時期にデビューして、三年前に亡くなった、伊藤計劃というたいへん力のある作家がいました。その伊藤計劃が残した冒頭三十枚ほどの原稿があります。それを書き継ぐ――といっても、彼のように書くことは無理なんですが、自分なりに完成させる――という仕事を、この三年間、ご家族の了承を得てやってきました。そろそろ終わりそうです。〝なぜおまえが〟という批判は当然あるでしょうが、次の仕事として、やらせていただければと思っています」

この会見は「ニコニコ生放送」で生中継されており、視聴中の伊藤計劃ファンからも大きな反響があった。その様子を東京會舘の会見場で見ながら、僕は、円城塔がまるでこの発表をするために芥川賞を獲ったような気がしてならなかった。実際、この時期、円城塔は、使命感に駆られたように、文芸誌に矢継ぎ早に中編を発表していた。「これはペンです」（新潮二〇一一年一月号）、「道化師の蝶」（群像七月号）、「良い夜を持って

いる」(新潮九月号)、「松ノ枝の記」(群像一二年二月号)。伊藤計劃の〝後塵を拝し続けて〟(前出あとがきより)きた自分が『屍者の帝国』を書き継ぐ資格を(世間的に)得るには、せめて芥川賞くらいは獲っておかなければならないと思い定めていたかのように。

円城塔と伊藤計劃の縁は、両者がともに二〇〇六年の第7回小松左京賞に初長編を応募して、ともに最終候補に残ったときにまで遡る。両者ともに落選の憂き目を見たが(この回の同賞は受賞作なし)、ふたりはネット(mixi)を通じて連絡をとりあい、翌年、応募作を改稿した作品をともに早川書房のSF叢書《ハヤカワSFシリーズ Jコレクション》から上梓《じょうし》して、相次いで単行本デビューを果たす。

この二作は、二〇〇七年の日本SFを代表する傑作として高く評価され、デビュー作であるにもかかわらず、「ベストSF2007」国内部門では、伊藤計劃『虐殺器官』が1位、円城塔『Self-Reference ENGINE』が2位となった。その後も、この二作は、ともに第28回日本SF大賞候補作となり、ともに落選するなど、何かと縁が深い。作家同士は、トークショーや対談などで同席する機会も多くなり、同じヴィジョンを共有する〝盟友〟とも呼ぶべき関係だった。

そう言えば、両者がともに落選した日本SF大賞選考会の日は、計劃氏が入院している病院に円城氏、塩澤快浩SFマガジン編集長とお邪魔して、四人で結果の連絡を待ちながらいろんな話をした。その会話は塩澤氏が録音し、文章に起こして『SFが読みたい！2008年版』に掲載する……はずだったが、のっけから「きょうはどうせムリだよね」みたいな調子でえんえんとりとめないバカ話をしつづけたおかげでまったく使いものにならず、たしか後日、早川書房で録り直されたはず。同じ年の夏にパシフィコ横浜で開かれた世界SF大会Nippon2007では、円城塔、伊藤計劃を含む日本のSF作家たちとテッド・チャンを囲んで即席の懇親会が突発的にはじまったこともある。チャンに質問していた円城氏がとなりの計劃氏にうっかり英語で話しかけ、計劃氏が返答に窮して大笑いに……などなど、思い出話をはじめたらキリがない。

この二人の関係性は、長編版『屍者の帝国』のフライデーとワトソンの関係におそらく（微妙なかたちで）反映しているし、劇場アニメ版では、生前のフライデーがワトソンの盟友だったという設定変更により、正面から両者の友情をテーマに据え、それが伊藤計劃と円城塔の関係に重なって見えるという二重構造になっている。

その意味で、伊藤計劃×円城塔の『屍者の帝国』は、文学史上でも例を見ない、きわめて特殊な長編なのだが、それと同時に、〝メアリ・シェリー『フランケンシュタイン』の続編もの〟として構想され、〝フランケンシュタインの怪物が十九世紀末まで生きのびていて、明治初期の日本に現われ、屍者の軍隊を引き連れて謎の戦士として活躍する〟みたいな、楽しい伝奇アクションとして出発した小説でもある（本書収録の円城塔インタビュー中の伊藤靖の証言より）。そのため、冒頭からヴァン・ヘルシング教授やジョン・H・ワトソンが登場し、おもちゃ箱をひっくり返したような大騒ぎが展開される。もともと伊藤計劃は、『虐殺器官』のいちばんシリアスなシーンに「ときめきメモリアル」主題歌の引用を滑り込ませるようなオタク的ジョーク（悪ノリ）が大好きな作家だった。その作品がはじめて映画化されるんだから、お祭り騒ぎのような企画で迎えるのが正しいと、まあ勝手に思ってしまったために、「塩澤さんは映画に合わせて『伊藤計劃トリビュート』を出すみたいですけど、それと別に、うちでは『屍者の帝国』トリビュート的なアンソロジーをやろうかと思うんですが」と伊藤靖氏に話を持ちかけられたとき、だったらシェアード・ワールドものにして、ぜひ《NOVA＋》で——と二つ返事でOKしたわけである。

企画が企画なので、だれにでも頼めるわけではなく、なんらかのかたちで伊藤計劃および『屍者の帝国』と関わりのありそうな人に声をかけた結果、ごらんの八人からすばらしい原稿をいただくことができた。ふだん書いている小説とは勝手の違うことも多かったはずだが、企画ものの枠を超えた作品が集まったことを責任編集者として喜びたい。

といっても、今回、大森は、これまでの《NOVA》シリーズ既刊以上になにもしていない。いちばんの仕事は執筆者候補を決めたことですか。あとは、依頼メールを送るところから原稿をとってゲラにし、本として完成させる段階まで、ほぼすべて伊藤靖氏が担当した。気分的には〝伊藤靖責任編集／協力・大森望〟くらいの感じです。

ちなみにその伊藤靖氏は、本書刊行の前月、同じ河出文庫から、田中啓文のゾンビ小説「屍者の定食」を含む短編集（うち二編は《NOVA》掲載）を出すという偉業もなしとげたが、表題作が（著者の意向で）「屍者の定食」じゃなくて「イルカは笑う」になってしまったのは千慮の一失。せっかく河出文庫で『屍者の帝国』と『屍者の定食』と『屍者たちの帝国』が並ぶチャンスだったのに！　この件については伊藤氏および田中氏に猛省を促したいが、本書収録作のお笑い成分に反応した読者は、関連作品（？）としてぜひ『イルカは笑う』も手にとってみてください。

あと、同人誌版『伊藤計劃トリビュート』寄稿者でただひとり、ハヤカワ文庫JA版『伊藤計劃トリビュート』にも参加している件名練が同書に寄せた「フランケンシュタイン三原則、あるいは屍者の簒奪」は、まるで本書のために書かれた長い予告編というか前日譚みたいな話なので、併読をおすすめする。

さて、《NOVA＋》の今後についてはまだ何も決まってませんが（前巻の『バベル』を出したときだって、次がこんな企画になるとは予想もしてなかった）、なんとか年に一冊程度のペースで続けていきたいと思っている。今回の編集作業はたいへん楽しかったので、またなにかテーマを決めて新作を募るかも。前から言ってる魔法少女アンソロジーとか、古本SF集とか。リクエストや提案があれば、ツイッターの大森アカウント（@nzm）までどんどんお寄せください。ではまた、たぶん来年。

大森　望

書《か》き下《お》ろし日本《にほん》SF《エスエフ》コレクション
NOVA《ノヴァ》+《プラス》 屍者《ししゃ》たちの帝国《ていこく》

二〇一五年一〇月一〇日 初版印刷
二〇一五年一〇月二〇日 初版発行

責任編集 大森望《おおもりのぞみ》
発行者 小野寺優
発行所 株式会社河出書房新社
〒一五一-〇〇五一
東京都渋谷区千駄ヶ谷二-三二-二
電話〇三-三四〇四-八六一一（編集）
〇三-三四〇四-一二〇一（営業）
http://www.kawade.co.jp/

ロゴ・表紙デザイン 粟津潔
本文フォーマット 佐々木暁
本文組版 KAWADE DTP WORKS
印刷・製本 中央精版印刷株式会社


Printed in Japan ISBN978-4-309-41407-2

河出文庫

## NOVA 1　書き下ろし日本SFコレクション
### 大森望〔責任編集〕
40994-8

オリジナル日本SFアンソロジー・シリーズ開幕。完全新作十篇（円城塔、北野勇作、小林泰三、斉藤直子、田中哲弥、田中啓文、飛浩隆、藤田雅矢、牧野修、山本弘）+伊藤計劃の『屍者の帝国』を特別収録。

## NOVA 2　書き下ろし日本SFコレクション
### 大森望〔責任編集〕
41027-2

豪華メンバーが一堂に集う空前絶後のSFアンソロジー。完全新作十二篇（東浩紀、恩田陸、神林長平、倉田タカシ、小路幸也、新城カズマ、曽根圭介、田辺青蛙、津原泰水、西崎憲、法月綸太郎、宮部みゆき）。

## NOVA 3　書き下ろし日本SFコレクション
### 大森望〔責任編集〕
41055-5

話題の完全新作アンソロジー、待望の第三弾。未来、宇宙、機械……今回は直球の本格SFで勝負。全九篇（浅暮三文、東浩紀、円城塔、小川一水、瀬名秀明、谷甲州、とり・みき、長谷敏司、森岡浩之）。

## NOVA 4　書き下ろし日本SFコレクション
### 大森望〔責任編集〕
41077-7

完全新作・オール読切のアンソロジー・シリーズ第四弾。豪華九作の饗宴（北野勇作、京極夏彦、斉藤直子、最果タヒ、竹本健治、林譲治、森深紅、森田季節、山田正紀）。

## NOVA 5　書き下ろし日本SFコレクション
### 大森望〔責任編集〕
41098-2

話題の完全新作アンソロジー・シリーズ！　豪華八作家の饗宴（東浩紀、伊坂幸太郎、石持浅海、上田早夕里、須賀しのぶ、図子慧、友成純一、宮内悠介）。

## NOVA 6　書き下ろし日本SFコレクション
### 大森望〔責任編集〕
41113-2

完全新作オール読切アンソロジー・シリーズ。ベテラン勢+新人特集。全十篇（宮部みゆき、牧野修、北野勇作、斉藤直子、蘇部健一、樺山三英、松崎有理、高山羽根子、船戸一人、七佳弁京）。

著訳者名の後の数字はISBNコードです。頭に「978-4-309」を付け、お近くの書店にてご注文下さい。